初期文芸名作選

ハンセン病に咲いた花

戦前編

多磨全生園正門

事務本館

望郷台

若き日の編者

高松宮記念ハンセン病資料館

医局

寮舎（3病棟屋上より）

成田庭苑

公会堂

序文にかえて

病葉《わくらば》たちの饗宴

内田静生

「さあ　馬鈴薯《じゃがいも》が煮えたよ、
お出で〳〵、みんなこっちへお出で…………」
武蔵野のはつ夏や
夕映えあかるい療舎の裏窓に
ぐるり　馬鈴薯の大鍋かこむ
世にもあわれな病者の一群れ…………

「熱いぞ、熱いぞ…………」
指無い掌へちょこなんと
丸いやつをのせてやる者、
手探りの盲に　皮剝いてやる者、
攣れた唇からほく〳〵馬鈴薯がこぼれる、

2

みんな　ふーふー
「そーら、熱いぞ、熱いぞ………」

ああ　はろ《ママ》かなる幾山河
津々浦々のふるさとや
人の世の運命《さだめ》の風に涙雨
吹き寄せられた病葉たちや………
武蔵野のはつ夏の夕映えに
湯気靉々たる馬鈴薯の大鍋かこみ
世にも奇しき病葉たちの饗宴——

微笑の詩

微笑………
あえかにも
霊《たましい》のそこふかくしみいり
しみとおる微笑……

微笑………
沼ぞこから咲きいでた睡蓮のような
嵐のなかの一つ星　涙の眸のような
茨棘《いばら》のなかの白い花　また
曠野にゆらぐ一輪の花のような…………

あえかな微笑…………
夜闇《やみ》をこえてまたたく東雲の微笑こそ
夕雲の臨終《いまわ》にただよう　あの
寂しくも幽《かす》かなる虔しい微笑こそ

………微笑
あえかなる微笑
――ああ　希くばわが霊よ
暗憺たる生の時にも　なお
仄かにもあえかなる光の微笑をこそ

目次

いのちの初夜

北條民雄

駅を出て二十分ほども雑木林の中を歩くともう病院の生垣が見え始めるが、それでもその間には谷のように低まった処や小高い山のだらだら坂などがあって、人家らしいものは一軒も見当らなかった。東京から僅か二十哩《マイル》そこそこの処であるが、奥山へ這入ったような静けさと、人里離れた気配があった。

梅雨期に入るちょっと前で、トランクを提げて歩いている尾田は、十分もたたぬ間に、はやじっとり肌が汗ばんで来るのを覚えた。随分辺鄙な処なんだなあと思いながら、人気の無いのを幸い、今まで眼深に被っていた帽子をずり上げて、木立を透かして遠くを眺めた。見渡す限り青葉で覆われた武蔵野で、その中にぽつんぽつんと蹲っている藁屋根が何となく原始的な寂寥を忍ばせていた。まだ蟬の声も聞えぬ静まった中を、尾田はぽくぽくと歩きながら、これから自分は一体どうなって行くのであろうかと、不安でならなかった。真黒い渦巻の中へ、知らず識らず堕ち込んで行くのではあるまいか、今こうして黙々と病院へ向って歩くのが、自分にとって一番適切な方法なのだろうか、それ以外に生きる道は無いのであろうか。そういう考えが後から後からと突き上って来て、彼はちょっと足を停めて林の梢を眺めた。やっぱり今死んだ方がよいのかも知れない。梢には傾き始めた太陽の光線が、若葉の上に流れていた。明るい午後であった。

病気の宣告を受けてからもう半年を過ぎるのであるが、その間に、公園を歩いている時でも街路を歩いている時でも、樹木を見ると必ず枝振りを気にする習慣がついてしまった。その枝の高さや、太さなどを目算して、この枝は細すぎて自分の体重を支え切れないとか、この枝は高すぎて登るのに大変だなどという風に、時には我を忘れて考えるのだった。木の枝ばかりでなく、薬局の前を通れば幾つも睡眠剤の名前を想い出して、眠っているように安楽往生をしている自分の姿を思い描き、汽車電車を見るとその下で悲惨な死を遂げている自分を思い描くようになっていた。けれどこういう風に日夜死を考え、それがひどくなって行けば行く程、益々死に切れなくなって行く自分を発見するばかりだった。今も尾田は林の梢を見上げて枝の工合を眺めたのだったが、すぐ貌をしかめて黙々と歩き出した。一体俺は死にたいのだろうか、生きたいのだろうか、俺に死ぬ気が本当にあるのだろうか、ないのだろうか、と自ら質《ただ》して見るのだったが、結局どっちとも判断のつかない儘、ぐんぐん歩を早めていることだけが明瞭に判るのだった。死のうとしている自分の姿が、一度心の中に這入って来ると、どうしても死に切れない、人間はこういう宿命を有っているのだろうか。

二日前、病院へ這入ることが定ると、急にもう一度試してみたくなって江の島まで出かけて行った。今度死ねなければどんな処へでも行こう、そう決心すると、うまく死ねそうに思われて、いそいそと出かけて行ったのだったが、岩の上に群がっている小学生の姿や、茫漠と煙った海原に降り注いでいる太陽の明るさなどを見ていると、死などを考えている自分がひどく馬鹿げて来るのだった。これではいけないと思って、両眼を閉じ、なんにも見えない間に飛び込むのが一番良いと岩頭に立つと、急に助けられそうに思われて仕様がないのだった。助けられたのでは何にもならない。けれど今の自分は兎に角飛び込むという事実が一番大切なのだ、と思い返して波の方へ体を曲げかけると、「今」俺は死ぬのだろうかと思い出した。「今」どうして俺は死なねばならんのだろう、「今」がどうして俺の死ぬ時なんだろう、すると「今」死ななくてもよいような気がして来るのだった。そこで買って来たウイスキーを一本、やけに平げたが少しも酔が廻って来ず、なんとなく滑稽な気がしだしてからからと笑ったが、赤い蟹が足許に這って来るのを滅茶に踏み殺すと急にどっと瞼が熱くなって来たのだった。非常に真剣な瞬間でありながら、油が水の中へ這入ったように、その真剣さと心が遊離してしまうのだった。そして東京に向って電車が動き出すと、又絶望と自嘲が蘇って来て、暗憺たる気持になったのであるが、もう既に時は遅かった。どうしても死に切れない、この事実の前に彼は項《うな》低《だ》れてしまうより他にないのだった。

一時も早く目的地に着いて自分を決定するより他に道はない。尾田はそう考えながら背の高い柊の垣根に沿って歩いて行った。正門まで出るにはこの垣をぐるりと一巡りしなければならなかった。彼は時々立止って、額を垣に押しつけて院内を覗いた。恐らくは患者達の手で作られているのであろう、水々しい蔬菜類の青葉が、眼の届かぬ彼方までも続いていた。患者の住んでいる、家はどこに在るのかと注意して見たが、一軒も見当らなかった。遠くまで続いたその菜園の果に森のように深い木立が見え、その木立の中に太い煙突が一本大空に向って黒煙を吐き出していた。患者の住居もそのあたりにあるのであろう。煙突は一流の工場にでもあるような立派なもので、尾田は病院にどうしてあんな巨きな煙突が必要なのか怪しんだ。或は焼場の煙突かも知れぬと思うと、これから行く先が地獄のように思われて来た。こういう大きな病院のことだから、毎日夥しい死人があるのであろう、それであんな煙突も必要なのに違いないと思うと、俄に足の力が抜けて行った。だが歩くにつれて展開して行く院内の風景が、また徐々に彼の気持を明るくして行った。菜園と並んで、四角に区切られた苺畑が見え、その横には模型を見るように整然と組み合わされた葡萄棚が、梨の棚と向い合って、見事に立体的な調和を示していた。これも患者達が作っているのであろうか。今まで濁ったような東京に住んでいた彼は、思わず素晴しいものだと呟いて、これは意想外に院内は平和なのかも知れぬと思った。

道は垣根に沿って一間くらいの幅があり、垣根の反対側の雑木林の若葉が、暗いまでに被さっていた。彼が院内を覗き覗きしながら、ちょうど梨畑の横まで来た時、大方この近所の百姓とも思われる若い男が二人、こっちへ向いて歩いて来るのが見え出した。彼等は尾田と同じように院内を覗いては何か話し合っていた。尾田は嫌な処で人に会ってしまったと思いながら、ずり上げてあった帽子を再び深く被ると、下を向いて歩き出した。尾田は病気のために片方の眉毛がすっかり薄くなって居り、代りに眉墨が塗ってあった。彼等は近くまで来ると急に話をばたりとやめ、トランクを提げた尾田の姿を、好奇心に充ちた眼差しで眺めて通り過ぎた。尾田は黙々と下を向いていたが、彼等の眼差しを明瞭に心に感じ、この近所の者であるなら、こうして入院する患者の姿をもう幾度も見ているに相違ないと思うと、屈辱にも似たものがひしひしと心に迫って来るのだった。

彼等の姿が見えなくなると、尾田はそこへトランクを置いて腰をおろした。こんな病院へ這入らなければ生を完うすることの出来ぬ惨めさに、彼の気持は再び曇った。眼を上げると首を吊すに適当な枝は幾本でも眼についた。この機会にやらなければ何時になってもやれないに違いない、あたりを一わたり眺めて見たが、人の気配はなかった。彼は眸を鋭く光らせると、にやりと笑って、よし今だと呟いた。急に心が浮き浮きして、こんな所で突然やれそうになって来たのを面白く思った。綱はバンドがあれば十分である。心臓の鼓動が高まって来るのを覚えながら、彼は立上ってバンドに手を掛けた。その時突然、激しい笑う声が院内から聞えて来たので、ぎょっとして声の方を見ると、垣の内側を若い女が二人、何か楽しそうに話し合いながら葡萄棚の方へ行くのだった。見られたかな、と思ったが、初めて見る院内の女だったので、急に好奇心が出て来て、急いでトランクを提げると何喰わぬ顔で歩き出した。横目を使って覗いて見ると、二人とも同じ棒縞の筒袖を着、白い前掛が背後から見る尾田の眼にもひらひらと映った。貌形の見えぬことに、ちょっと失望したが、後姿はなかなか立派なもので、頭髪も、黒々と厚いのが無造作に束ねられてあった。無論患者に相違あるまいが、何処一つとして患者らしい醜悪さがないのを見ると、何故ともなく尾田はほっと安心した。なお熱心に眺めていると、彼女等はずんずん進んで行って、時々棚に腕を伸ばし、房々と実った頃のことでも思っているのか、葡萄を採るような手つきをしては、顔を見合せてどっと笑うのだった。やがて葡萄畑を抜けると、彼女等は青々と繁った菜園の中へ這入って行ったが、急に一人がさっと駈け出した。後の一人は腰を折って笑い、駈けて行く相手を見ていたが、これもまた後を追ってばたばたと駈け出した。鬼ごっこでもするように二人は、尾田の方へ横貌をちらちら見せながら、小さくなってゆくと、やがて煙突の下の深まった木立の中へ消えて行った。尾田はほっと息を抜いて、女の消えた一点から眼を外《そ》らすと、兎に角入院しようと決心した。

　総てが普通の病院と様子が異っていた。受付で尾田が案内を請うと、四十くらいの良く肥えた事務員が出て来て、

「君だな、尾田高雄は、ふうむ。」

　と言って、尾田の貌を上から下から眺め廻すのであった。

「まあ懸命に治療するんだね。」

　無造作にそう言ってポケットから手帳を取り出し、警察でされるような厳密な身許調査を始めるのだった。そしてトランクの中の書籍の名前まで一つ一つ書き記されると、まだ二十三の尾田は、激しい屈辱を覚えると共に、全然一般社会と切離されているこの病院の内部に、どんな意外なものが待ち設けているのかと不安

でならなかった。それから事務所の横に建っている小さな家へ連れて行かれると、

「ここで暫く待っていて下さい。」

と言って引上げてしまった。後になって、この小さな家が外来患者の診察室であると知った時、尾田はびっくりしたのであったが、そこには別段診察器具が置かれてある訳でもなく、田舎駅の待合室のように、汚れたベンチが一つ置かれてあるきりであった。窓から外を望むと、松栗檜欅などが生え繁っており、それ等を透して遠くに垣根が眺められた。尾田は暫く腰をおろして待っていたが、なんとなくじっとしていられない思いがし、いっそ今の間に逃げ出してしまおうかと幾度も腰を上げて見たりした。そこへ医者がぶらりとやって来ると、尾田に帽子を取らせ、ちょっと顔を覗いて、

「ははあん。」

と一つ頷くと、もうそれで診察はお終いだった。勿論尾田自身でも自ら癩に相違ないとは思っていたのであるが、

「お気の毒だったね。」

癩に違いないという意を含めてそう言われた時には、さすがにがっかりして一度に全身の力が抜けて行った。そこへ看護手とも思われる白い上衣をつけた男がやって来ると、

「こちらへ来て下さい。」

と言って、先に立って歩き出した。男に従って尾田も歩き出したが、院外にいた時の何処となくニヒリスティクな気持が消えて行くと共に、徐々に地獄の中へでも堕ち込んで行くような恐怖と不安を覚え始めた。生涯取返しのつかないことをやっているように思われてならないのだった。

「随分大きな病院ですね。」

尾田はだんだん黙っていられない思いがして来だしてそう訊ねると、

「十万坪。」

ぽきっと木の枝を折ったように無愛想な答え方で、男は一層歩調を早めて歩くのだった。尾田は取りつく島を失った想いであったが、葉と葉の間に見えがくれする垣根を見ると、

「全治する人もあるのでしょうか。」

と、知らず識らずのうちに哀願的にすらなって来るのを腹立たしく思いながら、やはり訊かねばおれなかった。

「まあ一生懸命に治療してごらんなさい。」

男はそう言ってにやりと笑うだけだった。或は好意を示した微笑であったかも知れなかったが、尾田には無気味なものに思われた。

二人が着いた所は、大きな病棟の裏側にある風呂場で、既に若い看護婦が二人で尾田の来るのを待ってい た。耳まで被さってしまうような大きなマスクを彼女等はかけていて、それを見ると同時に尾田は、思わず自分の病気を振り返って情なさが突き上って来た。

風呂場は病棟と廊下続きで、獣を思わせる嗄れ声や、どすどすと歩く足音などが入り乱れて聞えて来た。尾田がそこへトランクを置くと、彼女等はちらりと尾田の貌を見たが、すぐ視線を外らして、

「消毒しますから……。」

とマスクの中で言った。一人が浴槽の蓋を取って片手を浸しながら、

「良いお湯ですわ。」

這入れというのであろう、そう言ってちらと尾田の方を見た。尾田はあたりを見廻したが、脱衣籠もなく、

唯、片隅に薄汚い莚《ござ》が一枚敷かれてあるきりで、

「この上に脱《ぬ》げと言うのですか。」

と思わず口まで出かかるのをようやく押えたが、激しく胸が波立って来た。最早どん底に一歩を踏み込んでいる自分の姿を、尾田は明瞭に心に描いたのであった。この汚れた莚の上で、全身蝨《しらみ》だらけの乞食や、浮浪患者が幾人も着物を脱いだのであろうと考え出すと、この看護婦たちの眼にも、もう自分はそれ等の行路病者と同一の姿で映っているに違いないと思われて来て、怒りと悲しみが一度に頭に上るのを感じた。逡巡したが、しかしもうどうしようもない。半ば自棄気味で覚悟を定めると、彼は裸になり、湯ぶねの蓋を取った。

「何か薬品でも這入っているのですか。」

片手を湯の中に入れながら、さっきの消毒という言葉がひどく気がかりだったので訊いて見た。

「いいえ、ただのお湯ですわ。」

良く響く、明るい声であったが、彼女等の眼は、さすがに気の毒そうに尾田を見ていた。尾田はしゃがんで先ず手桶に一杯を汲んだが、薄白く濁った湯を見ると又嫌悪が突き出て来そうなので、彼は眼を閉じ、息をつめて一気にどぼんと飛び込んだ。底の見えない洞穴へでも墜落する思いであった。すると、

「あのう、消毒室へ送る用意をさせて戴きますから――。」

と看護婦の一人が言うと、他の一人はもうトランクを開いて調べ出した。どうとも自由にして呉れ、裸になった尾田は、そう思うよりほかになかった。胸まで来る深い湯の中で彼は眼を閉じ、ひそひそと何か話し合いながらトランクを掻き廻している彼女等の声を聞いているだけだった。絶え間なく病棟から流れて来る雑音が、彼女等の声と入り乱れて、団塊になると、頭の上をくるくる廻った。その時ふと彼は故郷の蜜柑の

木を思い出した。笠のように枝を厚ぼったく繁らせたその下で、よく昼寝をしたことがあったが、その時の印象が、今こうして眼を閉じて物音を聞いている気持と一脈通ずるものがあるのかも知れなかった。また変な時に思い出したものだと思っていると、

「おあがりになったら、これ、着て下さい。」

と看護婦が言って新しい着物を示した。垣根の外から見た女が着ていたのと同じ棒縞の着物であった。

小学生にでも着せるような袖の軽い着物を、風呂からあがって着け終った時には、なんという見すぼらしくも滑稽な姿になったものかと、尾田は幾度も首を曲げて自分を見た。

「それではお荷物消毒室へ送りますから――。お金は拾壱円八拾六銭ございました。二三日のうちに金券と換えて差上げます。」

金券、とは初めて聞いた言葉であったが、恐らくはこの病院のみで定められた特殊な金を使わされるのであろうと尾田はすぐ推察したが、初めて尾田の前に露呈した病院の組織の一端を摑み取ると同時に、監獄へ行く罪人のような戦慄を覚えた。だんだん身動きも出来なくなるのではあるまいかと不安でならなくなり、親爪をもぎ取られた蟹のようになって行く自分のみじめさを知った。ただ地面をうろうろと這い廻ってばかりいる蟹を彼は思い浮べて見るのであった。

その時廊下の向うでどっと挙がる喚声が聞えて来た。思わず肩を竦めていると、急にばたばたと駈け出す足音が響いて来た。とたんに風呂場の入口の硝子戸があくと、腐った梨のような貌がにゅっと出て来た。尾田はあっと小さく叫んで一歩後ずさり、顔からさっと血の引くのを覚えた。奇怪な貌だった。泥のように色艶が全くなく、ちょっとつつけば膿汁が飛び出すかと思われる程ぶくぶくと脹らんで、その上に眉毛が一本も生えていないため怪しくも間の抜けたのっぺら棒であった。駈け出したためか興奮した息をふうふう吐き

ながら、黄色く爛れた眼でじろじろと尾田を見るのであった。尾田は益々肩を窄《すぼ》めたが、初めてまざまざと見る同病者だったので、恐る怖るではあるが好奇心を動かせながら幾度も横目で眺めた。どす黒く腐敗した瓜に鬘を被せるとこんな首になろうか、顎にも眉にも毛らしいものは見当らないのに、頭髪だけは黒々と厚味をもったのが、毎日油をつけるのか、櫛目も正しく左右に分けられていた。顔面と余り不調和なので、これはひょっとすると狂人かも知れぬと、尾田が無気味なものを覚えつつ注意していると、

「何を騒いでいたの。」

と看護婦が訊いた。

「ふふふふふ。」

と彼はただ気色の悪い笑い方をしていたが、不意にじろりと尾田を見ると、いきなりぴしゃりと硝子戸をしめて駈けだしてしまった。

やがてその足音が廊下の果に消えてしまうと、またこちらへ向って来るらしい足音がこつこつと聞え出した。前のに比べてひどく静かな足音であった。

「佐柄木さんよ。」

その音で解るのであろう、彼女等は貌を見合わせて頷き合う風であった。

「ちょっと忙しかったので、遅くなりました。」

佐柄木は静かに硝子戸をあけて這入って来ると、先ずそう言った。背の高い男で、片方の眼がばかに美しく光っていた。看護手のように白い上衣をつけていたが、一目で患者だと解るほど、病気は顔面を冒していて、眼も片方は濁って居り、そのためか美しい方の眼がひどく不調和な感じを尾田に与えた。

「当直なの。」

看護婦が彼の貌を見上げながら訊くと、

「ああ、そう。」

と簡単に応えて、

「お疲れになったでしょう。」

と尾田の方を眺めた。顔形で年齢の判断は困難だったが、その言葉の中には若々しいものが満ちていて、横柄だと思えるほど自信ありげな物の言振りであった。

「どうでした、お湯熱くなかったですか。」

初めて病院の着物を纏うた尾田の何処となくちぐはぐな様子を微笑して眺めていた。

「ちょうどよかったわね、尾田さん。」

看護婦がそう引き取って尾田を見た。

「ええ。」

「病室の方、用意出来ましたの?」

「ああ、すっかり出来ました。」

と佐柄木が応えると、看護婦は尾田に、

「この方佐柄木さん、あなたが這入る病室の附添さんですの。解らないことあったら、この方にお訊きなさいね。」

と言って尾田の荷物をぶら提げ、

「では佐柄木さん、よろしくお願いしますわ。」

と言い残して出て行ってしまった。

「僕尾田高雄です、よろしく――。」

と挨拶すると、

「ええ、もう前から存じて居ります。事務所の方から通知がありましたものですから。」

そして、

「まだ大変お軽いようですね、なあに癩病恐れる必要ありませんよ。ははは。ではこちらへいらして下さい。」

と廊下の方へ歩き出した。


木立を透して寮舎や病棟の電燈が見えた。もう十時近い時刻であろう。尾田はさっきから松林の中に佇立してそれらの灯を眺めていた。悲しいのか不安なのか恐しいのか、彼自身でも識別出来ぬ異常な心の状態だった。佐柄木に連れられて初めて這入った重病室の光景がぐるぐると頭の中を廻転して、鼻の潰れた男や口の歪んだ女や骸骨のように目玉のない男などが眼先にちらついてならなかった。自分もやがてはああ成り果てて行くであろう、膿汁の悪臭にすっかり鈍くなった頭でそういうことを考えた。半ばは信じられない、信じることの恐しい思いであった。――膿がしみ込んで黄色くなった繃帯やガーゼが散らばった中で黙々と重病人の世話をしている佐柄木の姿が浮んで来ると、尾田は首を振って歩き出した。五年間もこの病院で暮したと尾田に語った彼は、一体何を考えて生き続けているのであろう。

尾田を病室の寝台に就かせてからも、佐柄木は忙しく室内を行ったり来たりして立働いた。手足の不自由なものには繃帯を巻いてやり、便をとってやり、食事の世話すらもしてやるのであった。けれどその様子を静かに眺めていると、彼がそれ等を真剣にやって病人達をいたわっているのではないと察せられるふしが多かった。それかと言ってつらく当っているとは勿論思えないのであるが、何となく傲然としているように見受けられた。崩れかかった重病者の股間に首を突込んで絆創膏を貼っているような時でも、決して嫌な貌を見せない彼は、嫌な貌になるのを忘れているらしいのであった。初めて見る尾田の眼に異常な姿として映っても、佐柄木にとっては、恐らくは日常事の小さな波の上下であろう。仕事が暇になると尾田の寝台へ来て話すのであったが、彼は決して尾田を慰めようとはしなかった。病院の制度や患者の日常生活に就いて訊くと、静かな調子で説明した。一語も無駄を言うまいと気を配っているような説明の仕方だったが、そのまま文章に移していいと思われるほど適切な表現で尾田は一つ一つ納得出来た。しかし尾田の過去に就いても病気の工合に就いても、何一つとして訊ねなかった。また尾田の方から彼の過去を訊ねて見ても、彼は笑うばかりで決して語ろうとはしなかった。それでも尾田が、発病するまで学校にいたことを話してからは、急に好意を深めて来たように見えた。

「今まで話相手が少くて困って居りました。」

と言った佐柄木の貌には、明かによろこびが見え、青年同志としての親しみが自ずと芽生えたのであった。だがそれと同時に、今こうして癩者佐柄木と親しくなって行く自分を思い浮べると尾田は、いうべからざる嫌悪を覚えた。これではいけないと思いつつ本能的に嫌悪が突き上って来てならないのであった。

佐柄木を思い病室を思い浮べながら、尾田は暗い松林の中を歩き続けた。何処へ行こうという的《あて》がある訳ではなかった。眼をそむける場所すらない病室が耐えられなかったから飛び出して来たのだった。

林を抜けるとすぐ柊の垣にぶつかってしまった。殆ど無意識的に垣根に縋ると、力を入れて揺ぶって見た。金を奪われてしまった今はもう逃走することすら許されていないのだった。しかし彼は注意深く垣を乗り越え始めた。どんなことがあってもこの病院から出なければならない。この院内で死んではならないと強く思われたのだった。外に出るとほっと安心し、あたりを一層注意しながら雑木林の中へ這入って行くと、そろそろと帯を解いた。俺は自殺するのでは決してない、ただ、今死なねばならぬように決定されてしまったのだ、何者が決定したのかそれは知らぬが、兎に角そう総て定ってしまったのだと口走るように呟いて、頭上の栗の枝に帯をかけた。風呂場で貰った病院の帯は、縄のようによれよれになっていて、じっくりと首が締まりそうであった。すると、病院で貰った帯で死ぬことがひどく情なくなって来だした。しかし帯のことなどどうでもいいではないかと思いかえして、二三度試みに引張って見ると、ぼってりと青葉を着けた枝がゆさゆさと涼しい音をたてた。まだ本気に死ぬ気ではなかったが、兎に角端を結わえて先ず首を引っかけて見ると、ちょうど工合良くしっくりと頸にかかって、今度は顎を動かせて枝を揺って見た。枝がかなり太かったので顎ではなかなか揺れず、痛かった。勿論これでは低すぎるのであるが、それならどれくらいの高さが良かろうかと考えた。縊死体というものは大抵一尺くらいも頸が長くなっているものだと、もう幾度も聞かされたことがあったので、嘘かほんとか解らなかったが、もう一つ上の枝に帯を掛ければ申分はあるまいと考えた。しかし一尺も頸が長々と伸びてぶら下っている自分の死状《しにざま》は随分怪しげなものに違いないと思いだすと、浅ましいような気もして来た。どうせここは病院だから、そのうちに手頃な薬品でもこっそり手に入れて、それからにした方が余程よいような気がして来た。しかし、と首を掛けたまま、何時でもこういうつまらぬようなことを考え出しては、それに邪魔されて死ねなかったのだと思い、そのつまらぬことこそ、自分をここまでずるずると引きずって来た正体なのだと気づいた。それでは——と帯に頸を載せたまま考え込んだ。

その時かさかさと落葉を踏んで歩く人の足音が聞えて来た。これはいけないと頸を引込めようとしたとたんに、穿いていた下駄がひっくり返ってしまった。

「しまった。」

さすがに仰天して小さく叫んだ。ぐぐッと帯が頸部に食い込んで来た。呼吸も出来ない。頭に血が上ってガーンと鳴り出した。

死ぬ、死ぬ。

無我夢中で足を藻掻いた。と、こつり下駄が足先に触れた。

「ああびっくりした。」

ようやくゆるんだ帯から首を外してほっとしたが、腋の下や背筋には冷たい汗が出てどきんどきんと心臓が激しかった。いくら不覚のこととは言え、自殺しようとしている者が、これくらいのことにどうしてびっくりするのだ、この絶好の機会に、と口惜しがりながら、しかしもう一度首を引掛けてみる気持は起って来なかった。

再び垣を乗り越すと、彼は黙々と病棟へ向って歩き出した。――心と肉体がどうしてこうも分裂するのだろう。だが、俺は、一体何を考えていたのだろう。俺には心が二つあるのだろうか。俺の気づかないもう一つの心とは一体何ものだ。二つの心は常に相反するものなのか。ああ、俺はもう永遠に死ねないのであるまいか。何万年でも、俺は生きていなければならないのか。死というものは、俺には与えられていないのか。俺は、もうどうしたらいいんだ。

だが病棟の間近くまで来ると、悪夢のような室内の光景が蘇って自然と足が停ってしまった。激しい嫌悪が突き上って来て、どうしても足を動かす気がしないのだった。仕方なく踵《きびす》を返して歩き出したが、再び林の中へ這入って行く気にはなれなかった。それでは昼間垣の外から見た果樹園の方へでも行ってみようと二三歩足を動かせ始めたが、それもまたすぐ嫌になってしまった。やっぱり病室へ帰る方が一番良いように思われて来て、再び踵を返したのだったが、するともうむんむんと膿の臭いが鼻を圧して来て、そこへ立停るより仕方がなかった。さて何処へ行ったらいいものかと途方に暮れ、兎に角何処かへ行かねばならぬのだが、と心が苛立って来た。あたりは暗く、すぐ近くの病棟の長い廊下の硝子戸が明るく浮き出ているのが見えた。彼はぼんやり佇立したまま森《しん》としたその明るさを眺めていたが、その明るさが妙に白々しく見え出して、だんだん背すじに水を注がれるような凄味を覚え始めた。これはどうしたことだろうと思って大きく眼を瞠って見たが、ぞくぞくと鬼気は迫って来る一方だった。体が小刻みに顫え出して、全身が凍りついてしまうような寒気がしてきだした。じっとしていられなくなって急いでまた踵を返したが、はたと当惑してしまった。全体俺は何処へ行くつもりなんだ、何処へ行ったらいいんだ、林や果樹園や菜園が俺の行場でないことだけは明瞭に判っている、そして必然何処かへ行かねばならぬ、それもまた明瞭に判っているのだ、それだのに、

「俺は、何処へ、行きたいんだ。」

ただ、漠然とした焦慮に心が煎るるばかりであった。——行場がない何処へも行場がない。曠野に迷った旅人のように、孤独と不安が犇々と全身をつつんで来た。熱いものの塊《かたまり》がこみ上げて来て、ひくひくと胸が嗚咽し出したが、不思議に一滴の涙も出ないのだった。

「尾田さん。」

不意に呼ぶ佐柄木の声に尾田はどきんと一つ大きな鼓動が打って、ふらふらッと眩暈がした。危く転びそうになる体を、やっと支えたが、咽喉が枯れてしまったように声が出なかった。

「どうしたんですか。」

笑っているらしい声で佐柄木は言いながら近寄って来ると、

「どうかしたのですか。」

と訊いた。その声で尾田はようやく平気な気持をとり戻し、

「いえ、ちょっとめまいがしまして。」

しかし自分でもびっくりするほど、ひっつるように乾いた声だった。

「そうですか。」

佐柄木は言葉を切り、何か考える様子だったが、

「兎に角、もう遅いですから、病室へ帰りましょう。」

と言って歩きだした。佐柄木のしっかりとした足どりに、尾田も何となく安心して従った。


駱駝の背中のように凹凸のひどい寝台で、その上に蒲団を敷いて患者達は眠るのだった。尾田が与えられた寝台の端に腰をかけると、佐柄木も黙って尾田の横に腰をおろした。病人達はみな寝静まって、時々廊下を便所へ歩む人の足音が大きかった。ずらりと並んだ寝台に眠っている病人達のさまざまな姿体を、尾田は眺める気力がなく、下を向いたまま、一時も早く蒲団の中にもぐり込んでしまいたい思いで一ぱいだった。どれもこれも癩《くず》れかかった人々ばかりで、人間というよりは呼吸のある泥人形であった。頭や腕に巻いている繃帯も、電光のためか、黒黄色く膿汁がしみ出ているように見えた。佐柄木はあたりを一わたり見廻していたが、

「尾田さん、あなたはこの病人達を見て、何か不思議な気がしませんか。」

と訊くのであった。

「不思議って？」

と尾田は佐柄木の貌を見上げたが、瞬間、あっと叫ぶところであった。佐柄木の美しい方の眼が何時の間

にか抜け去っていて、骸骨のように其処がべこんと凹んでいるのだった。あまり不意だったので言葉もなく尾田が混乱していると、

「つまりこの人達も、そして僕自身をも含めて、生きているのです。このことを、あなたは不思議に思いませんか。奇怪な気がしませんか。」

急に片目になった佐柄木の貌は、何か勝手の異った感じがし、尾田は、錯覚しているのではないかと自分を疑いつつ、恐々《こわごわ》であったが注意して佐柄木を見た。と佐柄木は尾田の驚きを察したらしく、つと立上って当直寝台――部屋の中央にあって当直の附添が寝る寝台――へすたすたと歩いて行ったが、すぐ帰って来て、

「はははは。目玉を入れるのを忘れていました。驚いたですか。さっき洗ったものですから――。」

そう言って、尾田に、掌《てのひら》に載せた義眼を示した。

「面倒ですよ。目玉の洗濯までせねばならんのでね。」

そして佐柄木はまた笑うのであったが、尾田は溜った唾液《つば》を飲み込むばかりだった。義眼は二枚貝の片方と同じ恰好で、丸まった表面に眼の模様が這入っていた。

「この目玉はこれで三代目なんですよ。初代のやつも二代目も、大きな嚔《くさめ》をした時飛び出しましてね、運悪く石の上だったものですから割れちゃいました。」

そんなことを言いながらそれを眼窩へあててもぐもぐとしていたが、

「どうです、生きてるようでしょう。」

と言った時には、もうちゃんと元の位置に納まっていた。尾田は物凄い手品でも見ているような塩梅《あんばい》であっけに取られつつ、もう一度唾液を飲み込んで返事も出来なかった。

「尾田さん。」

ちょっとの間黙っていたが、今度は何か鋭いものを含めた調子で呼びかけ、

「こうなっても、まだ生きているのですからね、自分ながら、不思議な気がしますよ。」

言い終ると急に調子をゆるめて微笑していたが、

「僕、失礼ですけれど、すっかり見ましたよ。」

と言った。

「ええ？」

瞬間解《げ》せぬという風に尾田が反問すると、

「さっきね。林の中でね。」

相変らず微笑して言うのであるが、尾田は、こいつ油断のならぬやつだと思った。

「じゃあすっかり？」

「ええ、すっかり拝見しました。やっぱり死に切れないらしいですね。ははは。」

「…………。」

「十時が過ぎてもあなたの姿が見えないので、ひょっとすると――と思いましたので出かけて見たのです。初めてこの病室へ這入った人は大抵そういう気持になりますからね。もう幾人もそういう人にぶつかって来ましたが、先ず大部分の人が失敗しますね。そのうちインテリ青年、と言いますか、そういう人は定ってやり損いますね。どういう訳かその説明は何とでもつきましょうが。――すると、林の中にあなたの姿が見えるのでしょう。勿論大変暗くてよく見えませんでしたが。やっぱりそうかと思って見ていますと、垣を越え出しましたね。さては院外《そと》でやりたいのだなと思ったのですが、やはり止める気がしませんのでじっと見ていました。もっとも他人がとめなければ死んでしまうような人は結局死んだ方が一番良いし、それに再び起

ち上るものを内部に蓄えているような人は、定って失敗しますね。蓄えているものに邪魔されて死に切れないらしいのですね。僕思うんですが、意志の大いさは絶望の大いさに正比する、とね。意志のない者に絶望などあろう筈がないじゃありませんか。生きる意志こそ源泉だと常に思っているのです。しかし下駄がひっくり返ったのですか、あの時はちょっとびっくりしましたよ。あなたはどんな気がしたですか。」

尾田は真面目なのか笑いごとなのか判断がつきかねたが、その太々しい言葉を聞いているうちに、だんだん激しい忿怒が湧き出て来て、

「うまく死ねるぞ、と思って安心しました。」

と反撥して見たが、

「同時に心臓がどきどきしました。」

と正直に白状してしまった。

「ふうむ。」

と佐柄木は考え込んだ。

「尾田さん。死ねると安心する心と、心臓がどきどきするというこの矛盾の中間、ギャップの底に、何か意外なものが潜んでいるとは思いませんか。」

「まだ一度も探って見ません。」

「そうですか。」

そこで話を打切りにしようと思ったらしく佐柄木は立上ったが、また腰をおろし、

「あなたと初めてお会いした今日、こんなことを言って大変失礼ですけれど。」

と優しみを含めた声で前置きをすると、

「尾田さん、僕には、あなたの気持がよく解る気がします。昼間お話ししましたが、僕がここへ来たのは五年前です。五年前のその時の僕の気持を、いや、それ以上の苦悩を、あなたは今味っていられるのです。ほんとにあなたの気持、よく解ります。でも、尾田さん、きっと生きられますよ。きっと生きる道はありますよ。どこまで行っても人生にはきっと抜路があると思うのです。もっともっと自己に対して、自らの生命に対して謙虚になりましょう。」

意外なことを言い出したので、尾田はびっくりして佐柄木の顔を見上げた。半分潰れかかって、それがまたかたまったような佐柄木の顔は、話に力を入れるとひっつったように痙攣して、仄暗い電光を受けて一層凹凸がひどく見えた。佐柄木は暫く何ごとか深く考え耽っていたが、

「兎に角、癩病に成り切ることが何より大切だと思います。」

と言った。不敵な面魂が、その短い言葉の内部に覗かれた。

「まだ入院されたばかりのあなたに大変無慈悲な言葉かも知れません、今の言葉。でも同情するよりは、同情のある慰めよりは、あなたにとっても良いと思うのです。実際、同情程愛情から遠いものはありませんからね。それに、こんな潰れかけた同病者の僕が一体どう慰めたらいいのです。慰めのすぐそこから嘘がばれて行くに定っているじゃありませんか。」

「よく解りました、あなたのおっしゃること。」

続けて尾田は言おうとしたが、その時、

「どうぢょくざん。」

と嗄れた声が向う端の寝台から聞えて来たので口をつぐんだ。佐柄木はさっと立上ると、その男の方へ歩んだ。「当直さん」と佐柄木を呼んだのだと初めて尾田は解した。

「何だい用は。」

　とぶっきら棒に佐柄木が言った。

「じょうべんがじたい。」

「小便だな、よしよし。便所へ行くか、シービンにするか、どっちがいいんだ。」

「べんじょさいぐ。」

　佐柄木は馴れ切った調子で男を背負い、廊下へ出て行った。背後から見ると、負われた男は二本とも足が無く、膝小僧のあたりに繃帯らしい白いものが覗いていた。

「なんというもの凄い世界だろう。この中で佐柄木は生きると言うのだ。だが、自分はどう生きる態度を定めたらいいのだろう。」

　発病以来、初めて尾田の心に来た疑問だった。尾田は、しみじみと自分の掌を見、足を見、そして胸に掌をあててまさぐって見るのだった。何もかも奪われてしまって、唯一つ、生命だけが取り残されたのだった。今更のようにあたりを眺めて見た。膿汁に煙った空間があり、ずらりと並んだベッドがある。死にかかった重病者がその上に横わって、他は繃帯でありガーゼであり、義足であり松葉杖であった。山積するそれ等の中に今自分は腰かけている。――じっとそれ等を眺めているうちに、尾田は、ぬるぬると全身にまつわりついて来る生命を感じるのであった。逃れようとしても逃れられない、それは、鳥黐のようなねばり強さであった。

　便所から帰って来た佐柄木は、男を以前のように寝かせてやり、

「他に何か用はないか。」

　と訊きながら、蒲団をかけてやった。もう用はないと男が答えると、佐柄木は又尾田の寝台に来て、

「ね、尾田さん。新しい出発をしましょう。それには、先ず癩に成り切ることが必要だと思います。」

と言うのであった。便所へ連れて行ってやった男のことなど、もうすっかり忘れているらしく、それが強く尾田の心を打った。佐柄木の心には癩も病院も患者もないのであろう。この崩れかかった男の内部は、我々と全然異った組織で出来上っているのであろうか。尾田には少しずつ佐柄木の姿が大きく見え始めるのだった。

「死に切れない、という事実の前に、僕もだんだん屈伏して行きそうです。」

と尾田が言うと、

「そうでしょう。」

と佐柄木は尾田の顔を注意深く眺め、

「でもあなたは、まだ癩に屈伏していられないでしょう。まだ大変お軽いのですし、実際に言って、癩に屈伏するのは容易じゃありませんからねえ。けれど一度は屈伏して、しっかりと癩者の眼を持たねばならないと思います。そうでなかったら、新しい勝負は始まりませんからね。」

「真剣勝負ですね。」

「そうですとも、果合いのようなものですよ。」

月夜のように蒼白く透明である。けれど何処にも月は出ていない。夜なのか昼なのかそれすら解らぬ。ただ蒼白く透明な原野である。その中を尾田は逃げた。逃げた。胸が弾んで呼吸が困難である。だがへたばっては殺される。必死で逃げねばならぬのだ。追手はぐんぐん迫って来る。迫って来る。心臓の響きが頭にまで伝わって来る。足がもつれる。幾度も転びそうになるのだ。追手の鯨波《とき》はもう間近まで寄せて来た。早く何処かへ隠れてしまおう。前を見てあっと棒立に竦んでしまう。柊の垣があるのだ。進退全く谷まった。喚声はもう耳許で聞える。ふと見ると小さな小川が足許にある、水のない掘割だ。夢中で飛び込むと足がずるずると吸い込まれる。しまったと足を抜こうとすると又ずるりと吸い入れられる。はや腰までは沼の中だ。藻掻く、引掻く。だが沼は腰から腹、腹から胸へと上って来る一方だ。底のない泥沼だ、身動きも出来なくなる。疲れたように足が利かない。眼を白くろさせて喘ぐばかりだ。うわああと喚声が頭上でする。あの野郎死んでるくせに逃げ出しやがった、畜生もう逃がさんぞ、逃がすものか、火炙りだ、捕まえろ、捕まえろ。入り乱れて聞えて来るのだ。どすどすと凄い足音が地鳴りのように響いて来る。ずうんと身の毛がよだって脊髄までが凍ってしまうようである。——殺される、殺される。熱い塊が胸の中でごろごろ転がるが一滴の涙も枯れ果ててしまっている。ふと気づくと蜜柑の木の下に立っている。見覚えのある蜜柑の木だ。蕭条と雨の降る夕暮である。何時の間にか菅笠を被っている。白い着物を着て脚絆をつけて草鞋を履いているのだ。追手は遠くで鯨波をあげている。また近寄って来るらしいのだ。蜜柑の根本に蹲んで息を殺す、とたんに頭上でげらげらと笑う声がする。はっと見上げると佐柄木がいる。恐しく巨きな佐柄木だ。いつもの二倍もあるようだ。樹上から見おろしている。癩病が治ってばかに美しい貌なのだ。二本の眉毛も逞しく濃い。尾田は思わず自分の眉毛に触ってはっとする。残っている筈の片方も今は無いのだ。驚いて幾度も撫でて見るが、やっぱり無い。つるつるになっているのだ。どっと悲しみが突き出て来てぼろぼろと涙が出る。佐柄木はにたりにたりと笑っている。

「お前はまだ癩病だな。」

樹上から彼は言うのだ。

「佐柄木さんは、もう癩病がお癒りになられたのですか。」

恐る怖る訊いて見る。

「癒ったさ、癩病なんか何時でも癒るね。」

「それでは私も癒りましょうか。」

「癒らんね。君は。癒らんね。お気の毒じゃよ。」

「どうしたら癒るのでしょうか。佐柄木さん。お願いですから、どうか教えて下さい。」

太い眉毛をくねくねと歪めて佐柄木は笑う。

「ね、お願いです。どうか、教えて下さい。ほんとにこの通りです。」

両掌を合せ、腰を折り、お祈りのような文句を口の中で呟く。

「ふん、教えるもんか、教えるもんか。貴様はもう死んでしまったんだからな。死んでしまったんだからな。」

そして佐柄木はにたりと笑い、突如、耳の裂けるような声で大喝した。

「まだ生きてやがるな、まだ、貴、貴様は生きてやがるな。」

そしてぎろりと眼をむいた。恐しい眼だ。義眼よりも恐しいと尾田は思う。逃げようと身構えるがもう遅い。さっと佐柄木が樹上から飛びついて来た。巨人佐柄木に易々と小腋に抱えられてしまったのだ。手を振り足を振るが巨人は知らん顔をしている。

「さあ火炙りだ。」

と歩き出す。すぐ眼前に物凄い火柱が立っているのだ。炎々たる焔の渦、ごおうっと音をたてている。あの火の中へ投げ込まれる。身も世もあらぬ思いでもがく。が及ばない。どうしよう、どうしよう。灼熱した風が吹いて来て貌を撫でる。全身にだらだらと冷汗が流れ出る。佐柄木はゆったりと火柱に進んで行く。投げられまいと佐柄木の胴体にしがみつく。佐柄木は身構えて調子をとり、ゆさりゆさりと揺ぶる。体がゆらいで火炎に近づくたびに焼けた空気が貌を撫でるのだ。尾田は必死で叫ぶのだった。

「ころされるう。こ　ろ　さ　れ　る　う—。他人《ひと》にころされるう—。」

血の出るような声を搾り出すと、夢の中の尾田の声が、ベッドの上の尾田の耳へはっきり聞えた。奇妙な瞬間だった。

「ああ夢だった。」

全身に冷たい汗をぐっしょりかいて、胸の鼓動が激しかった。他人にころされるう—と叫んだ声がまだ耳殻にこびりついている。心は脅え切っていて、蒲団の中に深く首を押し込んで眼を閉じたままでいると、火柱が眼先にちらついた。再び悪夢の中へ引きずり込まれて行くような気がし出して眼を開いた。もう幾時頃であろう、病室内は依然として悪臭に満ち、空気はどろんと濁ったまま穴倉のように無気味な静けさであった。胸から股のあたりへかけて、汗がぬるぬるしてい、気色の悪いこと一通りではなかったが、起き上ることが出来なかった。暫く、彼は体をちぢめて蝦のようにじっとしていた。小便を催しているが、朝まで辛抱しようと思った。と何処からか歔欷《すすりな》きが聞えて来るので、おやと耳を澄ませると、時に高まり、時に低まりして、袋の中からでも聞えて来るような声で断続した。呻くような切なさで、締め殺されるような声であった。高まった時はすぐ枕許で聞えるようだったが、低まった時は隣室からでも聞えるように遠のいた。尾田はそろそろ首をもち上げて見た。ちょっとの間は何処で泣いているのか判らなかったが、それは、彼の真向いのベッドだった。頭からすっぽり蒲団を被って、それが微かに揺れていた。泣声を他人に聞かれまいとして、なお激しくしゃくり上げて来るらしかった。

「あっ、ちちちい—。」

泣声ばかりではなく、何か激烈な痛みを訴える声が混っているのに尾田は気づいた。さっきの夢にまだ心は慄《おのの》き続けていたが、泣声があまりひどいので怪しみながら寝台の上に坐った。どうしたのか訊いてみようと思って立ちあがったが、当直の佐柄木もいるはずだと思いついたので、再び坐った。首をのばして当直寝台を見ると、佐柄木は腹ばって何か懸命に書き物をしているのだった。泣声に気づかないのであろうか、尾田は一度声を掛けてみようかと思ったが、当直者が泣声に気づかぬということはあるまいと思われると共に、熱心に書いている邪魔をしては悪いとも思ったので、彼は黙って寝衣を更えた。寝衣は勿論病院から呉れたもので、経帷子とそっくりのものだった。

二列の寝台には見るに堪えない重症患者が、文字通り気息奄々と眠っていた。誰も彼も大きく口を開いて眠っているのは、鼻を冒されて呼吸が困難なためであろう。尾田は心中に寒気を覚えながら、それでもここへ来て初めて彼等の姿を静かに眺めることが出来た。赤黒くなった坊主頭が弱い電光に鈍く光っていると、次にはてっぺんに大きな絆創膏を貼りつけているのだった。絆創膏の下には大きな穴でもあいているのだろう。そんな頭がずらりと並んでいる恰好は奇妙に滑稽な物凄さだった。尾田のすぐ左隣りの男は、摺子木のように先の丸まった手をだらりと寝台から垂していい、その向いは若い女で、仰向いている貌は無数の結節で荒れ果てていた。頭髪も殆ど抜け散って、後頭部にちょっとと、左右の側に毛虫でも這っている恰好でちょびちょびと生えているだけで、男なのか女なのか、なかなかに判断が困難だった。暑いのか彼女は足を蒲団の上にあげ、病的にむっちりと白い腕も袖がまくれて露わに蒲団の上に投げていた。惨《むご》たらしくも情慾的な姿だった。

その中尾田の注意を惹いたのは、泣いている男の隣りで、眉毛と頭髪はついているが、顎はぐいとひん曲って仰向いているのに口だけは横向きで、閉じることも出来ぬのであろう、だらしなく涎が白い糸になって垂れているのだった。年は四十を越えているらしい。寝台の下には義足が二本転がっていた。義足と言ってもトタン板の筒っぽで、先が細まり端に小さな足型がくっついているだけで、玩具のようなものだった。がその次の男に眼を移した時には、さすがに貌を外向けねばいられなかった。頭から貌、手足、その他全身が繃帯でぐるぐる巻きにされ、むし暑いのか蒲団はすっかり踏み落されて、辛うじて端がベッドにしがみついていた。尾田は息をつめて恐る怖る眼を移すのだったが、全身がぞっと冷たくなって来た。これでも人間と信じていいのか、陰部まで電光の下にさらして、そこにまで無数の結節が、黒い虫のように点々と出来ているのだった。勿論一本の陰毛すらも散り果てているのだ。あそこまで癩菌は容赦なく食い荒して行くのかと、尾田は身顫いした。こうなってまで、死に切れないのかと、尾田は吐息を初めて抜き、生命の醜悪な根強さが呪わしく思われた。

生きることの恐しさを切々と覚えながら、寝台をおりると便所へ出かけた。どうして自分はさっき首を縊らなかったのか、どうして江ノ島で海へ飛び込んでしまわなかったのか――。便所へ這入り、強烈な消毒薬を嗅ぐと、ふらふらと目眩がした。危く扉にしがみついた、間髪だった。

「たかを！　高雄。」

と呼ぶ声がはっきり聞えた。はっとあたりを見廻したが勿論誰もいない。幼い時から聞き覚えのある、誰かの声に相違なかったが、誰の声か解らなかった。何かの錯覚に違いないと尾田は気を静めたが、再びその声が飛びついて来そうでならなかった。小便までが凍ってしまうようで、なかなか出ず、焦りながら用を足すと急いで廊下へ出た。と隣室から来る盲人にばったり出合い、繃帯を巻いた掌ですうっと貌を撫でられた。あっと叫ぶところを辛うじて呑み込んだが、生きた心地はなかった。

「こんばんは。」

親しそうな声で盲人はそう言うと、また空間を探りながら便所の中へ消えて行った。

「今晩は。」

と尾田も仕方なく挨拶したのだったが、声が顫えてならなかった。

「これこそまさしく化物屋敷だ。」

と胸を沈めながら思った。


佐柄木は、まだ書きものに余念もない風であった。こんな真夜中に何を書いているのであろうと尾田は好奇心を興したが、声をかけるのもためらわれて、そのまま寝台に上った。すると、

「尾田さん。」

と佐柄木が呼ぶのであった。

「はあ。」

と尾田は返して、再びベッドを下りると佐柄木の方へ歩いて行った。

「眠られませんか。」

「ええ、変な夢を見まして。」

佐柄木の前には部厚なノォトが一冊置いてあり、それに今まで書いていたのであろう、かなり大きな文字であったが、ぎっしり書き込まれてあった。

「御勉強ですか。」

「いえ、つまらないものなんですよ。」

歔欷《すすりな》きは相変らず、高まったり低まったりしながら、止むこともなく聞えていた。

「あの方どうなさったのですか。」

「神経痛なんです。そりゃあひどいですよ。大の男が一晩中泣き明かすのですからね。」

「手当はしないのですか。」

「そうですねえ。手当と言っても、まあ麻酔剤でも注射して一時をしのぐだけですよ。菌が神経に食い込んで炎症を起すので、どうしようもないらしいんです。何しろ癩が今のところ不治ですからね。」

そして、

「初めの間は薬も利きますが、ひどくなって来れば利きませんね。ナルコポンなんかやりますが、利いても二三時間、そしてすぐ利かなくなりますので。」

「黙って痛むのを見ているのですか。」

「まあそうです。ほったらかして置けばそのうちにとまるだろう、それ以外にないのですよ。もっともモヒをやればもっと利きますが、この病院では許されていないのです。」

尾田は黙って泣声の方へ眼をやった。泣声というよりは、もう唸声にそれは近かった。

「当直をしていても、手のつけようがないのには、ほんとに困りますよ。」

と佐柄木は言った。

「失礼します。」

と尾田は言って佐柄木の横へ腰をかけた。

「ね尾田さん。どんなに痛んでも死なない、どんなに外面が崩れても死なない。癩の特徴ですね。」

佐柄木はバットを取り出して尾田に奨めながら、

「あなたが見られた癩者の生活は、まだまだほんの表面なんですよ。この病院の内部には、一般社会の人の到底想像すらも及ばない異常な人間の姿が、生活が、描かれ築かれているのですよ。」

と言葉を切ると、佐柄木もバットを一本抜き火をつけるのだった。潰れた鼻の孔から、佐柄木はもくもくと煙を出しながら、

「あれをあなたはどう思いますか。」

指さす方を眺めると同時に、はっと胸を打って来る何ものかを尾田は強く感じた。彼の気づかぬうちに右端に寝ていた男が起き上って、じいっと端坐しているのだった。勿論全身に繃帯を巻いているのだったが、どんよりと曇った室内に浮き出た姿は、何故とはなく心打つ厳粛さがあった。男は暫く身動きもしなかったが、やがて静かにだがひどく嗄れた声で、南無阿弥陀仏、南無阿弥陀仏と唱えるのであった。

「あの人の咽喉をごらんなさい。」

見ると、二三歳の小児のような涎掛が頸部にぶら下って、男は片手をあげてそれを押えているのだった。

「あの人の咽喉には穴があいているのですよ。その穴から呼吸をしているのです。喉頭癩と言いますか、あそこへ穴をあけて、それでもう五年も生き延びているのです。」

尾田はじっと眺めるのみだった。男は暫く題目を唱えていたが、やがてそれをやめると、二つ三つその穴で吐息をするらしかったが、ぐったりと全身の力を抜いて、

「ああ、ああ、なんとかして死ねんものかなあー。」

すっかり嗄れた声で此の世の人とは思われず、それだけにまた真に迫る力が籠っていた。男は二十分ほども静かに坐っていたが、又以前のように横になった。

「尾田さん、あなたは、あの人達を人間だと思いますか。」

佐柄木は静かに、だがひどく重大なものを含めた声で言った。尾田は佐柄木の意が解しかねて、黙って考

えた。

「ね尾田さん。あの人達は、もう人間じゃあないんですよ。」

尾田は益々佐柄木の心が解らず彼の貌を眺めると、

「人間じゃありません。尾田さん、決して人間じゃありません。」

佐柄木の思想の中核に近づいたためか、幾分の興奮すらも浮べて言うのだった。

「人間ではありませんよ。生命です。生命そのもの、いのちそのものなんです。僕の言うこと、解ってくれますか、尾田さん。あの人達の『人間』はもう死んで亡びてしまったんです。ただ、生命だけが、ぴくぴくと生きているのです。なんという根強さでしょう。誰でも癩になった刹那に、その人の人間は亡びるのです。死ぬのです。社会的人間として亡びるだけではありません。そんな浅はかな亡び方では決してないのです。廃兵ではなく、廃人なんです。けれど、尾田さん、僕等は不死鳥です。新しい思想、新しい眼を持つ時、全然癩者の生活を獲得する時、再び人間として生き復るのです。復活、そう復活です。ぴくぴくと生きている生命が肉体を獲得するのです。新しい人間生活はそれから始まるのです。尾田さん、あなたは今死んでいるのです。死んでいますとも、あなたは人間じゃあないんです。あなたの苦悩や絶望、それが何処から来るか、考えて見て下さい。一たび死んだ過去の人間を捜し求めているからではないでしょうか。」

だんだん激して来る佐柄木の言葉を、尾田は熱心に聴くのだったが、潰れかかった彼の貌が大きく眼に映って来ると、この男は狂っているのではないかと、言葉の強さに圧されながらも怪しむのだった。尾田に向って説きつめているようでありながら、その実佐柄木自身が自分の心内に突き出して来る何ものかと激しく戦って血みどろとなっているように尾田には見え、それが我を忘れて聞こうとする尾田の心を乱しているように思われるのだった。と果して佐柄木は急に弱々しく、

「僕に、もう少し文学的な才能があったら、と歯ぎしりするのですよ。」

その声には、今まで見て来た佐柄木とも思われない、意外な苦悩の影がつきまとっていた。

「ね尾田さん、僕に天才があったら、この新しい人間を、今までかつて無かった人間像を築き上げるのですが——及びません。」

そう言って枕許のノォトを尾田に示すのであった。

「小説をお書きなんですか。」

「書けないのです。」

ノォトをばたんと閉じてまた言った。

「せめて自由な時間と、満足な眼があったらと思うのです。何時盲目になるか判らない、この苦しさはあなたにはお解りにならないでしょう。御承知のように片方は義眼ですし、片方は近いうちに見えなくなるでしょう、それは自分でも判り切ったことなんです。」

さっきまで緊張していたのが急にゆるんだためか、佐柄木の言葉は顛倒し切って、感傷的にすらなっているのだった。尾田は言うべき言葉もすぐには見つからず、佐柄木の眼を見上げて、初めてその眼が赤黒く充血しているのを知った。

「これでも、ここ二三日は良い方なんです。悪い時には殆ど見えないくらいです。考えても見て下さい。絶え間なく眼の先に黒い粉が飛び廻る苛立たしさをね。あなたは水の中で眼を開いたことがありますか。悪い時の私の眼はその水中で眼をあけた時と殆ど同じなんです。何もかもぼうっと爛れて見えるのですよ。良い時でも砂煙の中に坐っているようなものです。物を書いていても読書していても、一度この砂煙が気になり出したら最後、ほんとに気が狂ってしまうようです。」

ついさっき佐柄木が、尾田に向って慰めようがないと言ったが、今は尾田にも慰めようがなかった。

「こんな暗いところでは——。」

それでもようやくそう言いかけると、

「勿論良くありません。それは僕にも判っているのですが、でも当直の夜にでも書かなければ、書く時がないのです。共同生活ですからねえ。」

「でも、そんなにお焦りにならないで、治療をされてから——。」

「焦らないではいられませんよ。良くならないのが判り切っているのですから。毎日毎日波のように上下しながら、それでも潮が満ちて来るように悪くなって行くんです。ほんとに不可抗力なんですよ。」

尾田は黙った。歔欷きがまた聞えて来た。

「ああ、もう夜が明けかけましたね。」

外を見ながら佐柄木が言った。黝ずんだ林の彼方が、白く明るんでいた。

「ここ二三日調子が良くて、あの白さが見えますよ。珍しいことなんです。」

「一緒に散歩でもしましょうか。」

尾田が話題を変えて持ち出すと、

「そうしましょう。」

とすぐ佐柄木は立上った。

冷たい外気に触れると、二人は生き復ったように自ずと気持が若やいで来た。並んで歩きながら尾田は、時々背後を振り返って病棟を眺めずにはいられなかった。生涯忘れることの出来ない記憶となるであろう一夜を振り返る思いであった。

「盲目になるのは判り切っていても、尾田さん、やはり僕は書きますよ。盲目になればなったで、またきっと生きる道はある筈です。あなたも新しい生活を始めて下さい。癩者に成り切って、更に進む道を発見して下さい。僕は書けなくなるまで努力します。」

その言葉には、初めて会った時の不敵な佐柄木が復っていた。

「苦悩、それは死ぬまでつきまとって来るでしょう。でも誰かが言ったではありませんか、苦しむためには才能が要るって。苦しみ得ないものもあるのです。」

そして佐柄木は一つ大きく呼吸すると、足どりまでも一歩一歩大地を踏みしめて行く、ゆるぎのない若々しさに満ちていた。

あたりの暗がりが徐々に大地にしみ込んで行くと、やがて燦然たる太陽が林の彼方に現われ、縞目を作って梢を流れて行く光線が、強靭な樹幹へもさし込み始めた。佐柄木の世界へ到達し得るかどうか、尾田にはまだ不安が色濃く残っていたが、やはり生きて見ることだ、と強く思いながら、光りの縞目を眺め続けた。

望郷歌

北條民雄

夏の夕暮だった。白っぽく乾いていた地面にもようやくしっとりと湿気がのって、木立の繁みではは や蜩が急しげであった。

子供たちは真赤に焼けた夕陽に頭の頂きを染めながら、学園の小さな庭いっぱいに散らばって飛びまわっている。昼の間は激しい暑さにあてられて萎え凋んだように生気を失っているのだが、夕風が吹き始めると共に活気を取りもどして、なんとなく跳ねまわって見たくなるのであろう、かなり重症だと思われる児までが、意外な健やかさで混っているのが見える。

女の児たちは校舎の横の青芝の上に一団となって、円陣をつくり手をつなぎ合ってぐるぐると廻っていた。円の中には一人の児が腰を跼めて両手で眼をおさえている。望郷台と患者たちに呼ばれている、この小山の上から見おろしていると、緑色の布の上に撒かれた花のようだった。鶏三は暫く少女たちの方を眺めていたが、あれはなんという遊びだったかな、と自分の記憶の中に幼時のこれと似た遊びをさがしてみた。うしろにいるのはだあれ、多分あれであろうかと思いあたると、急に頰に微笑が浮んで来るのだった。

少女たちは合唱しながらぐるぐると廻っていたが、やがて歌が終ると、つないでいた掌を放して蹲った。

すると今度は中に踞まっていた児が立上ると見えたが、忽ちどっと手をうって笑い始めるのだった。西陽が小さな頬を栗色に染めているためか、癩児とは思われぬ清潔な健やかさである。

鶏三は芝生に囲まれた赤いペンキ塗りの小箱のような校舎と見比べながら、教室にいる時の彼等の姿を思い浮べた。今こうして若葉のように跳び廻っている彼等も、一歩教室へ入るが早いか、もう流れ木のようにだらりと力を失ってしまうのである。眼は光りを失って鈍く充血し、頬の病変は一層ひどく見え出して、何か動物の子供にものを教えているような無気味な錯覚に捉われたりするのであった。彼が学園の教師になったのは入院後まもなくのことであったが、教室へ這入った彼に一斉に向けられた子供たちの顔を初めて見た時、彼はいたましいとも悲惨とも言いようのないものに胸を打たれた。小さな頭がずらりと並んでいるのであるが、ある児は絶間なく歪んだ口から涎をたらしており、ある児は顔いっぱいに絆創膏を貼りつけている。ひどいのになると机に松葉杖を立てかけており、歩く時にはギッチンギッチンと義足を鳴らせるという有様であった。一体この児たちに何を教えたらいいのであろう、また彼等にどういう希望を与えたらいいのであろう、そして二十五歳で発病した自分ですら一切の希望を奪われてしまっているのではないか、況《ま》して七八歳の年少に発病した彼等が如何なる望みをこの人生に持ち得るというのか——。彼は教壇に立ちながら、この少年少女たちに対してはもう教えるものは一切なかったばかりでなく、教えることは不可能だと思ったのであった。彼の受け持っていた学科は国語と算術であったが、彼はそれ以来算術を他の教師に頼んで自分は作文を受け持ち、ただ思い切り時間を豊かに使用することに考えついた。彼は教科書を放擲してしまい、国語の時間には童話を話してやったり、読ませてみたりし、作文はなんでも勝手に綴らせ、時間の半分は学園の外に出て草や木の名を教えた。それは教えるというよりも、むしろ、一緒になって遊ぶという気持であったのである。彼にはこの子供たちに対して教えるという風な気持になることがどうしても出来なかった。この年にしてこの不幸に生きねばならぬ運命を背負っているというだけでも、地上に於ける誰よりも立派な役割を果しているのではないか、よしんばこれが立派な役割だと言えない無意味な不幸であるにしても、彼はその不幸に敬意を払うのは人間の義務であると信じたのであった。

子供たちは教室から一歩外へ出ると、忽ち水を得た魚のように生きかえった。血液は躰の隅々まで流れわたって、歪んだ口の奥にも、腫れ上った顔面の底にも、なお伸び上ろうとする若芽の力が覗かれるのだった。

「癩病になりゃ人生一巻のお終いさ、ちえッ。」

という彼等の眼にさえも光りが増して、鶏三はそういう言葉も笑いながら聴いた。彼は一切を忘れて遊びに熱中している子供たちを眺めるのが何よりの楽しみであった。彼等は学科を全然理解せず、ただそれが自分たちには無意味であるということだけを本能的に感得していたが、遊んでいる時の彼等にとっては無意味なものはこの地上に一つもなかった。彼等は至るところに遊びを発見し、そこに凡ての目的を置き、力を出し尽して悔いなかった。子供たちはみなそれぞれ恐しい発病当時の記憶と、虐げられ辱しめられた過去とをその小さな頭の中に持っている。それは柔かな若葉に喰い入った毒虫のように、子供たちの成長を歪め、心の発育を不良にしていじけさせてしまうのである。子供たちをこれらの記憶から救い、正しい成長に導くものは学科でもなければ教科書でもなかった。ただ一つ自由な遊びであった。彼等は遊びによって凡てを忘れ、恐しい記憶を心の中から追放する。それはちょうど、最初に出た斑紋が自らの体力によって吸収してしまうように、彼等自身の精神の機能によって心の傷を癒してしまうのであった。

鶏三はじっと、夕暮れてゆく中に駈け廻っている子供たちを眺めながら、貞六、光三、文雄、元次、と彼等の名前を繰っていたが、ふと山下太市の顔が浮んで来ると、あらためて庭じゅうを眼でさがしてみた。そして予期したように太市の姿が見当らないと、彼は暗い気持になりながらその病気の重い、どこか性格に奇怪なところのある少年を思い浮べた。

その時どっとあがった女の児たちの喚声が聴えて来た。小山の上に立っている彼の姿を見つけたと見えて、顔が一せいにこちらを向いて、

「せんせーい。」「せんせーい。」

と口々に叫ぶのである。鶏三が歯を見せて笑っていることを知らせてやると、彼女等は蜘蛛の子を散らせたように駈けよって来て、ばらばらと山の斜面に這いつき、栗や小松の葉をぱちぱちと鳴らせて、見る間に鶏三の腰のまわりをぐるぐると取り巻いた。そしてさっきのように手をつないで彼を中心にぐるぐると廻り、
　中のなあかの小坊主さん
　まあだ背がのびん
そんな歌を唄ってまたわあっと喚声をあげるのだった。そして手を放すと、今度は、

「かんれんぼしようよ、よう先生。」

と、わいわい彼を片方へ押しながら言うのであった。鶏三は笑いながら、

「よし、よし。さあ、じゃんけん。」

「あら、先生が鬼よ、先生が鬼よ。」

「なあんだ、ずるいね、じゃんけんで決めなきぁ……。」

「だって、先生おとななんだもの、ねえ、よっちゃん。」

「そうよ、そうよ。」

そして子供たちははやばらばらとかくれ始めるのだった。鶏三は苦笑しながら山の頂きに蹋まって眼をつぶった。

「先生、百、かぞえるのよ。」
「遠くまで行っちゃだめよ。」
木々の間を潜りながら彼女等は叫ぶのだった。

鶏三はふと人の気配を感じた。彼をさがして歩く女の児のそれではないことは明かである。小さな森のように繁った躑躅の間に身をちぢめていた彼は、首を伸ばしてあたりを眺めてみたが、それらしい姿は見当らなかった。陽はもう沈んでしまい、南空いっぱいに拡がった鱗雲だけがまだ黄色く染って明るかった。地上はもうそろそろと仄暗く、鶏三を撫でる草は、露を含んで冷たくなっていた。先生、先生と呼ぶ子供たちの声が山の上から聴えて来たが、鶏三は立上ろうともしないで、じっと耳を傾けた。人の気配がするばかりでなく、彼は奇妙な歌とも呟きともつかない声を聴いたのである。好奇心を動かせて再び伸びあがり、山裾の方を眺めてみると、木の葉の陰に太市が一人でじっと坐っているのだった。そこからはかなりの距離があって、歌声はよく聴き取れなかった。それに木の葉が邪魔になって、はっきりと姿を見定めることも出来ないので、彼は相手に気づかれぬように注意深くにじり寄ってみた。もし彼が近寄って来ることを知ったなら太市は直ぐに逃げてしまうように思われたのである。逃げ出さないまでも歌は決して唄わぬであろう。

鶏三は今まで太市が遊んでいる姿を殆ど見たことがなかった。大勢が一団になって遊んでいるところには太市は一度もいたためしがなく、何時でもどこか人の気づかぬところで独りで遊んでいるのだった。学園などへも殆ど出ず夜が明けるが早いか子供舎を抜け出して、腹が空《す》かなければ何時までも帰って来なかった。子供たちも別段彼を嫌っているという訳ではなく、また太市も部屋の仲間に悪感情を持っているという訳でもないらしかったが、性格的に孤独なためか、それとも頭の足りないためか、みんなと歩調を合わすことが出来ないらしいのであった。勿論知能の発育はその肉体と共に不良であるのは明かである。

年は今年十三になるのだが、後姿などまだ十歳の子供のようにしか見えなかった。顔はさながらしなびた茄子のように皮膚が皺くたになってい、頭髪はまんだら模様に毛が抜けている。これでも血が通っているかと怪しまれるほど顔も手足も土色であった。鶏三が初めて太市の異常なところに気づいたのは、太市がちょうど熱を出して寝ている時であった。太市はたいていの熱なら自覚しないで済ませてしまうらしかったが、この時はぐったりと重病室の一室で眠っていたのである。かなりの高熱であったに違いなかった。見舞いに行った鶏三は一目見るなり老いた侏儒《こびと》の死体を感じてぞっとしたのであるが、そこには生きた人間の相は全くなかった。と、突然太市の乾いた白い唇が動き始め、やがて小刻みにぶるぶると震えるのであった。何か必死に叫ぼうとしているらしいのである。鶏三は我を忘れて、太市、太市、と呼んでみた。そのとたんに太市は、ヒイ、ヒーと奇妙な叫声を発してむっくり起き上ると、枯枝のような両腕を眼の高さまでさしあげて、来る何ものかを防ごうとする姿勢になった。

「かんにんして、かんにんして――。」

と息もたえだえに恐怖の眼ざしで訴えるのであった。恐らくは、あの小さな心につきまとって離れぬ異常な記憶に脅かされているのであろう。子供たちの話では、発熱しない時にも三日に一度は真夜中に奇怪な叫声を発したり、そうかと思うとしくしくと蒲団の上で泣いたりするとのことであった。

つくつく法師なぜ泣くか
親もないか子もないか
たった一人の娘の子

館にとられて今日七日
七日と思えば十五日
十五のお山へ花折りに
一本折っては腰にさし
二本折ってはお手に持ち
三本目には日が暮れて……

太市は草の上に坐って胴を丸め、両手で山の斜面に穴を掘っていた。歌声と調子を合せて上体を揺りながら腕を動かしている様子は、土人の子供が無心に遊んでいるようなロマンチックな哀感があった。鶏三は暫くじっと太市の様子を観察しながら、こんなところでこんな歌を呟いて遊んでいるさまに意外な気がすると共に、また何か思いあたった思いでもあった。彼はその歌の調子や規則的に揺れる体によって、今太市が全く無我の境にいることを察した。穴を掘ることも、始まりは蟻の穴を掘るとか蚯蚓を取るとかいう目的があったのであろうが、もうそうした最初の目的は忘れてしまって、ただ歌の調子をとるために意味もなく掘り続けているに相違なかった。多分頭の中にはこの歌によって連想される数多くの思出がいっぱいになっているのであろう。

鶏三は相手の胆を潰さぬように気を使いながら、顔に微笑を泛べて、

「太市。」

と友だちの気持になりながら低い声で呼んでみた。と、太市の肩がぴくッと動いて歌はぴたりととまり、手は穴に入れたまま石のようになった。振り返ってみようともしないのである。或は振り返って教師と顔を

見合せる勇気がないのか……と、太市はまた前のように一心に穴を掘り唄い始めた。鶏三の声に、太市はただ何かの気配を感じてギョッとしたのであった。

「何やってるんだい？」

と言いながら鶏三は側へ寄って行った。すると、太市は殆ど異常ともいうべき驚きようで、蝦のように飛び上ると恐怖の眼ざしで鶏三を見上げ、今にも泣き出しそうであった。

「太市はなかなか面白い歌知ってるんだね。」

と鶏三は親しそうに笑ってやったが、太市はやはりぷすんと突立ったまま、おどおどと見上げているのであった。頭の頂きに鱗のように垢がたまり、充血した眼からは脂が流れて、乾いたのが小鼻のあたりまで白く密着していた。しなびて皺だらけになった顔は、老人なのか子供なのか見分けるに困難だった。

「太市、もう晩になったから先生と一緒に帰ろうよ。」

と、今度は鶏三はこう言ってみたのであるが、ふと家を出る時何時もの習慣で誰か子供にでもやろうと考えて袂に投げ込んで置いたチョコレートを思い出すと、彼はそれを取り出して太市に示し、

「そうら、チョコレートだよ。太市はチョコレート嫌いかい？」

瞬間、太市の眼がきらりと光ると、鶏三の顔と見較べておずおずと手を出しかけたが、何と思ったか急にさッと手を引込めた。そして敵意に満ちた表情になってじろりと白い眼で見上げたが、また欲しそうにチョコレートに眼を落すのであった。

「そらあげるよ、また欲しかったら先生の家へおいで、ね。」

しかし太市はもう鶏三の言葉を聴いてはいなかった。じっとその四角な品に眼を注いでいたが、相手の言葉の終らぬうちにいきなり手を伸ばしてひったくるように掴むと、まるで取ってはならぬものを盗ったかの

ように背中に手をまわして品物を隠した。数秒、様子を窺うように太市は鶏三の顔に眸を注いでいたが、突然身を翻すとさっと草を蹴って駈け出した。とたんに太い松の幹にどんとぶつかってよろけると、くるりと振り返ってみてからまた一散に逃げて行くのであった。

松や栗の間を巧みに潜り抜けて、前のめりに胴を丸くして駈けて行く猿のような姿を鶏三は見えなくなるまで見送った。彼は他の明るい子供たちの方ばかりに眼を向けて、そこに子供の美しさや生命力を感じていい気になっていた自分が深く反省されたのだった。勿論彼とても意識して明るい子供ばかりを見る訳では決してなかったのであるが、何時とはなしに自然にそうなってしまい、なるべく病気の重い児からは顔を外向け、太市のことなど殆ど忘れていることが多かったのである。とにかく明るい児にならないまでも、大勢で遊ぶことの楽しさをあの少年に教えねばならない。鶏三は強くそう考えると、そろそろと山の傾斜を登り始めた。がその時ふと彼はまだ夏にならない頃面会に来た太市の祖父を思い出した。背を丸くして駈けて行く太市の後姿が、その老人にそっくりであったのである。

その時の面会もまた異常なものであった。そしてそれ以来太市の病的な性格が一層ひどくなったのは明かであった。それまではたまには子供舎の近くで遊んだり、学園へも出て来て本を開いたりすることもあったのであるが、それ以来は全くそうしたことがなくなってしまった。そして人目につくことを極度に恐れ、顔には怯えたような表情が何時でもつきまとうようになった。

大人の患者たちがよく太市をからかって、

「太市の頭は馬鈴薯《じゃがいも》。馬の糞のついた馬鈴薯。」

などと言うことがあった。すると太市はいきなりあかんべえをして逃げ出すという無邪気な癖を持っていたのであるが、それすらもなくなってしまった。

その日はしょぼしょぼと梅雨の降っていたのを鶏三は覚えている。面会の通知があると鶏三は急いで子供舎へ出かけた。受持の教師である関係上彼は太市を面会室まで連れて行き、その親たちにも一応挨拶をする習わしであったのである。太市は運よく子供舎の前の葡萄棚の下で、白痴のように無表情な貌つきでぼんやりと立っていた。葡萄の葉を伝って落ちる露が頭のてっぺんにぽたぽたと落ちかかるのだが、彼はまるでそれには気もつかないようであった。

「太市、面会だよ。」

と鶏三はにこにこしながら言った。こういう世界に隔離されている少年たちにとっては、親や兄弟の面会ほど楽しいものはない筈であった。今までにも彼は何度も子供たちを面会に連れて行ったことがあるが、面会だよ、と一言言うが早いか、彼等の顔はつつみ切れない喜びであふれ、どうかするときまり悪そうに顔を赧らめたりするほどであった。彼はそういう子供の可憐な喜悦の表情を予期していたのであるが、太市は信じられぬとでもいう風に合点のゆかぬ眼ざしである。しかし考えて見れば、他の子供には毎月に一度、尠い児でも年に一度はこの楽しみを持っていたのであったが、太市は今までただの一度もこの経験を持っていないのである。この病院へ来る時も警察の手を渡って来たという。

「太市、お父さんかも知れないよ。」

と、鶏三は太市の気を引き立てようと思って言ってみた。

「お父さんは死んだい。」

鶏三はぐさりと胸を打たれた思いであった。が急に太市は独りで歩き出した。顔には他の児と同じように喜びの表情がみえる。鶏三も嬉しくなって、

「お母さんかな？」

と、太市に傘を差し伸ばしてやりながら言うと、少年は答えないで一つこっくりをするのであった。しかし期待は裏切られ、面会室の入口まで来るやいなや、太市は釘づけにされたようにぴたりと立停ってしまった。

室の中にはもう七十近いかと思われる老人が、椅子に腰をおろしていたが、子供の姿を見ると腰を浮せ、しょぼついた眼を光らせて、

「おお。」

と小さく叫んで、患者と健康者との仕切台の上に身を乗り出して来た。

「さあ上りなさい。」

と鶏三は太市に言って、自ら先に上って老人に軽く頭を下げ、振り返って見ると太市はやはり入口に立っているのであった。その顔には恐怖の色がまざまざと現われている。鶏三は怪しみながら、

「どうしたの、さあ早く。」

と太市の手を摑もうとすると、少年はさっと手を引込めてしまうのである。

「太市。」と老人が呼んだ。「おじいさんだよ、覚えているかい。」

老人はもうぼろぼろと涙を流しているのであった。と突然太市はわっと泣き出すと、いきなり入口の柱にやもりのようにしがみついて、いっかな離れようとしないのであった。鶏三が近寄って離そうとすると、少年は敵意のこもった眼で鶏三を見、老人を見て、その果は鶏三の手首にしっかりと嚙みついて、

「イ、イ、イ」

と奇怪な呻声と共に歯に力を入れるのだった。さすがに鶏三も仰天して腕を引くと、太市はぱっと柱から飛び離れて後も見ないで駈けて行ってしまった。

老人はむっつりと口を噤んで、下を向いたまま帰って行った。鶏三が何を訊ねてみても老人は黙っている。ただ、ああ、ああと溜息をもらすだけであった。

しかし間もなく鶏三は太市の身上に就いてほぼ知ることの出来る機会が摑めたのであった。

少女たちとかくれんぼをした日から四五日たったある夕方、涼しくなるのを待って彼は少年たちを連れて菜園まで出かけたのである。そこからは遠く秩父の峰が望まれ、広々とした農園には西瓜やトマトなどが豊かに熟して、その一角に鶏三の作っている小さな畠もあった。

子供たちは蝗《いなご》のようにばらばらと畠の中に飛び込んで行くと、忽ちばけつや目笊などに自分の頭ほどもある大トマトがいっぱい収穫されるのであった。

鶏三は麦藁帽子を被って畠に立ち、

「幹を痛めないように、鋏でていねいに切って……青いのは熟れるのを待つこと……。」

などと叫んだ。

「やい、カル公、そいつあ青いじゃないか。」

「ばかやろ、青かねえや、上の方が赤くなってらあ。」

「すげえぞ、すげえぞ、こいつは俺が食うんだ。」

「やッ蛇だ、先生、先生、蛇だ。」

子供たちはわいわいと言いながら畠の中を右往左往するのだった。

「先生、西瓜とっちゃいけないの?」

「西瓜はまだ熟れていないようだね。」

「熟れてるよ、熟れてるよ。」

「どうかね。もう二三日我慢した方がいいようだね。」

「ううん、先生熟れてるんだよ。カル公と、向うの紋公とが熟れてるんだよ。」

鶏三は思わず吹き出して笑うと、

「じゃ、その二つを収穫しよう。」

子供たちはわっと喚声をあげると、収穫だ、収穫だと叫びながら、その二つを抱えて来た。西瓜には一つ一つカル公、紋公、桂公、信太郎などと名前が書きつけてあった。

一通り収穫が終った頃、急に地上が暗くなり始めた。気がついて空を見上げると、西北の空からもくもくと湧きあがった黒雲が、雷鳴を轟かせながら中天さしてかなりの速度で這い上っているのであった。と、はや大粒の雨滴が野菜の葉をぱちぱちと鳴らせ始めた。

鶏三は子供たちに収穫物を持たせて一足先に帰すと、大急ぎで彼等の荒した跡を見て廻った。そして採り残されてあるトマトのよく熟したのを二つ三つもぐと、目笊に入れて帰ろうと遠くに眼をやった時、雑木林の中から突然太市が現われて来たのであった。猟犬に追われる兎のように林の中から飛び出して来ると、まっしぐらに畠の中を駈けて行くのである。体の小さな彼の下半身は茄子やトマトの葉の下に隠れて、ただ頭だけがボールのように広い菜園のただ中を一直線に飛んでいるのだった。好奇心にかられて鶏三は立停って眺めた。とたんに暗雲を真二つに引裂いて鋭い電光が地上を蒼白に浮き上らせると、岩の崩れるような轟音が響きわたって、草や木の葉がぶるぶると震えた。脱兎のように飛んでいた太市が、その時ぱったり倒れて見えなくなった。鶏三は思わずあっと口走って足を踏み出した。

紐のような太い雨がざざざと土砂を洗って降り注いだ。稲妻は間断なく暗がった地上を照らし、雷鳴は遠く尾を引いて響いて行っては、また突然頭上で炸裂する火花と共に耳朶を打った。鶏三は片手に笊をしっかりと抱き、片手ではともすれば浮き上りそうになる麦藁帽子を押えて、太市の倒れた地点に視線を注いで駈け出した。と、太市は、倒れたまま地面を這い出したのか、不意に二十間も離れた馬鈴薯畑に首を出すと、また一散に走り出して、果樹園の番小屋に飛び込んで行った。

鶏三も駈足で番小屋まで走り着くと、先ず内部を窺ってみた。中は殆ど真暗であった。西側に明り取りの小さな窓があって、断続する蒼い光線が射し込む度に小屋の中は瞬間明るくなった。荒い壁はところどころ剝げ落ちて内部の組み合わさった竹が覗いてい、部屋の真中には湯呑やアルミニウムの急須、ブリキの茶筒などが散乱して、稲妻が光る度にそれらの片側が異様な光りを噴き出した。

番人は誰もいなかった。鶏三は眸を凝して稲妻の光る度に太市の姿をさがした。どこにも少年の姿が見当らないのである。

鶏三は思わず笑い出した。見当らないはずであった、太市は部屋の隅っこで向うむきになって蹲り、首と胴体とを押入れの中に懸命に押し込んでいるのであった。ぼろ布か何かが押入の中からはみ出しているのに似ている。鶏三は、

「太市、太市。」

と呼びながら上って行ったが、それくらいの声では太市はなかなか気がつきそうにもなかった。雷鳴が轟く度に太市は、輪なりにした尻をぴくんと顫わせ、押入の中で、

「うおッ、うおッ。」

と奇怪な呻声を発しているのであった。

「どうした、太市。」

驚かせてはならぬと思いながら、しかし思い切って大声で呼ぶと、小山の下で呼んだ時と同じように激しく太市は仰天して飛び上ったが、押入の上段にごつんと頭をぶちつけて、

「いた！」

と悲鳴を発した。刹那ひときわ鋭い稲光りが秋水のように窓から斬り込んで来て、太市は、

「うわッ。」

と押入の中に首を押し込んだ。冷たいものでひやりと顔を撫でられたような無気味さに、鶏三も身を竦めて腰をおろすと、雷の鳴るうちは駄目だとあきらめて、入口の土砂降りを眺めた。

雨は殆ど二時間近くも降り続けた。時々雨足が緩んだかと思うと、また新しい黒雲が折り重なって流れて来ては降り募った。うち続いた菜園は仄明るくなるかと思うとすぐまた暗がり、その間を電光が駈け巡った。やがて雨足が少しずつ静まるとともに、雷鳴が次第に遠方へ消えて行くと、洗われた地上にははや月光が澄みわたっているのだった。

「なんだ、月か。」

鶏三は馬鹿にされたようにそう呟いてみたが、その時彼の横をこっそり逃げ出して行こうとする太市に気づいて、彼はやんわりと少年の胴を抱きあげると、自分の前に坐らせた。雷に極度に脅かされたためか、太市は放心したような表情でぼんやりと鶏三を見上げている。鶏三は立上って蜘蛛の巣だらけになった電燈のスイッチをひねると、

「恐かったろう、太市。」

しかし太市はもうむずむずと逃げ出しそうにして返事などしようともしないのである。

「しかしもう大丈夫だよ、今夜は先生と一緒に散歩しながら帰ろうよ、ねえ。」

太市は黙って下を向いたまま、畳の焼穴に指を突込んで中から藁を引き出し始めるのだった。鶏三はちょっと当惑しながら、

「太市はトマト好きかい？」

と食物の話に移ってみると、

「うら、好かん。」

と太市は穴を見ながら答えた。

「この前あげたチョコレートはうまかったかい。」

「うん。」

「そう、ようし、それでは今度は先生がもの凄くでかいのを買ってやろう。ねえ。」

太市は相変らず下を向いて、顔をあげようともしないのであるが、案外に素直なその答え方に鶏三は胸の躍るようなうれしさを味った。

「太市は面白い唄を知っていたね。あれ、なんて言ったっけ、つくつく法師なぜ泣くか、それから？」

太市はちらりと鶏三を見上げたが、すぐまた下を向いて頑固におし黙ったまま、じりじりと後退りを始めるのであった。鶏三は暫くじっと太市の地図のようになった頭を眺めていたが、ふと奇妙なもの悲しさを覚えた。こうした少年を導こうとする自分の努力が、無意味な徒労と思われたのである。それにこの少年を一体どこへ導くつもりなのか、結局この児にとっては、林の中や山の裏で、蚯蚓やばったを捕えながら独りで遊んでいるのが一番幸福なのではないか。それに少年とはいいながら、この児の前途に何が来るか明かであった。あと二三年のうちには多分盲目になるだろう、そして肺病か腎臓病か、そんな病気を背負い込んで長い間ベッドの上で呻き苦しむ、そして一条の光りも見ることなく小さな雑巾を丸めたように死んでしまう

——これがこの児の未来であり、来るべき生涯である。年は僅かに十三歳ではあるけれども、しかしこの少年にとってはもはや晩年である。そしてこの少年と全く等しい運命が、他の凡ての子供にも迫っているばかりではない、鶏三自身もこの運命に堪えて行かねばならぬのである。子供たちの生活の中に生命の力を見、美しさを発見して、それを生きる糧としていた自分の姿さえ、危く空しいものと思われるのであった。人生とは何だ。生きるとは何だ。この百万遍も繰りかえされた平凡な疑問が、また新しい力をもって鶏三の心をかき乱した。

「太市、帰ろうよ。先生と一緒に帰ろうね。」

それに、太市も鶏三もさっきの夕立でびっしょり濡れていた。無論夏のこととてそれはかえって涼しいくらいであったが、しかし体には悪いであろう。

「お父さんは太市が幾つの時に亡くなったの？」

しめった土の上を歩きながら訊いてみた。

「九つだい。」

と太市は怒ったような返事であった。

「太市はお父さん好きだったかい。」

しかしそれにはなんとも答えないで、急に立停ると、足先でこつこつと土をほじりながら、

「ばばさん。」

と呟いた。

「ふうん、じゃあ太市はばばさんが一等好きだったの。」

「うん。」

「ばばさんはいま家にいるのかい？」

「死んだい。」

「ふうむ。幾つの時に。」

「七つだい。」

「太市はつくつく法師の唄、ばばさんに教わったの、そうだろう、先生はちゃんと知ってるよ。」

鶏三は、月光の中に薄く立ち始めた夜霧を眺めながら、まだ五つか六つの太市が、祖母の膝の上でつくつく法師の唄を合唱している光景を描いた。太市は、どうして知っているのか、と問いたげに鶏三を見上げたが、急に羞しげな、しかし嬉しそうな微笑をちらりと浮べた。

「太市はお母さんのところへお手紙出しているかい？」

と鶏三は今度は母親のことを訊いてみた。どうしたのかその母親はただの一度も面会に来ないのである。しかしまだ生きていることは明かであり、太市がその母を慕っていることも、この前の老人の面会の時駈け出したのをみても明かであった。

するど突然太市はしくしくと泣き始めるのであった。そして手紙を書いてもどこへ出したらいいのか判らないと言うのである。切れ切れに語る太市の言葉を綴り合せてみると、長い間患っていた父が死ぬと、母親はどこかへ男と一緒に、この前面会に来た祖父と太市を残したまま「どこへやら行って」しまったというのである。その後のことは鶏三がどんなに訊いてみても、もう太市は語らなかった。そして長い間地べたに蹲み込んでなかなか歩き出そうともしないで石のように黙り続けるのであった。兄弟はあるのかないのか判らなかった。しかし鶏三はもうそれ以上追求してみる気はなかった。そして自分の舎へ帰ってからも、長い間太市のことを考え続けた。

「ばばさん」のことを言った時ちらりと見せた微笑や、「うん」と答える時の意外な素直さを思い出すと、暴風の中にたわみながらも張っている一点の青草を見た思いであった。そしてこうした考えがよしんば鶏三の勝手な空想や自慰であるにしろ、彼は太市の不幸を自分の眼で見てしまったのである。見てしまった上はもう太市を愛するのは義務なのだ。そう思うと彼はまた新しい力の湧いて来るのを覚えるのであった。

急いで草履をつっかけて家を出たものの、鶏三は迷わずにはいられなかった。またあの老人が面会に来たというのであるが、一体会わせたものかどうか——勿論会わせてやり、太市の心に蟠っている老人への恐怖を取り除いてやるのがほんとうに違いなかったが、しかしこの面会によって、ようやく明るみに向い、どうにか過去の記憶を忘れかかっている太市の心を、再び暗黒の中に突き墜すような結果にならないとも限らないのである。もしそうなれば今までの鶏三の努力も水泡と帰してしまうのだ。

夕立の日以来、鶏三はかなりの努力をしてみたのである。彼は先ず、何よりも自分に信頼させるのが大切であると考えた。しかしこの場合にも直ちに大勢の子供の中に引き込もうとしたり、或は何かを上から教えるという風な態度は一切禁物であった。彼は太市の友人にならねばならないと考えると、その日から暇さえあれば太市をさがして歩いて、一緒に蟬を採ったりばったを捕えたりした。初めのうち太市は、彼の姿を見るともう一散に逃げ出したり、何時間か彼と一緒にいながら一口も口をきかなかったりしたものであったが、幸い鶏三にはどことなく子供たちに好かれる性質がそなわっていて、何時とはなしに太市も馴れて来たのであった。

そして秋も深まった近頃では、三日に一度は朝早くから林の中に小鳥を捕りに出かけたりするようになった。太市は小鳥を捕ることに特異な才能を示した。鶏三の仕掛けた囮が籠の中でただ空しく囀っている間に、太市の囮にはもう幾羽もの小鳥が自然と集まって来て、彼は次々と収穫してゆくのであった。囮の籠にあたる朝日の工合や、仕掛けるべき樹の高さや、黐竿の置き方などがこの少年には本能的に知覚されるのか、鶏三はこういうところにも少年のもっているある自然な性質を感じるのであった。そして捕えた小鳥を片手でしっかりと摑み鶏三の許へ駈けて来る時の輝いた顔つきや、用意の籠にその鳥を投げ込んだあと、得意げに鶏三を見上げる興奮した無邪気な表情などを見ると、彼は思わず微笑が浮び、ふと自分の弟を見るような肉親感をすら覚えるのだった。

　こうして太市と精神的にようやく融け合って来始めたいま、再び老人に会わせることは鶏三にとってはかなり苦痛であった。それにこの間の太市の作文を思い出すと、やはり老人に対して一種の嫌悪を覚え、会わせることが不安であった。勿論老人があした恐るべき行為を執ったのも、よくよくせっぱつまってのことであろう。父が死に、母が逃げてあとに残された癩病やみの太市を連れて、恐らくはその日の糧にも困ったのに違いない。それは鶏三にも察せられるが、しかし今一息というところで再び太市の精神に暗い影を投げかけることは、許し難いことだと言わねばならない。

　太市の作文というのは、『この病院へ来るまでの思出』という題を与えて綴らせたものであった。時間内に作らせることは困難だと思った鶏三は、これを宿題として何時でも出来た時に出すようにと言って置いたのであった。

　ぼくがにわであそんでいるとおまわりさんが来て、ぼくによそへあそびに行ったらいかんといいました。お母さんはぼくをものき（物置部屋）にはいれといいました。ここから出るなといってぼくにみかんをくれました。ぼくはみかんを食いながらそこにおりました。ねずみが出てきてぼくの鼻をかみましたのでぼくはちょくちょくそとへ出てあそびました。それからお母さんはよそのしと（人）とどこへやら行ってしまいました。それからおじいがええところへつれて行ってやるといいました。町かときいたら町じゃといいました。橋のうえでおじいがええ月じゃみい太市といいました。ぼくがお月さんを見よるとおじいがぼくのせなかを突きました。

文はそこで切れていたが、これだけでもう何もかも明かであった。みかんを食いながら、と言うから、多分冬であったのだろう、物置小屋の片隅に蹲っている太市の姿や、氷のように冴えかえった月光を浴びて毬のように川に突き落された姿などが、鮮明な絵となって鶏三をうったのであった。

しかし自分の孫を川に突き落して殺そうとした老人の心事を考えると、鶏三はまた迷わざるを得なかった。勿論老人が悪いのではない、凡ては癩にあったのである。しかしその癩なるが故に物置小屋に入るべく運命づけられ、親の愛情をすら失った太市を守る者が、この自分以外にどこにいるか――。鶏三は意を決して一人で面会室に出かけた。

面会室には例の老人が茶色っぽい木綿の袷を着て、ぼんやりと坐っていたが、鶏三の姿を見ると急に立って、小さな眼に微笑を見せるのであった。さきに見た時よりも一層憔悴が目立っていて、微笑した顔はかえって泣面に見えた。鶏三はふと太市を連れて来なかったことに後悔に似たものを覚えながら頭を下げた。老人はきょろきょろと鶏三の顔を窺ってはあたりを見廻し、

「あの、太市のやつは……。」

と、いぶかし気におずおずと訊くのであった。

「はあ……。」

と鶏三は受けたが、さて何と言ったらいいのか、適当な言葉もすぐには見つからなかった。すると老人は仕切台の上に乗せてあった手拭をぎゅっと摑みながら、

「どこぞ悪うて寝ておるんではないかいの。」

と、はや心配そうに訊くのである。

「いや……。」

と鶏三は答えながら、ふと相手の言葉通り重病で面会は出来ないと言ってしまおうかと考えついたが、こういう偽りは彼の心が許さなかった。

「いや、あの児はまあ元気でいるんですが、弱ったことにはどうしてもここへ来るのは嫌だって言うのです。そしてどこかへ隠れてしまって出ないんです。」

これは鶏三の想像である。鶏三はここへ来る途中、やはり一応太市に老人の来たことを知らせようかと考えたのであったが、知らせた結果は、いま言ったようになることは明かに予想されるのである。

すると老人は、

「そうかいのう。」

と言ってうつむくと、握っていた手拭を腰に挟みながら、

「一目生きとるうちに会いとうてのう。」

と続けて鶏三を見上げた。が急にその眼にきらりと敵意の表情を見せると、すねた子供のように、

「しようがないわい。しようがないわい。」

と口のうちで呟いて、腰をあげるのであった。

「お帰りになるのですか。」

と鶏三が訊いてみると、むっとしたように相手をにらんで、

「帰るもんかい、一目見んうちは帰るもんかい。」

と怒り気味に言って、また腰をおろすのであった。勿論鶏三に腹を立てているのではない、自分の内にある罪の意識と絶望とのやり場のないまま、ただ子供のようにあたりちらしたいのであろう。老人の顔には許されざる者、の絶望が読まれる。

鶏三は老人をじっと眺めながら、その黄色い歯や脂の溜った小さな眼、しなびたような小柄な体つき、そういったものがどことなく太市そっくりであるのに気がつくと、心のうちが侘しくしめって来た。すると今まで太市や、この老人に対してとって来た自分の態度までが、浅薄なひとりよがりのように思われ出し、自分の立っている足許の地の崩れるような不安を覚えた。

と、急に老人の眼が赤く充血し始めたが、忽ち噴出するように涙が溢れると急いで腰の手拭を取って眼を拭ったが、暫くは太市と同じようにしくしくと泣くのである。

「お前さんは、わしがあの児を憎んでると思うてかい、わしが太市を憎んでと思うてかい。」

それは人生の暗い壁に顔を圧しつけて泣きじゃくっている子供のようであった。鶏三は重苦しい気持のまま黙っているより致方もなかった。老人は問わず語りにうつむいたままぶつぶつと口のうちで呟くのであった。

「監獄の中でもわしはあれのことを思うて夜もおちおち寝れなんだわい。こうなるのも天道様にそむいた罰じゃと思うてわしが何べん死ぬ気になったか誰が知るもんか。その時のわしの心のうちが人に見せたいわ。それでも、もう一ぺんあいつの顔が見たいばっかりに生きとったが……この前来た時は監獄から出て来た日に来たんじゃが、あいつはわしに会おうともせなんだ。なんちうこったか。わしの立瀬はもうないわい。あの日も駅で汽車の下敷になった方がよっぽどましじゃと勘考もして見たがのう、あれが生きとるうちは死にきれんわいな。養老院へ行ってもあいつの生きとるうちはわしは死にやせんぞ……お前さんはわしが面会に来るのに菓子の一つも持て来んと思うて軽蔑していなっしゃろ、え、軽蔑していなっしゃろ。菓子は持て来んでも、わしはあれのことを心底から思うとる。この心がお前さんには通じんのかい。さ、一目会わせてくれんか、わしは一目、この眼で見んことには帰りやせんぞい。たとえあいつが嫌じゃ言うても、わしは一目見たいのじゃ。遊んどるところでもええ、見せてくれんかの、頼みじゃ。」

この頼み通りにならんうちは決して動かないぞ、とでもいう風な老人らしい一こくな表情で言葉を切ると、つめ寄るように鶏三をみつめた。

相手の表情にけおされて鶏三は立上ると、

「それじゃ運動場へでも行ってみましょう、ひょっとしたらあの児もいるかも知れない。」

と言って老人を外へ連れ出した。がそのとたん、面会室の窓下にぴったり身をくっつけて内の様子を窺っていたらしい一人の少年が、蝙蝠のようにぱっと飛び離れると、二人の眼をかすめるように近くの病舎の裏に隠れたのが見えた。

「あっ太市、こりゃ、太市。」

と老人は仰天した声で叫ぶと、よろけるような恰好で駈け出した。と、校舎の角から不意に太市の小さな顔が出たかと思うと、またすっと引込んでしまった。鶏三も駈け出しながら、

「太市、太市。」

と呼んだが、もう音も沙汰もなかった。二人がその舎の裏に廻った時には、はや太市の姿はどこへ行ったか全く見当もつかないのであった。老人は暫く未練そうにあちこちを覗いていたが、

「ええわい。もうええわい。」

と怒ったように呟いて、首を低く垂れて帰り始めた。

「またいらして下さい。この次にはきっと会って話も出来るようにして置きますから。」

と鶏三は言った。彼は今の太市の姿に強く心を打たれたのである。老人はもうなんとも言わなかった。そして握りしめていた手拭に初めて気づいて、あわてたように腰に挟みかかって、

「わしが悪いのじゃ。」

と、一言ぶつりと言うのであった。


子供舎では、学園から帰って来た連中が思い思いの恰好で遊んでいた。廊下にはラジオが一台取りつけてあって、その下に小さい黒板がぶら下り、
十月二十八日（木曜）六時起床。

朝、一時間勉強すること。

今日の当番、石田、山口。

などと書きつけてあるのが見えた。部屋の中には北側の窓にくっつけて机が並べてあり、二三人が頭を集めて雑誌の漫画を覗いている。中央にはカル公と紋公とが向き合って、肩を怒らせて睨み合っていた。

「槍！」

とカル公が叫んだ。

「栗鼠！」

と紋公がすかさず答えた。

「するめ。」

とカル公が喚いた。

「目白。」

　と紋公が突きかかった。

「ろくでなし！」

「しばい！」

「犬。」

「盗人《ぬすっと》。」

「盗賊。」

「熊。」

「豆。」

「飯。」

「鹿。」

「カル公。」

「なにを！」

「バカ野郎、なにをってのがあるけ。やいカル公負けた、カル公負けた。」

「なにを！　負けるかい、負けるもんか。もう一ぺん、こい。」

「やあい、カル負け、カル負け、カル公負けた。」

　紋公はそう怒鳴りながらばたばたと廊下へ駈け出した、カル公は口惜しそうに、

「やあい、もう一ぺんしたら負けるから逃げ出しやがった、やあい弱虫紋公。」

　と喚きながら紋公の後を追うと、もう二人は仔狗のように廊下で組打ちを始めるのであった。

門口まで老人を見送って急いで子供舎までやって来た鶏三は、部屋に太市がいないのを確めると、そのまま自分の舎の方へ歩き出したが、ふと立停った。そしてちょっと考え込んだが、すぐ太市を捜しに林の方へ出かけることにした。心の中にはさっきの老人の姿がからみついて、彼は暗澹たるものにつつまれた気持であった。あの老人はこれから後どうして行くのであろう、あの口ぶりで世話をしてくれる者もいないらしい。養老院へ這入るのもそう容易ではないとすると、それなら乞食をするかのたれ死ぬか、恐らくはこのいずれかであろう。

林の中では、ようやく黄金色に色づき始めた木々の葉陰を、鶸や四十雀が飛び交っていた。空は湖のように澄みわたって、その中を綿のような雲が静かに流れている。鶏三は落葉を踏みながらあちこちと太市の姿を求めて歩くのだったが、少年の姿はなかなか見つからなかった。時々葉と葉の間から大きな鳥が音を立てて飛び立つと彼はじっとその鳥を見送ったりした。彼は太市をさがして歩く自分の姿が次第にみじめに思われ出して、草の上に坐り込むと、もう太市をさがすのも嫌悪されるのであった。そして投げ出した自分の足をつくづく眺めながら、気づかぬうちに拡がって行く麻痺部にさわってみたりした。そして何時の間にか頭をもちあげて来ている小さな結節に気づいてはっとすると、鮮かな病勢の進行に絶望的な微笑をもらして、立上ったとたんに、やけくそな大声で怒鳴ってみたくなった。

「うおーい！　太市。」

声は木々の間を潜り抜けて、葉をふるわせながら遠方へ消えて行った。

自分の声にじっと耳を澄ませていた彼は、それが消えてしまうのを待ってまた叫んだ。

「うおーい。」

すると不意にすぐ間近くで女の児たちの喚声があがった。

「うおーい。」

と彼女等は鶏三を真似て可愛い声で叫ぶのだった。そして入り乱れた足音を立てて、葉の間を潜り抜けて来ると、小山の上でしたように彼を取り囲んだ。

「先生が今日はすてきな歌を教えてあげようね。」

と鶏三は笑いながら言うと、

「さあ、みんなお坐りなさい。」

「すてき、すてき。」

と子供たちは手をうってはしゃいだ。鶏三はちょっと眼を閉じて考えるような風をしてから、太い声で、うろ覚えの太市の歌を唄い始めた。

子供たちは鶏三に合せて合唱した。多分太市もどこかでばばさんを想い出しながら唄っていることであろう。鶏三は次第に声を大きくしていった。

秋の彼岸

内田静生

一

今年は九月二十三日が秋の彼岸の仲日であった。

この日には、亡くなった同病者達への墓参りをするのが、この癩療院の人々の習わしであった。残暑がまだかなりに厳しく、日輪がようやく富士、秩父の山脈のうえに傾いた頃私も、裏窓の下に寄せつけられた小机を離れ、同室者と一緒に療舎を出た。

患者合葬の納骨堂は、建て並んだ療舎の横手からひろがる慰安畑の向うの雑木林のなかにあった。千数百人のうちにはもう重症で出て来れぬ者も多いのであるが、一様にこの残暑の夕づく時刻を見はからって出かけて来るので、参道から納骨堂のあたりは、土いきれの埃が立ちこめるほどの雑踏であった。以前ならば、秋季皇霊祭のこの日には祭日の御馳走などがあり、患者達のこころも浮き〳〵もしていたものだったが、愈々烈しくなって来た日支事変が、この武蔵野の奥深い癩療院にも迫って来、今年は、出征兵士の武運長久と戦没英霊への感謝の黙禱を捧げただけで、平日と変りがない静かさだったのだが、しかし墓参りだけは、いつもの年よりも却って盛んなくらいであった。それも繃帯の足に松葉杖をついた者や、自分の背より長い盲杖で探りゆく者や、なかには友の背に負ぶわれた者もあり、雑踏の混雑さはまた一入であった。次第に病症も重ってきて今年などは殊に夏負けもひどく、それに眼も半ば冒されている私は、その雑踏のなかを揉まれて行った。それでも納骨堂の前に立ち、病みまがった両手を合わせて瞑目した時には、死んでいった親しかった友達等の顔々がまるで夜空の星を見詰めるように数え切れぬ思いだった。だが私はまだ真の死別の悲哀というものを味わった事がないのかも知れぬ。肉親の父には死別していたが、まだ物心もつかぬ幼い頃ではあり、それに何よりも母の愛情に包まれきっていたのだから――。

墓参りから帰って来ると、部屋の真中に据えた大きな一つの食卓をとり巻いて夕食だった。その時、庭先きに自転車のベルが鳴り、雪白な消毒衣の職員が私の名を呼んだ、そして電報だという。瞬間、私の身ぬちが血汐が一時に消え失せたようにシーンとなった。

――母が死んだ！

それが、私には単なる直感というよりも、もう動かぬ慥さだったのである。と言うのは、故里からの便りで、母はここ二三年来、父を早く亡した貧しい百姓の一家を背負って働きとおした無理も今になって出てきたのであろう、めっきり老衰し殊にこの夏の暑さから、床につき切りになっているとの事であった。指折り数えてみれば、母はもう七十六の老齢になっており、母の死は愈々もう何時とは知れぬと、私はひそかにもその時受けるであろう心の衝撃の用意をしていたのであった。

だが、やはり駄目だった。

「はッ」とも「ふッ」ともつかぬ返辞とともに、私は食卓からすっくりと立ち、ふら〳〵と縁側へ出てゆくと、電報を差し出している職員へ、ただ無暗と丁寧なお叩儀ばかりしていた。しかし、私はそんな動顛のうちにも、もしやこの電報は何かほかの事ではあるまいかと、異様なほどの敏捷さと緻密さで、様々な事を考え探していた。いつか文芸の方の先生が来院されたとき電報で知らせがあったが……。それとももう自分でも忘れてしまっている何処かへ投稿して置いた物が、美事に当選した通知ではあるまいか……。

が、受けとった電報の表をチラッと見ると、発信所は故里の村の名であった。

私は、直面しなければならぬ恐しさを一瞬でもはぐらかすために、電報を封のまま机の抽出に入れ、黙ってもとのように食卓についた。皆は箸をとめて、ただならぬ私の容子を見まもっているのをはっきり感じていたが、私は何か言いだされるのを恐れ、極力平静をよそおいながら黙々と飯を食いつづけた。

「電報じゃ、なかったのかい。」

「うん、そうだが……」

「何だったんだい。」

「まだ、見てみないんだが、お袋が駄目らしいんだ。」

「へえ、それゃ……」

皆が掛けてくれる同情の言葉が、私には、母の死の事実を確定してしまうように恐ろしく、いよ〳〵冷たいまでの平静な態度で黙々と飯を食いつづけた。

ふいと、母が死んだのに、こうしてガツガツ飯など食っている自分というものが、なにか不逞な、動物的なおぞましさに感じられた。だが、これから真正面にやって来る恐ろしい事実――それに対するには、空腹であったら却って身心が堪え切れまいと、私は、麦飯と南瓜の煮付けを喉へ押し込んだ。

食後、皆が火鉢のまわりへ食後の一服に集った時、私は一人、裏窓の下に寄せつけられた小机の前にゆき、向うむきに坐った。そしてまだ封のままの電報を机の上に出した。然し私はそれを開封する前に、抽出の中を掻きまわし一枚の写真を探りだした。それは、去年の秋、祭の日に村へ写真屋がきたから写して送ってくれた、家族達の写真であった。兄夫婦と数人の子供達――私には甥や姪だが、その殆どは私が出郷してから生れた者である。その孫達に囲まれて、母がいた。背景は、雪国特有の深い藁屋根の軒端である。私が、この忌わしい病気のために、夜陰ひそかに生き別れの出郷をする時振り返り見た吾家のこの軒端に、洗足で飛びだして来ながらも、あたり近所へ憚って泣きごえすらも立て得ず、淡い月光のなかに今にも消え失せんばかりに立ち尽していた母――その記憶の母にくらべても、写真の母はめっきり老いた。頭も真白い白髪だち、腰かけてはいるのだが、着物の裾もひどく前さがりになっていて、以前から曲っていた腰が、いよ〳〵深く折れ曲った事がすぐ分る。飛び離れて末子の私は、子供のころから若い水々しい母というものを知らず、年寄りじみた母をいつも恥しいような気持であったが、この写真の老いた母が、この頃こころから無理なく好もしくさえなっていた。私が年をとって、そんな見栄がなくなったせいか、それとも母が老いつくして、老醜をもとおり越え枯淡ともいうべき一種の清らかさになったせいだろうか。

私は机の上に覆いかぶさり、写真の母を凝っと見つめながら、そして胸のうちに、

「――生きている！　生きている！」

と、自らの心を励ますように叫びつづけていた。すると、次第にそれが事実のような気がして来た。この瞬間を逃がしてはと、私は電報を、わざと事もなげなおもむろさで取りあげ、開封した。

『ハハシス』

私は一人庭へ出てゆくと、植込のなかにある小さな池の縁に蹲った。独りなにかを考える時のこれが私の癖なのである。水が枯れ低みながらも澄とおってきた池の面には、夕焼に燃えたつ鶏頭が映り、空はまた限りなく高く深く、それへ白いちぎれ雲が漂いながれてゆく……その時、ふいと私の胸に、いつか何かで見た

こんな歌が浮んできた。

　みすゞかる信濃の町の真昼まを鈴振りゆかば母に逢ふらむか

　信濃の町とは、長野の善光寺のことであろう。仏教の盛んな私の故里では、生涯中に一度はこの善光寺へ参詣しなければ極楽往生が出来ぬとさえ思うている風習がある。母もいつか、私がまだ少年の頃だったが、したい〳〵と言っていたその善光寺参りを、ようやくで《ママ》した事があった。それまでには村では年に一度くらいずつその団体参詣の募集もあったのだが、貧しい私の家では、それに加わる余裕さえついになかったのだ。そのうちに母はしだいに年老いてき、それに自分の村からさえ出たことのないような母にとっては、数日かかるその旅は、とても出来そうにもなく諦めていたのであった。ところがそんな時、北海道の叔母が、二十年振りとかで故里へ遊びに来、その帰途、母は連れられて善光寺へ参ることが出来たのであった。その叔母と母とは、二人きりの姉妹だったが、母は隣村から婿——即ち私達の父を迎えて家を継ぎ、叔母は嫁入った良人とともに北海道へ渡り、開拓事業で相当な成功をおさめたのだそうである。母姉妹は、母を早く喪い、父の男手ひとつで育ったのだそうだが、そんな事からもあってか、姉妹は仲良く、そして孤りの父に孝養をつくし、そのため村から表彰沙汰があった位だという。今は年老いた姉妹はそうして連れだって善光寺へ参ったのであるが、さだめし感慨深く、とおく亡くなった父母を偲んだことであったろう。

　母はおそらく人間としては平凡な一人の女であっただろう。然し、自分にとっては——殊に、人の世から忌み嫌らわれる病で異郷の空に病んでいるこの自分にとっては、この世に生きとし生ける数知れぬ人間はあろうが、真底から自分の事を思っていてくれたのは、母ただ一人だったのだ。私は以前、こんな詩のようなものを作ってみたことがあった。

　苦しめば　苦しいか〳〵と涙したまひ、楽しめば、楽しいか〳〵と笑みたまふ。たゞそれだけの　とほき母なれど、あゝ天地のごと大いなる母！

その母も、今はもうこの世にいないのだ、という思いが、『信濃の町』の歌と一つになって、池の面に映った高く深い空に、こんな幻想がありありと浮んできた。――母に逢いたくなった自分は、しだいにただ一目でもよい無性に逢いたくなってき、今はもう如何なる事をしても母に逢いたさの一途から、自分はついに巡礼にまでなり、白い行衣に草靴が、鈴を振り振り母を求めてさまようてゆく。しかし、何処まで行っても、何処まで行っても、日はただに隅もない明るさで照っているばかりで、母の影は何処にも見あたらない。自分はいよいよ死もの狂いになって母を探し求める。だが、今はもう永劫に再びとは母に逢うことが出来ないのだ、という思いが次第につよまって来ると、身も魂も行き場のない悲哀に狂い立ってくる……。

その時はじめて、池の面を見つめている私の眼から、熱い涙があふれながれてきた。

気がつくと、池の面に映っている鶏頭の赤さも黒ずみ、空も暗く暮れてきていた。

私は池の端から立ちあがった。だが、そのままま部屋へは入る気はしなかった。その時ふと、母の死をよく嘆いていた一人の友だちの事を思い出した。それはもう数年も前の事だったが、母一人子一人の身の上であった彼は、故里から母の死の通知を受けた時、幾日もの間、蒲団を被って泣いていた。彼はその切実な体験からこの今の自分の悲しみをも汲んでくれるだろうと、私は彼の療舎へ歩いて行った。が、彼は重病棟へ病人を見舞に出かけたという。

二

私は仕方なく、自分の療舎の方へ帰りかけていると、半ば落葉した桜並木の夕闇の向うを、視力の弱い私にはさだかではなかったが、一人のまだ若い女が、足が悪いらしくかるい跛をひきながら横ぎって行くのが見えた。すると、私は不意に、妻があったならば、こんなとき泌々と、母のように愛したい、母のように愛されたい、という思いが独身の淋しさとともに、地味な悲しみとなって湧いてきた。

私は、せめて家庭的な温かさを求めるように、家族療舎の方へ足が向いて行った。建て並んだ普通療舎地区を出端れ、花畑を通りこした雑木林の陰にある、その療舎のうちの一つに、私の友だちの一人がいた。

その療舎の庭へ入ってゆくと、縁下の暗さのなかへ馳け込んだ仄白いものが、頻りに吠え立てた。生れて間もないらしい仔犬のこえであった。「――また犬を飼いはじめたな。」と私は、これまでのような皮肉めいた気持の少しも混らない憐れさを感じた。子供のない宿命のこの療院の夫婦達は、よく仔犬や仔猫を飼うのだが、彼等夫婦も何処からか拾ってきてはよく飼う。だが、ようやく大きくなったかと思えば、犬殺に獲られてしまうか、配給の飯の余りでは飼いきれなくなり、また何処かへやってしまわねばならず、その都度細君は子供を奪われる母親のように泣くのであった。

「やあ、よく出かけて来たな。」

もうかなりな重症のうえに盲目の彼は、いつものように火鉢の前に坐り込んでいた。その傍らに裁縫ものをひろげていた細君も、眉毛のないその顔に心からの愛想をうかべて、「まあ珍らしい。ずいぶん暫く見えなかったじゃないの。」

「あ、出無精になって、ついく〳〵………」

私は、火鉢の前にすすめられる座蒲団に坐りながら、

「また犬を飼ったね。そのうちにまた泣かねばならんのに。」と、つとめて冗談めかして言うと、彼は磊落げに笑ったが細君は、急に悲しげな表情に顔を曇らせた。そしてちょっとの間沈黙が来た。その時、私は茶を一口ごくんと飲むと、出し抜けの思い切りよさで言った。

「さっき郷里から電報が来たが、お袋が死んでね。」

「へえ、それゃ……」と彼は吸いかけていた煙管を置き、細君も「まあ…」と、心から驚いた眼をあげて私を見つめた。私は、悲しみが込みあげて来そうになり、ごく〳〵とお茶を飲みつづけた。

「なあに、年が年だから、仕方がないんだ。」

「年って、お幾つでしたの。」

「七十と、そのう、今年は六になったんだろうと思うんだが。」

「君、お父っさん亡かったんだっけな。」

そんな事まで覚えていてくれる彼に、私は、彼の自分に対する不断な友愛を感じた。

「うん、親爺は俺のまだ六つの時、急性肺炎で死んじゃったんだが、その点、親といえば、子供の時分からどうも、お袋一人のようにしか思えなかったんだが。」

細君は、火鉢の縁へ肱をつき、痛む頭を押えるようにその手を額にあてていたが、

「おっ母さんが亡くなったら、わたしどうしよう。」

と、発作的な切な気さで、訴えるように言った。

出征していた彼女の兄が、去年戦死したということを思い出した。

「戦死された兄さん、この秋頃は靖国神社だね。」

「ええ、そんな噂だそうですけど。」

「その時は、帰省して逢って来るんだね?」

「田舎からもうそう言って来ているんですけど、わたし、こんな病気なものですから……」

そんな事から、話はいつか戦争のことになり、そして彼と私とで、この戦争の意義から、それに影響され

ることの療院内の生活——殊に文化方面の話になっていった。文学やっている私達の話は、いつもそんな風に進んでいってしまうのだったが、今夜も次第にその話に熱中して来た。しかし私は、自分の背筋のあたりに寒々と吹く野分のようなものを感じてい、いつ知らず相手の声が耳のはたを風のように素通りしているのに気づき、はッと気をとり直しては話に熱中しているのであった。

もう遅くなったから帰らねば〳〵と思いながらも、私は、一人になると直ぐまた母の死の悲しみに襲われそうなので、つい〳〵長居をしていた。が、私は思い切って立ちあがらねばならなかった。

「——悲しい時は、悲しむよりほかないが、まあ、急にあんまり悲観しないでな。」

盲目の彼は俯向き加減のさっきからの姿勢のままで、唐突にそう言った。私はその時、彼がさっきからも私の悲しみを忘れてはいなかった事を感じた。然も彼は文学の話に熱中していたのだ。が、それは私のように、その悲しみから逃れていたい、彼からいえば、逃れさせて置きたい、と言うような安っぽい手段的なものではなく、真にその話に熱中する事が真に私を慰める事だと知っていたのであろう。平常からの彼の気持から、私はそれをはっきりと感じたのである。

暗い花畑の小径を足さぐりで歩いてゆくと、まるで私が一人になるのを待ち伏せていたかのように、あたりの闇ぢゅうから、「——母が死んだんだ！——母が死んだんだ！」という声のない叫びが迫って来、私はまた身も心も行き場のない悲しみに襲われてくるのであった。

小さな街燈が一つとぼっていた。ぼーっと、夢のなかでのような妙なぼやけようなので、見つめなおすと、それは濃い霧に包まれているのであり、あたりを見まわしてみると、いちめん深く立ちこめた霧の夜なのであった。

そこは礼拝堂前の広場であったが、私は夜一人でそこを横切るときには、いつも、正面の入口の路を避けて通るのだった。子供の時分に聞いた、新しい死者の霊が夜中に寺参りをするのだという、そんな事が未だに残っていて、その路のうえには亡霊達が行き来をしてい、姿も影もないながら一陣の風のようにぶっつかりそうな、そんな恐怖からであった。然し今夜の私は、そうした亡霊達に却って一種の親しさをすら感じる気持で、その正面の路を進んで行き、そして礼拝堂へ一礼しようとしてその方を見やると、今夜はどうしたのか正面の大扉が開けられたままになっていた。それは何か大きなものが開けた口のような、底のない暗さであった。私はさすがにぎょっとして立ち竦み、その入口を見詰めたが、そのまま凝っと見詰めていると、底へのないその暗さのなかへ吸い込まれてゆくような、意識もしだいにうすれてゆくような感じを覚えた。するうち、その暗さのなかからあり〳〵と甦って来たような鮮やかさで白髪の母の姿が現われて見え来た。

私は、礼拝堂の正面に突っ立ったまま、その母の姿を凝っと見詰めていた。不気味な怖さから身が竦み急には身動きも出来ない感じだったが、然し、その底には離れ難い懐しさがあった。そして私はふいと、自分はこれまで、母の死の悲しみからただひたすら逃げよう〳〵としていた、卑怯な背徳者だったような自責の念に馳られて来、母の顔を真正面に見あげておれないような不孝さを感じた。その時、私は自分の腹の底から一種の悲壮な覚悟のようなものが湧いて来るのを覚えた。そして私は自分自身へ叫んだ。

「――それが母ゆえの悲痛だったら、幾らでもどっとやって来てくれ！　自分はそれを真正面に受けよう！」

自分は、生れてこの方、母に孝行らしいことは爪の垢ほどもした事がなかった。父を早く亡くしたせいもあり、末子の自分は兄姉中でも特に深い愛撫で母に育てられ、その苦労だけでさえ並々ならぬのに、世にも不幸悲惨なこの病気ゆえに、人の世の母の想像も及ばぬ、それこそ母の命を殺ぐばかりの様々な心痛を、死ぬ日まで懸け通して来たのだ。その母のための悲痛さだったら、たとえ気が狂ってもいい、悶絶してしまってもいい、自分はそれを真正面に受けよう！

私はそう思うと、今はもうその事だけが、自分にとってわずかながらも出来得る、母への報恩孝行のような気がして来るのであった。

三

自分の療舎へ帰って来ると、夜もかなりに更けていたので同室者達はみな寝ていた。私はその間へ蒲団を敷いて寝た。やがて消燈し、廊下のラジオも止むと、武蔵野の初秋の夜は涯しない虫々のこえであった。私の心は、幾山河を越えた遠い北国の故里へしきりに走っていた。吾家の煤けた奥の部屋——其処は、私がこの秘密の病気のために人目を忍んで永い間、文字通り血の涙で悶え病んでいたその部屋に、母は一人ひっそりと寝ている。しかも母は瘦せさらばえてもう冷たくなっている。

「——母はもう死んでしまっているのだ。」

然し、私にはまだ母の死を腹の底から信じきれない気持があった。それは母の死目に直接しなかったからではあろうが、それにしてもこんな重大な死に逢いながら、これと言う霊感さえもなかったからである。人ごとならいざ知らず、自分にとってはこの世にただ一人の母の死である。夢枕に立ったとか、幻影となって現われたとか、それほどまではなくとも、なにか霊感のようなものがなかったという筈がないと、私は今日一日中の事々を、丹念にその事に当てがいながら思い出してみた。だが、なに一つ思い当るような事もなかった。それが、私にはやはり物足らぬ淋しさであった。

それどころか、私は、昨夜から今朝にかけ、母にとってはこの世で最後の一夜であったその夜を、外泊して騒いでいたのであった。

この一夏中、私達気の合った連中が数人、養鶏部の詰所を倶楽部のようにして集り、毎夜を過したのである。そのうちの一人が養鶏係だったところから、彼の当直のたびに遊びに行き、いつの間にか毎夜常連が集って来るようになったのだった。鶏舎は、療舎地区からずっと離れた療院内の一隅の、かなり高い地所の武蔵野のままの雑木林のなかにあって、「日が落ちると、人々は山荘に集り来りぬ。」という、私がふと思い出したこんな或る小説の文句がよく皆に口吟まれるようなそんな気分があり、それになによりも涼しかった。集って来るのは療院内のまだ若手の文芸的な者達ばかりで、私は最年長であったが、独身もののせいで皆ともよく気脈が合い、一同は全く談論風発だった。或る夜など、誰かが捕えてきた一匹の蟇を焼いて、栄養食だと皆で食ったりした。食ったと言っても、各々脚一本ずつくらいのものだったが、その料理が大変な騒ぎだった。何しろ生きたままの奴を皮を剝ぐので、さすが若い連中も一種殺気立ち、口だけは盛んに洒落や冗談を飛ばし合っていた。私も窺き込み念仏を唱えたが、それはあながち冗談ばかりではないことを自らに感じた。とにかくそんな風で、話が弾むと鶏が鳴くころまで夜を更かし、その儘そこへ泊ってしまうのであった。昨夜はまた、明け方など肌冷えを覚えるようになったから、この夏はこれで解散しようということになり、最後の一夜だと、一倍に騒いで泊ったのであった。

それを思うと、私は、親の死目をもよそに騒ぎまわっていた放蕩息子のような気さえして来るのであった。然し、その鶏舎からの帰途、即ち今朝、私は柄にもなく、ふと、手折ってきた花を活けてみる気になったのであった。視力が弱いうえに夜更しをした私の眼に、初秋の朝かげのなかに咲いた途端の桔梗の花の紫が、如何にも鮮やかに映ったので、その四五本を手折る気になり、そして私は、それを薬の空瓶へ突っ込み、一閑張りの自分の机の上にのせて見たのであった。

「やあ、これや、みんな見てみい、お天気が変るぜ。」と同室者の一人が、私の背後から言った。

「へえ、曇ってきたかね。」

私は、ここ暫く書きつづけている自伝風のものの原稿から顔をあげて、裏窓の軒端からひろがる空を見た。が、初秋の武蔵野の空は限りない紺碧に高く晴れ渡っていた。

「その天気のことじゃないよ。——花、花。柄にもなくそんな花なんか活けるからよ。」

皆笑った。私も照れ隠しもあり、皆と一緒に笑った。

その花が、はからずも今は、母の死の電報と写真に供える花となった。そして花といえば、母の死の枕べにも、線香とともに花が供えられてあるだろうが、それは肉親の誰かが初秋の瀬戸から剪って来たのであろう。其処には、母が畑の一隅を区切り、毎朝仏壇へ供えるための色々な花を作っていたのである。母は、その自分で植え育てた花を供えられて死んでいったのであろう。——私はその花のことを思うと、わずかながら何か心の慰めになるのであった。

そのほかには、霊感的な思い当るこれという事もなかったが、そんな事よりも最も私の嬉しかった事は、母の死が、彼岸中に、しかもその仲日に来たという事であった。

仏教の盛んな私の故里では、彼岸のことを『お彼岸様』と言い、その間は極楽の門が開け放されてあるのだと、非常に尊んでいる。殊にその仲日には「日輪がクル〳〵まわって西にお入りになる。」と言われ、それを拝みに行くのである。私も子供の頃、よく母と一緒にそれを拝みに行ったものだった。日が傾くのを待っていて裏山へ登って行くのであったが、普段から心臓の弱かった母はよく息を切らせた。そんな母を待ち切れなく馳け登ってゆくと、もう子供等のはしゃぎ廻っている声がしてい、見晴らしのきくあちらこちらの樹影には手に珠数をかけた老人達が、眩しげに老眼をしばたたきながら落日を拝んでいるのであった。電報の発信時刻から考え合せてみると、ちょうどその時刻に、母は臨終を迎えたのである。

「いい人じゃったけに……」

　母の死の悔みのあとには誰も彼も、彼岸の仲日に臨終を迎えた母のことをそう言っているにちがいなく、私には、人々がそれを心から述べていることが無理なく頷かれ、家族達も悲しみのうちにも少々得意なよろこびの微笑をもって、その挨拶を受けている有様がありくと思い見えて、母は必ずく極楽に行ったに違いないと信じられた。

　私にはそれが、この上ないよろこびではあったけれども、何かまだ心の底のどこかに一抹の不安――言ってみれば、母の死が彼岸の仲日だったということが、偶然的な際物の功名だったような、そんな感じがうごめいているのを否むわけにはゆかなかったのである。私は、それがただ一つの微かな障碍なのでいよく不満で慊らない、というようなもどかしさだった。が、その時、そんな際物的な不安など打ち消すように、母だけは、この日でなくとも、いつの日、たとえどんな凶日に死んだとて、必ず極楽へゆけたのだ！　という思いが湧いてきた。そしてそれが、私には、もう揺らぎのない確実さで心の底からぴったりと信じられて、自分ながら頼もしかった。

　だがそのうち、私は底恐ろしいものを確めるように「――果してあの世において、もう一度母に逢うことが出来るのだろうか？」と恐るく自らに問うてみた。と、その答えのかわりに、これまでありくと思い見えていたあの世が、ズーンと遠のき、そして消えていってしまうと、荒涼としたそのあとには寒むぐと風が吹くばかりで、「母は死んでしまったんだ！」と凩のような叫びが返って来るばかりであった。私は、衝かれたように、真暗な寝床の上にむっくりと起きあがった。目醒めたように、厳しい現実に直面した感じだった私はまた、身も心も遣り場のない、不可抗的な悲しみに襲われてきた。

「――母は死んでしまったんだ！」

そして私は、今はもう母に逢うこと出来るただ一つの事は死——母が行なっていった通りに、自分もやがては間もなく死んでゆく、その死だけのような気がして来た。それが如何に淋しくとも苦しくとも、淋しければ淋しいほど、苦しければ苦しいほど、より一層深く母に接することが出来るのだ。殊に、母の死目にも逢えなかったこんな境遇の自分にとっては、それが尚更らのことである。そしてそれがまた、今後なにかの事から自分の心がそれを忘れ呆けてしまったとしてもそれは必ず行える事なのだ！

私はそう思うと、いよ〳〵悲痛だがそれでいて一種のよろこびに似た或る安心を覚えて、また暗い寝床に横たわった。

四

『行かれず、写真は共に葬られたし』

こんな電報を、私は翌朝さっそく打とうかと考えていた。

そして、父の葬式の時のことを思い出した。——父は、私が六つの冬、急性肺炎で一週間ほど病んで死んだ。さきにも言ったように、まだ子供だった私には、母の愛情に包まれきっていて、父の死の悲しみは殆ど覚えなかった。ただ、今でも妙にはっきりと覚えていることがある。それは、野向うの城下町へ奉公にいっていた姉が、帰って来ると、人々の集っている中をもかまわず、いきなり父の枕べへゆくと、持ってきた煙草の包みを投げ出し、わッと其処へ泣き伏した。父は生前、煙草が好きだったのである。その煙草は棺の中へ納められた。それよりも、今は家長であり喪主である長兄が、なか〳〵帰って来なかった。長兄はその頃は毎年、冬の農閑期を京阪地方へまで出稼ぎに行っていた。もちろん電報を打ったが、その返電もなく、とうとう待ち切れなく出棺ということになった。その時、兄はようやく馳けつけて来た。人々は父を拝むようにすすめたが、兄は「もういい」と、ひどく沈んで炉傍に坐り込んでしまった。が人々は、一旦釘づけにした棺の蓋を開けた。兄はその縁に両手をかけて、凝っと棺の中を見詰めていた――。

然し、母の葬式には私が帰って行けないことを、承知しているであろう。私は、殆どその目的のためにのみ、つい三週間ほど前、自分の写真を故里の母へ送ったのであった。

私は、その写真を撮って送るについては、ながいあいだ心にしていたのである。

故里を出てから十幾年、この生きながら病みくずれてゆく病気の私の身を、母はどんなに案じつづけていたことであろう。せめて写真でも撮って送れと、度々手紙で言って来るのであった。

　写真送れと便りは来たが
　　なんでこの顔送られよう
　せめて似顔を文うら返し
　　落ちた眉毛も描き添へて
　母上御案じ下されまじく
　　病気よろしく御座候

しかし今度こそは母が危いと思い、私はいよ〱写真を送る決心をしたのであった。写真を見たなら母はがっかりするかも知れないが、いずれにしろ、本当の我子の姿を見たいのが母の真情であろうと、私は、厳粛な死の前に迫られた気持からであった。

で、私は職員に事情を話して頼み、医療用の写真機で撮ってもらうことになり、医局の内庭の深い樹立を背景にして立った。此の写真は、母にさえ見て貰えば良いものだから、普段の儘が却って良いのではあったが、もしまたどんな事から人目に触れないとも限らないという懸念から、薬瓶のコルクを焼いて眉毛をひき、縁の太いロイド眼鏡をかけ、脱肉のひどい方の片手は腰にあてて隠した。それから医療用の写真なので、何よりも第一にピントを合すであろうと考え、ちょっとぼやかす為に、職員がピントを合せてから乾板に入れ換える隙に、無断でわざと一歩さがっておいたのであった。

一週間ほどして、看護婦が出来上った写真を届けてくれた。病者の人々は皆その手元を覗き込んだ。

「やあー、撮れたな、これじゃあ、うっかり見ていちゃ、病者とは解らんな。」

「うん、こうして見ると矢張り文士だなあ、原稿を書き疲れて、庭へぶらりと散歩に出たというところだ。」

私も自分乍らよく撮れたと思った。ことに広い額と、その上に長髪が炎のようになびいているところは、自分乍ら颯爽としていて好もしかった。だが着流しの着物裾は片前さがりで、襟ははだかっており、細長い胴にぐるぐる巻きの帯もだらしなく、背に太い着物の皺の牛蒡をかついでいるのさえそれと見え、それは、いかにも病み古りた独身者の姿であった。

私はその写真を故郷へ送ったが、母は老眼のうえに衰弱もひどいのだから、よく見えるだろうかと心配であったが、兄からの便りでは、母はそれをよく見、人々のいないような時には、こっそりと枕の下から出して眺めていると云うことであった。母は、異郷の空に病む此の悲惨な病気の私の身の上を、始終案じつづけ、心の底では、もしやもう見るかげもなく病み崩れているのではなかろうかと、不安を抱いていたであろう。それが私の写真を見て安心したに違いなく、そしてその安心からも母は死を早めたのかも知れぬ、ああ、今はもう故里の吾家の敷居を跨いだとて、「おおお前帰ったかのう」と迎えてくれる母は、この世の何処にもないのだという思いと共に、私は、母の生きているうちに、せめて一度でも帰省すべきだった、という思いに、まるで何ものかに復讐されるかのように襲われて来た。

私は故里を出てから十幾年一度も帰省しなかったのである。まだ帰省するに差しつかえるような病状ではなかったが、私は一度も帰省しなかった。いや帰省出来なかったのである。その最もな原因は、私が文学をやっている事にあった。そのため私には何よりも金が無かった。療院内とは言え、此処並みの作業さえしていたならば、その旅費位はどうにか得られないこともないのであったが、私は「貧乏書生」とか「ボロ文士」とか渾名されるような生活に甘んじて来た。だが心の底では、せめて幾らか纏った原稿料でも得たならばと、奥歯を嚙みしばっていたのである。

それよりも、私は文学をやる張合いが自分の体から脱け落ちていってしまったように感じられた。それは母の電報を受けとったその途端からであったが、今後は勿論、これまでの長い文学への、そのためばかりに此の大きな不治の病いの身心を鞭打ち、そのうえに「襤褸文士」と渾名されどおしてきた忍苦の努力も、今はもうすべては水泡に帰して了ったような気がした。

殊に、いま書きつづけている自叙伝的なそれは、もう書きあげてみたところで何の甲斐もなくなってしまった気がしたその作は、私が発病してからの故里での三年間ばかりの間の出来事であって、癩の真の苦悩――それはこの悪血と言われる根深い因襲ゆえに、血族者達に及ぼす悲惨な悲劇であって、それで、自然骨肉達のことを多く書かねばならなかったが、殊に母のことは殆ど全篇にあふれていた。母はいつも「お前の身代りになれるもんだったらのう……」と言いつづけていたが、私はそんな事を書くさえ涙をながしてしまうのであった。私はその作品を書くには、勿論、そのような人情的なことばかりではなく、真の癩者の苦悩を書こうという文学的純粋な意慾はあったけれども、母への感謝への心も又非常に強く、そしてその心が、私にその作品を書かす力を与えていたことも事実であった。私はもう何年も前から、これを書こう〳〵と考えていたのであったが、長いものではありつい〳〵延ばしていたのである。が、自分の病勢もしだいに進みかけてき、殊に平常から眼痱から来る視力の弱い私は、何時失明するとも知れぬような状態になってきたところへ、故里からの便りで母も老衰してきたことを知り、私はいよく\書きはじめたのであった。そして私は病気がちの日々を、一日をも早くと書きつづけながら、もしこれが完了して本にでもなるようなことがあったなら、それは自分のような無名の者にとっては、殊に出版の統制が厳しいこの時代では、とおい夢であろうことは知っていたが、誰よりも故里の母に送って自分の文学的成功と母への感謝とを見て喜んで貰いたかったのである。

ああそれも今はもう永劫に甲斐ないことになってしまったのだ…、私は明日からの自分の姿を思いみてさえ、文学をやる励みもなく、生きていることさえもが、蕭条と味気ないものに感じられて来るのであった。

その様に帰省も出来なかった私であったから、故里へ送ったその写真は、全く私自身の身替りとも言うべきものであった。併しその写真は、母に見て貰うだけでその目的が充分達せられた訳で、母以外の人にはかえって目に触れられたくはないものであった。殊に悪血と云われる秘密の病魔の写真などを家に置いて人目にふれ、その事から多くの骨肉達の身の上に——殊にその結婚上に於てはどんな悲劇が惹起しないとも限らない懸念もあったが、それよりも私は、今は生きている何んの甲斐もなくなって了った様な気持から、せめて写真乍ら母に抱かれて共に葬られても悔ないという思いが切実であった。実際、その思いは妙な程の生々しさで感じられた。狭い棺の中で母に抱かれている自分——痩せさらばいた母の胸に萎びついている乳房、そして永劫の死の冷たさが、直に私の身ぬちに泌みとおってくる様に感じられ、私は思わず、蒲団の襟を掻い込むのであった。そして私は又潮のようにおし寄せてくる母の死の悲しみに襲われてきた。うつらくしたと思ったのか、身心の極度の疲労から大分長く眠ったらしく、気がついて見ると、夜はもう明けそめていた。もう秋らしく明方は肌冷えが感じられた。

私は目醒めると直ぐ昨夜から思っていた「行かれず、写真は共に葬られたし」という電報を打つことを考えはじめた。が、その電報が着いた時の故里の吾家の情景を思い見たとき私はぎょっとした。――それが向うへ着く時分は、丁度出棺前の取込み最中である。其処には肉親達ばかりではなく、あちこちの親類や近所の人々が大勢集っている。その中へ電報が行く、人々の眼射しが一斉にそれへ注がれる。戸主の兄はそれを受取ると、黙って懐に入れてしまう。瞬時人々の上に沈黙が走る、そして人々は、この場にいなくてはならぬ死者の子のうちの一人、即ち私という者が見えないのに気づく。そして悪血の病魔の疑惑とともに、家では隠れ病み、故里を忍び出てから十幾年、行方はおろか生死の程さえもが不明になり、ようやく記憶から遠ざかりうすれていたこの私というものがまだこの世の何処かに生きているのだ、という事実を今更らに新たにするに違いない。そう気づくと、私にはそんな電報さえ打つことが許されないのであった。

雨戸の隙間から洩れてくる光はもうすっかり朝の明るさであった。遠くを走る武蔵野の電車の音が、シャン〳〵と澄んで聞えた。まだいつも起きる時間には早いので、人々は枕を並べて眠り込んでいた。と私は、又母の死の悲しみが潮のように押寄せてくるのを感じ、せめて朝の明るさのなかに出て井戸端の清しい水で顔でも洗ってみたなら、いくらかは自分のこの悲痛さも薄らぐような思いがしてくると、もう無精に外へ出てみたくなってき、そっと寝床から起きぬけて庭へ出た。

外はまだかなりに深い霧であった。しかし霧を透けて向うの雑木林のうえにもう高く日が昇っていた。チチ……と庭樹立の間近くに小鳥の啼声がした。

五

私は、視力が弱いうえに寝不足のさだかでない眼をその方へやると、それは昨夜入れ忘れた池の端の立木の枝にかけてある鳥籠の目白であった。櫛も入れてない蓬髪に眉毛のない顔を窺き込むように鳥籠に近づけると、小鳥はいよ〳〵よろこばしそうに、籠の端から端へ活発に飛びつき乍らチチチと鳴きたてた。小鳥が、まるで私の顔へ飛びつくように籠の横桟へ、青さにぼやけたほの白い腹をみせ羽ばたきながら飛びついてくるたびに、青い小鳥の匂いが私の鼻に泌みてきた。その清々しい匂いを私は思わず胸ふかく吸い込んだ。そして私はそれを純粋な命のものの匂いのように感じた。

と同時に、母の死の悲しみが、ふっとまた私の胸に湧いてきた、「母が死んだのに――母が死んだのに――」と私はその悲しみをいよいよ切実に感じたが、しかしそのために小鳥の純粋ないのちの感動は薄らいでゆくようなことはなかった。私はその心を自分乍ら妙に感じた。

そしてその事は、それから三日目、母の死から四日目の彼岸あけの日の夕方、墓に参った時私に一層はっきりと、しかももっと広く深く感じられたのである。

彼岸あけの日も療院では墓参りの人々が多いのではあったが、しかし仲日ほどのことはなかった。それに私の療舎でも仲日は同室者達が揃って参る習わしになっていたが、明けの日は自由になっていた。私は一人しずかに参りたいと思い、わざと遅くなってから療舎を出た。建並ぶ療舎地区を出はずれると、そこから広がる慰安畑のなかを彼方の雑木林のなかの納骨堂へ参道が横ぎりつづいている。予想してきたとおり人々の混雑する汐時は過ぎてしまっていて、参道の前後には人影もなかった。遠く武蔵野の涯の地平線上には富士、秩父の山脈が起伏し、故里の空と思われるあたりにまだほのかな残照が漂っていたが、野面はもう薄暗く、道傍には咲きはじめたコスモスがほのかな疎らさであるなしの夕風にゆらいでいた。私はそのなかを一人黙々と歩いていると、いまさらに天涯の孤独を感じた。

ふいと私はその時、この春早くであったが、友達のうちの一人の父の墓参りに来たことを思い出した。彼も北国の生れであったが故里で父を亡くした。そして彼も帰省することが出来なかった。彼は、私のように金がなかったからではなく此処の患者としては金に不自由ない身分であったが、かなりの重症でその旅が出来なかったからである。その父の法要だと私もお茶に招ばれた。彼は結婚して家族療舎にいるのであったが、私は夕食後そこへ出かけて行った。彼等夫婦の知人達がもう数人集ってい、なかには患者間の有力者の顔も見えた。彼の机の上に故人の写真と位牌が据えてあった。私はその前に坐り、香を焚き合掌し故人の冥福を祈った。それからお茶になり、集った人々は彼に父の事を訊ね、彼は生前の父の思い出などを様々語り、一同は故人を偲んだ。そしてお茶が終ると、彼等夫婦に連れ立ち一同賑やかにこの道を墓参りに来たのであった。

それに較べると、私のこの墓参りは寂しいものだった。私には寂しいよりも惨めな気さえした。母もどこかそこらあたりの夕闇のなかに一人淋しく佇んでいるような気がした。これも人々をお茶にも招べない自分の貧乏な甲斐性なしのせいからで、母に済まないと思うのであった。

雑木林の夕闇のなかに、仄白く浮ぶコンクリートの円屋根を持った納骨堂を背に、患者合同の墓石が立っていた。もう遅いのであたりには人影もなくひっそりとしていたが、大きな石の香炉からは線香の煙がまだ盛んに立ちのぼってい、さっきまでの雑踏を思わせた。私はその下の台石の上へ懐にして来た母の写真と死の知らせの電報を立てかけ、それへあの母の死の朝薬瓶へ活けて置いた桔梗の花を抜きとって持ってきたのを供えた。

私は墓石の前に一足さがって立つと、自然に、疫病み曲った手指乍ら両の掌は胸に合わされ、頭はおもむろに垂れて瞑目した。

あるなしの秋の夕風がそよ〳〵と吹きすぎてゆく。私はそのなかに立っていると、眠りに落ちてゆくときのようなかるい忘我の状態になってゆく自分を感じた。そして私の胸のうちに母の姿があざやかな生々しさで浮びあらわれて来た。

遠のきゆくほど　近づきくる母
時古るほど　新たなる母

私はかつて詩の一節に此のように母をうたった事があったが、母の死と共にもうその距離も時もなくなり、じかに自分の身内に甦り、生きて来たのをありありと感じた。それからあの世とこの世——生死の境が紙一重のように感じられ、それと一緒に自分の肩に重くのし懸っていた現実の様々な苦悩が、事もなげに消え失せてゆくのを感じた。しかし妙なことには、自分の生の意識だけは薄らいでゆくどころか、却ってその底から溢れて来、それがひろびろと限りなくひろがってゆくのを感じた。そしてそれは大らかで和やかな、それでいて引緊ったところのよろこびであった。

私はその時ふと、母の死の翌朝、小鳥の清々しい青い匂いから純粋ないのちを感じた時の事を思い出した。そして、母の死を悼むために墓参りに来た自分が、こんな生のよろこびなど起したりするのは、なにか不埒なこと——生身の業のようなものに負けて死の聖浄さを冒しているのではあるまいかとも省みられた。しかし、こんな私を母があの世から許してくれているような、それも母は私と共によろこんでいてくれるような、妙にそれを信じている感じがあった。——生きるいのちをよろこんでくれる！　それは親の子に対する真心のようにも思われてき、しかもそれは母ばかりではなく、父も祖父母もまたとおい祖先達も、それからこの療院で死んだ身近な多くの知人達も、死んだ人々すべてがそれをよろこんでいるように思われた。私はそれを永遠から流れつづいてき、永遠に流れつづいてゆこうとする生命の真実な希いなのだ、と考えたのであった。

私はもう一度合掌すると、墓の台石の上から母の写真と電報とを取りあげて懐ろにした。すると、母の死の悲しみがまた深い波のうねりのように押し寄せて来た。私は、いま自分が感じた生のよろこびの思いは儚い幻想ではなかったかと云うような不安がし、目醒めるように、そして確かめるようにあたりを見まわした。夕闇がもう深くおりた野面いっぱいに虫々のこえが湧きあがるように限り無く鳴きつづけていた。それを聞くと、私は自然も生きる意志に満ち溢れている、と感じられ、そして生の喜びの真実さが確かめられたように思った。

私は参道を帰っていた。富士、秩父の山脈は暮れてしまい慰安畑を越えた向うの夕闇のなかから、建て並ぶ療舎〳〵や重病棟の灯影がきらめきはじめていた。私はいま墓の前で感じた、大らかで和やかな、しかも引緊った生命のよろこびのことを考えながら歩いていると、ふと、あたりがほの明るくなったように思われ、振り返ってみると、納骨堂を蔽う雑木林のうえに丸い月がのぼっているのであった。その月の光はまだ淡かったけれども、初秋の清々しさであった。

列外放馬

内田静生

初夏の陽光のなかに、このあたり武蔵野の奥深い雑木林は青葉に盛りあがり、そのうえに、間近い飛行場からあがった数機が、青空いっぱいに爆音を響き渡らせて、激しい演習をつづけていた。そうした或る日の午後、この人の世から隔てられた癩療院では、傷病兵慰安の会が催されていた。

癩院の戦病兵――それは国民からはこのうえない深い同情を寄せられているのは勿論ではあるが、殊に、皇国の為に直接働くことの出来ぬ運命にある此処の患者達にとっては、われわれの英雄であった。

会堂に溢れた患者等は、入口から窓々の下にまではみ出しこぼれいた。一段高い正面の片方には、院長はじめ職員や看護婦達、それと向いあった片方には、慰問に来院した愛国婦人会の襷をかけた十数名の人々であった。そして、健康者と患者とを区切る低い手摺の下に、横列に坐っている数人が、今日の主客の傷病兵達であった。最初から、悲痛厳粛な沈黙が満堂を領してい、ただ燕の二三羽が鳴き交しながら、垂れた人々の頭のうえを飛び交うていた。

やがて会は終り、一同は起立した。そして畏くも、両陛下、並びに皇国の万歳を満堂一斉に三唱した。それは異常な感動の情景であった。殊に戦闘帽を振りあげる傷病兵達、そのなかには、片脚を戦線で喪ってきた者もあり、友の肩に摑り縋っているその様などは、眼にするさえ堪え得ず、愛国婦人会のなかにはハンケチで目を蔽ってしまう人もあった。──嘗ての日、彼等は戦地に於て幾度び、占領した敵陣地の上に、斯うして日章旗を打ち振ったことであろう。

武田精一——数箇月前までの呼び方をすれば、陸軍砲兵一等兵武田精一も、その傷病兵のうちの一人であった。彼は慰安会が終えると自分の療舎へ帰ってきた。だがまだ興奮がつづいているらしく、緊張した面持ちで歩調も正しく、部屋を真直ぐに横切って進んで行った。其処部屋の正面の壁には、複写の御真影が掲げられてあり、下の釘には真赤な千人針が懸っていた。武田はその前で戦闘帽を脱った。その帽子は、後頭部の大きく破損した箇所を、麻紐で不器用にかがってあった。そしてそれのちょうどあたる彼の五分刈りの後頭部には、創跡が禿げて光っていた。彼は脱った戦闘帽を千人針のうえに懸けると、療院支給の棒縞の袷の襟を正し、直立不動御真影に向って最敬礼をした。

それは武田の毎朝の習わしの姿であった。しかし、数箇月もそれを見慣れてきた同室者達でさえ、煙管を叩く音をも止めて瞬間粛然とした。だから、今日はじめて此の部屋へ収容されてきたばかりの、新患者の田村平吉は、腫れあがった病斑に眉毛が脱落してしまった顔に、一種驚愕にちかい感動の表情をうかべて、その武田の後ろ姿に眼を瞠ったのも尤もであった。それに、平吉には現在なお、戦線に闘いつづけている兄があったのである。

武田には、今日の傷病兵慰安の会は有難いには違いなかった。しかし、彼の胸底に、暫時くの絶間もなく渦巻き狂っている苦悶は、少しも慰まなかったのである。その夜、この療院は寝静り同室者達も、皆寝入ってしまっても武田は消燈した暗い寝床のなかに、転輾反側しつづけていた。

——凩が叫び渡る武蔵野の雑木林の小径を、一台の自動車が、赤十字の徽章を夕日に煌めかせて疾駆してきたが、それが、この癩療院の通用門を徐行で潜り入ってきた。そして扉がひらき、看護婦に衛られて降り出てきた一人の、白衣に戦闘帽の傷病兵があった。それが数箇月前の、武田精一であった。

彼が陸軍病院を出る時、軍医が彼を一室へ呼んで言った。

「武田。お前のその背部から太腿部にかけて現われている皮膚病の斑点は、残念ながら此処では治療の設備が充分ではない。だから、お前はこれから、府下にあるその病気専門の病院へ行ってくれ。」

「はッ。一日も早く第一線に立つよう、専心治療してくるであります。」

「な武田。戦友達と別れるのは淋しいだろうが、向うへ行ったら、心静かに治療してくれ。な、解ったか、武田。」

挙手の礼をする武田の肩へ手をかけて、そう言う軍医の声は思いなしか、妙に涙ぐんでいるように感じられたのであったが、それが武田には今解った。彼は、此処が癩院だと知った瞬間、闇黒のどん底へ顛落したのである。

「自決するんだった！　ああ自決してしまうんだった！」

最初に武田を打ったのはこの思いだった。——もう少し早く、こんな忌わしい病気と自覚したら、自分は潔く自決してしまうのであった。いや、内地へなど帰って来るのではなかった。あの、群がる敵の中へ躍り込んでゆき、斬り捲り、この身が蜂の巣のように膾のようになるまで、斬って斬って斬り捲り、そして果てしまうのであった！　武田は無念の臍を噛んで泣いた。

「あ、それよりも……」と武田は、暗い寝床のなかに涙の眼を瞑り、ありありと思いうかんでくる一つの光景に、更らに無念がるのであった。

「何故、何故あの時、俺は戦死出来なかったんだ！」

——それは去年の夏、京漢沿線の敵を掃蕩している時のことである。赫奕と炎熱に燃えた太陽が、血の塊りのように山脈に落ちた。それを合図に武田等の野砲隊は山を馳け下りると、麓の林のなかに砲列を敷いた。敵は前方の小高い丘陵に蟠踞していた。彼我の間には、一面に白い花ざかりの綿畑が広がり、そのなかに友軍の歩兵が塹壕を掘って伏せていた。直ぐその前に大きなクリークが横たわり、油のように澱んだ水面にはほのかに赤い夕焼空が映り、敵陣から撃つ、捜るような小銃や怯えたような機関銃の弾丸が、しぶッ、しぶッと、水面を叩いて落ち込んでいた。

砲撃までに一と時の間があった。

「おい、国友……」と、射撃手の武田が、鉄板に小石を投げつけるように、小銃弾が向う側を叩く防盾に背を凭せながら、砲身越しに声をかけた。

「何だ？——」と、これも防盾に背を凭せ、何かもの思いをしていたらしく腕組みをしていた、照準の国友が顔をあげた。

容貌魁偉な武田は、戦闘帽のうえから頭を掻き、鬚の口もとには甘えた微笑をうかべていた。それは彼が国友に何かをねだる時の表情であった。はたしてそうだった。

「俺はなあ国友、行軍中ずっと煙草を喫わなかったぞ。もう二時間も喫わなかったぞ。」

煙草好きな武田は、疾うから煙草を切らしていたのであった。

「それがどうしたというんだ？」

国友は、鬚さえ剃り落したらさだめし秀麗な容貌であろう顔に、微笑を抑えわざと素知らぬ表情である。

「なあ国友……」と武田の声はいよ〳〵情けない。「お前と俺とは、無二の戦友だったな。戦死する時は一緒だって誓い合ったな、なあ。今でもそうだろう？」

「今更らそんなことを言い出すな。解り切っていることじゃないか。」

国友は更らに無関心だ。武田はもう取りつく島がない。がその時、武田は「しめ、しめ。」と北叟笑んだ。国友の手がポケットのなかへ入ってゆくのを見たのである。

やがて紫煙が二たすじ甘そうに、防盾のうえから夕焼空へたちのぼりはじめた。

武田が貪るように煙草を喫いながら、ふと国友の方を見ると、彼は静かに煙を立てながら、また例の一枚の小型な写真を瞶めているのだった。

「おい。」と言うより早く、武田は国友の手からその写真を掠めとった。「無二の戦友だ。俺にも半分、これを見る権利がある。」

そこには、如何にも呉服問屋の老舗らしい店先きを背景に、一人の若い女性がすらりと立っていた。ちょっと愁いをふくんだ可憐楚々とした姿であった。それを夕明りのなかに見ていると、武田は柄にもなく、ふと月見草を連想した。いや連想ではなく、砲車の傍らのそこに、一ともとの月見草が、今宵ひらくのであろう、ふっくり蕾をふくらませていたからであろう。――その女性は、呉服問屋の一人息子の若旦那である、国友の許婚であった。そしてやがて、彼の凱旋をそうして迎えるであろう姿であった。

「幸福な奴だ。うんと手柄を立て、二度惚れさせるんだぞ。そら――」

と武田は写真を返上に及んだ。それを受取ろうと、国友が上半身を砲身に寄りかけてきた時、ピシャリ、武田の平手が国友の頬に飛んだ。それは祝福の表現であった。ふたりは声を合わせて高らかに笑い出した。

「各個に撃て！」

その時鋭い号令が、砲列を横に貫いていった。日はとっぷりと暮れていた。敵陣からの射撃は、砲音をも混えて激しくなっていた。砲列は一斉に火蓋を切った。その下に、歩兵隊の突撃喇叭が鳴りつづけた。武田等も撃ちつづけた。息もつかずに撃ち捲った。悍馬が竿立ちように砲は車輪を跳ねあげて咆哮しつづけた。幾何の時間、武田はそうして撃ちつづけていたのであろう、不意に、ひらりと、頭上間近く閃くものを彼は感じた。月闇空から月が墜ちてきた感じだった。

（——来たなッ。重砲だ！）

瞬間、彼の眼からは一切の物が、耳から一切の音響が、ひたと消えていった。彼は時空を超えた永劫の静寂のなかにあった——と、つぎの瞬間、背後から熱い台風のようなものが蔽い被さってきた。彼はそのなかに、影絵のように国友の姿を見たと感じたが、途端に台風に身を打たれ、そのまま彼はふき消されるように意識を失ってしまったのである。

（——何を、これしきに、——何をこれしきに！）

武田は闇のなかを懸命に、撃鉄を引こうと榴縄《りょうじょう》を探った。榴縄はあった。彼は確っかりと握り締めた。だが、それは妙に柔く温いと思った。その時ズキリと、後頭部を突き刺すような疼痛が駛った。そして彼はハッと我れに還った。彼の握り締めているのは看護婦の手であった。其処は野戦病院であった。——砲撃中の彼等の背後に炸裂した敵の重砲弾のため、彼は後頭部に重傷を負い、そのまま三日もの間人事不省に落ち入っていたのであったが、今漸く意識を恢復したのであった。

ああそして、その時にはもう彼の戦友国友は、既に一箱の遺骨になっていたのである！

「——あの時、俺は何故戦死しなかったんだ。国友と一緒に、何故死んでしまわなかったんだ！」

そして武田は暗い寝床のなかに転輾。遂には運命を呪い、敵の砲弾をさえ恨むのであった。

「——何故。俺と国友が反対ではなかったんだ。どうして反対に殺してくれなかったんだ、——彼奴は、生きておらにゃならぬ人間だったんだ。それに較べて俺はいちばん戦死していい人間だったんだ！　俺は戦死するのがいちばん幸福だったんだ。幸福どころじゃない、俺にはこの世にそれ一つしか、何処をどう探し廻っても、それ一つしか救いの途はなかったんだ！　ああ俺は、あの時戦死さえしてしまっていたら、こんな忌わしい病気にもならず、今頃は立派な、永遠に輝く護国の神となっていたんだ！」

武田は更らに、こんどは絶望的な焦躁に駆り立てられてくるのであった。

「――そうだ、俺は石に噛りついても全快しなければならぬ！　そしてどうしてでも、もう一度戦線に立ち、今度こそはいらぬ体だ、思う存分華々しい戦死を遂げてしまうんだ！　俺のこの忌わしい汚辱の身は、それ一つよりほかに、今ではもう永劫に雪辱される途はないのだ！」

ああしかし武田のそういう胸底深くには、黒雲が悠々と大空を蔽ってくるように、不治という観念が背や太腿の病斑とともにこの頃しだいに濃くひろがってきていることを、どうにも否むわけにはゆかなかったのである。

翌朝は晴れた日であったが、武田は遅くまで朝寝をしていた。

さまぐ〵な想いに困憊した昨夜の寝不足もあったが、何よりも彼は起きあがる気力がなかったのである。病者だとはいえ共同生活であるから或る程度の規律はあるのだが、同室者達はそうした戦病勇士の武田をそっと寝かせて置き、朝飯をするにさえ物音を憚るようにし、武田の味噌汁を小鍋に取り分けて火鉢の傍らに置く心遣いまでして、皆それぐ〵の作業に療舎を出て行った。附添夫、外科補助、土木、牧場、農園等々、患者達はそれぞれ趣味と病態に依り、各自の身に適応した作業を持っていた。

人々は作業に出払ってしまい、あたりがひっそりと静まってしまっても、武田はなお起き出でようとはしなかった。が、やがて演習飛行機の爆音が、療舎の屋根を圧しつけるように響き過ぎると、彼は漸く起き出した。彼はもの憂く顔を洗ってくると、それでも毎朝の習わし通り、正面の壁に懸けてある戦闘帽と千人針、その上に掲げられた複写の御真影の前に直立不動し最敬礼をした。そして武田がそこを離れた時だった。彼は、この自分の有様を、部屋の入口に立って凝っと見ている一人の男に気づいた。それは昨日この部屋へ収容されたばかりの、まだ若い新患者田村平吉であった。

二人の視線が合った時、平吉は如何にも田舎者らしくぎこちない丁寧さで、

「お早ようございます。」と、銅色に腫れあがった病斑の顔を下げた。

「お早よう。」

武田は鷹揚に挨拶を返して置き、火鉢の傍らへ膳を引き寄せて、遅い朝飯を不味そうに食べはじめた。火鉢の向側に畏り坐った平吉は、その武田の姿と壁に懸った戦闘帽と千人針を、見あげ見比べていたが、やがておずおずと武田へ訊いた。

「あんた戦地へ行って来たんですか。」

「うん、俺は……」と武田は頬張って飯をごくりと急いでのみ込み、じろり平吉を見やって言った。

「——俺は傷病兵だ。」

平吉は、第一線に立った勇士が、どうしてこんな病気になったんだろう、と訝るような顔つきで武田を見あげた。

「何処でやったんですか。徐州？　漢口？」

「いや、この負傷をやったのは……」と武田は後頭部の創跡へ手をやり「去年の夏、京漢線の敵を砲撃した時だ。なか〱の激戦だったんだ。俺達野砲の一隊は……」武田はしだいに熱を帯びてき、沸っている鉄瓶

が敵陣地になり、飯粒のついた竹箸が砲身になり、彼はもう夢中になってこの新患者を前に、もう幾度び繰り返したであろう実戦談を、また新な熱をもって繰り返すのであった。そしてやがて一と通り語り終えると、武田は、これも必ず話の最後に附け足す悲憤な感慨を以てした。

「こんな病気と知ったら、俺は潔く即座に自決してしまうんだった!」

「……!」平吉はまじ〳〵と武田の顔を仰いでいた。彼はその話のあまりの悲痛さに打たれて、急には言葉もなかったのである。

武田は飯を中途のまま、巻煙草に火をつけた。それは昨日傷病兵慰安の会から、志として贈られたものであった。武田はそれを勢いよく喫いはじめたが、しかし、興奮の後のもの足らなさと云おうか、ゆきてかえらぬ思い出の果敢さと云おうか妙に淋しいものが彼の心の底に漂ってきて仕方がなかった。

「君、軍籍があるのかい。」と、武田は平吉に問いかけた。

「いえ、今年兵隊検査だったんですが、おらこんな病気が出たもんで……」そしてちょっと気恥しそうに附け足した。

「でも、兄貴は出征しとるんです。」

「ほう、何処の部隊だい?」

「○○部隊ですが、予備なんです。」

「そうか――」と武田は遠くを見る眼ざしになって、「あの部隊はこの頃どの方面へ行っとるかなあ。」

「漢口からずっと奥の方へ行ったようですが。」

「うん、そうだろう。」と武田は自信ありげに言った。

「それで、元気でやっとるかい。」

「ん、まあ、兄貴は元気なんですが……」

「それゃええ。」

「……でも、家の方が困るんです。」

「家が困る?」武田は意外そうに訊き返えした。

「ええ。」と平吉は急に、薄れた眉を寄せ、銅色の顔に心配そうな色をうかべた。

「親達は年取っているし、嫂一人で、田圃が困るんです。それに兄貴の子供が、小さいのが三人もいるもんで。」

「だってそれゃ、出征軍人の家だもの、村の人達はよくやってくれるさ。」と、武田は勢い込んで言ったもの、その声にはいまさっきの実戦談を語った時の熱烈さはなく、それどころか、彼は思わず深く煙りを吐いたのである。

「村の人達も、そう言ってくれるんだけど……」

そう言う平吉の掌には、生々しい肉刺があり、療院支給の裾短い着物からはみ出している踵には、まだ田圃の泥が詰っていそうな皹が大きく口をあけていた。武田はそれを見てさえ、兄の出征の後を守り、一家の働き手をして働きつづけていた、この新患者の姿があり〱と思い見えてくるのであった。ところが、そのうかび現われてきた、信州の山村でなければならぬ風景が、どうした訳か、筑波山の麓の自分の故郷の風景なのであった。そしてそのなかには、水田を越えて自分の村が山裾にのびひろがり、大きな一と本《もと》の欅が空高く聳え立ち、その下に我が家の藁屋根さえ見えてくるのであった。

武田の家も農家で、水田と山林とを半ばにした生業であった。父は早く亡くなったが、しかし、長兄が今は戸主として総てをやっている。武田はその次男で、それにまだ独身者の身軽さであった。だから、彼は故郷を思うことがあっても、この平吉のような、こんな現実的な苦悩の色を、微塵も持ったことがなかったのである。

「それじゃ……」と武田はまた深く煙を吐いて「戦地の兄さんも心配だなあ。」

「ええ。おらこんな病気になってしまうし、兄貴は、どんなに心配しいしい戦さしとるかと思うと……」と、平吉は今にも泣き出しそうな顔になった。

「ふうむ……」と、武田の思いは、こんどは遠く戦地へ馳せた。

彼は戦地にあった時、よく露営の月に故郷を思うたことはあった。だがそれはただ単なる故郷恋しさだけであった。しかし彼と共に戦っていた人々の中には、この平吉の兄のような苦悩を、胸底深く抱いていた者が幾らあったことであろう。『銃後の後援』戦地では、よくその言葉を耳にし、自分もそれを口癖のように口にしていた。——ところが、今その言葉が不意に、海原のような大きな底力をもって、自分に迫ってくるのを彼は感じた。

武田は、パッと眼界が展けた思いに打たれた！

そこには、軍隊はもちろん農夫も都会人も男も女もが入り混り、大きな一つの潮となって戦っていた。

——そして彼はその潮の傍らに一人立っている自分を感じ、それと同時に、ここ癩療院全体を感じていた。

——ふと、その時広やかな思いに充ちた武田の胸に、『列外放馬』の情景がうかび現われて来たのである。

——それは、武田が内地へ後送されるこの戦傷をした、その日の出来事であったからかも知れない。彼等の野砲隊は、夜に入るまでに是非或地点（武田が負傷し、国友が戦死した）へ、突撃する歩兵の掩護砲撃のために到着しなければならず、炎熱の山地を強行軍をつづけていた。しかし武田の馬は、前脚の関節を痛めていた。先日そこに流散弾を受けたのであったが、充分な治療もしてやれず、泥濘のなかや炎熱のなかを強行軍つづきであったので、関節は化膿して腫れあがり、今はもう他の馬と歩調さえ合わされぬまでになっていた。武田は、この馬が再び起つことが出来ぬ運命である事をよく知ってはいたが、せめて次ぎの戦線へまで行き、そこで充分別れを惜んでと、上官の眼を盗むように労わりながら無理な行軍をつづけていたのである。と、突然号令がかかってきた。

「第三分隊、前副馬――」武田はハッとした。そしてその通りだった。

「――列外放馬！」

武田は馬を解き、傍らの繁った夏草のなかへ連れてゆくと、轡を外してやった。馬はもうそれと感じてか、鼻を鳴らして彼へ顔を持ってくる。彼はその鼻面へ自分の頬を擦りつけて、

「達者でいてくれよ。」

と、頸を撫でていたが、何時までもそうしているわけには勿論いかなかった。彼は涙を払って、行軍の後を追い駈けた。すると、馬は夏草の中から頸を投げ、去りゆく友軍の後を追い縋って、悲しげにながく嘶いたのである。武田は思わず振り返って立ち止まり、兵等も一斉に振り返り、心ない馬達さえも嘶き交して、ために、暫時くは行軍の一隊は進みかねたのであった――。

武田は今、しみ〴〵とその列外放馬を思いみたのである。そしてあの馬が今なお友軍の後を追い縋り、悲しげに嘶きつづけているとしたら、それこそ思うだに堪えられなかった。それかと云って、死んでいたらとはさら〳〵思わぬ。いや、再びは軍馬となる能力のない運命であろうが、しかしそのままでもよい、おとなしくあたりの草を食みながら、何時までも生きていて欲しい希いでいっぱいである！

「――熱ッ。」

武田は、指先きに燃えついてきた煙草を火鉢の中へ棄てると、不意にその巌丈な体をすっくりと立ちあが

らせた。彼はまだ朝飯が済んでいなかった。そして彼は、何のためにこうして立ちあがったのであるか、自分でもこれと云うはっきりした意識がないのであった。彼は火鉢の傍らに立ったまま、遙かを見渡すようにぐるりと見まわした。と、壁に掲げられた、千人針と戦闘帽の上の御真影が彼の眼に入った。武田はその前へ惹き寄せられるように進んでいったが、そこで直立不動の姿勢になると、再び最敬礼をした。しかも、その姿は前の時よりも一際厳粛さに充ちていたのである。

それから数日後の或る日であった。

建て並ぶ療舎の横手からひろがる農園には、今日は農園の人々が新しい馬鈴薯の収穫をしていた。それは療院中の今日の夕食の副食物になるのであった。

「おいみんな、あれ院長さんだよ。」

皆は腰をあげて見ると、鮮明な初夏の午前の陽光のもと、盛りあがる野菜類に埋れた畑径をこちらへ近づいて来る、院内巡視の雪白な消毒衣姿の院長があった。

「どうだな……」と院長は、にこやかな笑顔で彼等に近づいて来た。

「今日は馬鈴薯の収穫か。どうだったな、今年の出来具合は？」

患者達は、それぐ〵帽子や頬冠りを脱り、これも笑顔で院長を迎えた。そしてなかの一人が言った。

「時節柄、金肥を使わなかったもんで、どうかと心配しとりましたが、一生懸命やったんで、存外の上出来でよろこんどりますよ、院長さん。」

「それゃご苦労、ご苦労……」とます〳〵にこやかになった院長の視線が、ふと向うの一人の患者に止った。

その男はまだ何も気づかぬらしく、屈めた破れシャツの背に陽をいっぱいに受けて、馬鈴薯を掘りつづけていた。男は戦闘帽を被っていたが、俯向いたその帽子の後頭部は、大きく破損した箇所を麻紐で不器用にかがってあった。

「あ、あれは傷病兵の、そのう……」

「え、武田さんですが……」そして彼等はおど〳〵と、叱責されはしまいかというような眼で、院長とその男を交る〴〵見やりながら、

「こんなことしなくてもいいと断ったんですが、武田さん、どうしてもやるんだと肯きませんもんですから。」と言った。

そんな話しごえにはじめて気づいたらしく、武田は振り返った。そしてそこに院長の姿を認めると、活発に腰をのばして立ちあがり、掘り返された畑土のうえを、歩調正しく院長に向って進んで行った、武田は今でも、緊張すると自分でも知らぬ間に、このような軍隊式な動作になるのであった。そして武田は、院長の前三歩に直立不動すると、泥の右手を正確に陽光を切ってあげ、厳粛な挙手の礼をした。そして報告するような口調で言い出した。院長の面にもさッと一種の緊張がはしった。

「院長殿。武田は働くであります。癒る癒らぬは治療に委せて、武田は此処で働くであります。これも君国の為だと思うであります!」

この癩療院を囲む青葉の雑木林は、初夏の陽光のなかに盛りあがり、雨あがりの晴れ渡った空には、もう若々しい入道雲が湧き現われて、今日も間近い飛行場からあがった数機が、爆音も高く追いつ追われつ激しい演習をつづけていた。

徒労

内田静生

「来てもらって直ぐで、ほんとに済まんがね。ちょうど便所掃除の当番にあたっているんで、ひとつ頼みますよ。」

と、この狂病棟専属の附添夫は、今朝からはじめて臨時附添夫として来た高井に、そう気の毒そうに言い〳〵しながら、高井を便所へ案内するために先きに立った。高井はその後から、いま手渡された附添夫用の白い上ッ張りに手をとおし長い廊下を左右の部屋々々へ落着かぬ視線を配りながらついて行った。

高井は、この奥武蔵野の癩療院には、まだ少年の頃から十何年もいるので、院内の大抵の所は知っていた。そしてその間、時々臨時附添夫を頼まれては、普通重病棟なら大抵の所へは行っていた。が、この狂病棟へは、これがはじめてであった。彼はこの狂病棟内へは入ったのも今朝がはじめてであったが、外部からはもう特殊な病棟とも感じないほどに、見なれている建物であった。普通病棟地区からちょっと離れた孟宗竹の高い藪の陰にあったが、建物は普通病棟よりも新しく清潔そうで、それにいつ通りかかってみてもシンとした静けさであった。ただ窓々には鉄格子が嵌っている。

しかし、長い廊下を導かれてゆくと、高井はさすがに底気味の悪いものを感じた。廊下の片側は、普通の硝子障子の部屋〳〵が並んでい、穏やかな患者達が雑居しているらしかったが、反対の片側は、頑丈そうな板扉の中央に小さな鉄格子の窓が並んでい、狂暴性の単独室にちがいなかった。そしてその方は北側で竹藪に掩われているので薄暗く、歩いてゆきながらでは中の容子も見えなかった。だが、どの部屋からもそれが却って気味悪いほど物音らしいものもせず、拭き込まれた板敷きの廊下には歩いてゆく彼等二人の草履の足音だけがひびき、浅春の早朝の清しい静けさであった。

　便所は、その長い廊下の端れにあった。前に立った附添夫が、「此処ですがね。」とそこの戸を開けて敷居の上に立ったので、背丈の高い高井は、その肩越しにぐるりと内部を見まわした。高井はこんな狂病棟の便所だから、さだめしじめ〳〵しているのではないかと内心気持ち悪く思っていたのだが、みると、不必要なまでの広々しさで明るかった。窓は大きく取ってあったが、此処の窓も鉄格子だけは嵌っていた。その窓からは、まだ裸の桜の枝々が交錯している。その枝間ごしに、水浅黄の浅春の朝空が千々に砕けて遙かにきらめいていた。

「あれや、またやった――」

　便所の入口の敷居の上に立った附添夫は、忌々しげにそう独りごち舌打ちしながら、浮足の恰好で中へ入っていった。高井は狂人がまた何をやったのだろうと、立ち塞がっていた前の附添夫のいなくなった入口から、中を見ると、そこには誰もいなかったが、しかし、これからここの掃除をするためにやって来たのに、もう床まで水々しく洗われてあった。それにしてもじゃあ〳〵水をかけて洗ったのかと思われるようだ、床のところ〴〵に小さな潦が出来ている。

　附添夫がその床を浮足で渡るように中へ入っていった時である。三つ並んでいる大便所のうちの一つの戸が、それまで半ば開いていたのだったが、ひとりでにパタンと閉じた。

「ちょッ、まだやっとるんか。」

附添夫は、濡れた床を草履で渡りながら、真直ぐにその戸に向って進んでゆくと、把手に手をかけた。その戸が閉まる時にチラリと若い女の華手な着物の端しが見えたように感じられていたので、まだ若い高井は、中へ踏み込んでゆくどころか、眼を外らしたいように思った。が附添夫は、平気でその戸を引き開けた。戸は他愛なく開いた。常識の狂った病人達の便所には内栓がないのであった。

「こら、出て来う！」

と附添夫は中へ怒鳴り込みながら、足を踏み鳴らした。足もとから床にたまっていた水が飛沫いて散った。が、中からは何の反応もなかった。

「こらッ、止せったら止さんか。」

附添夫は便所の中へ腕を延ばし半身を入れると、何か抵抗しているものと争っているようだったが、やがて力委せに自分の体と共に中から引っ張り出した。瞬間、高井の眼には大きな蝶々がひらめきおりてきたように感じられた。それは、まだ若い女性であった。

その女は、力委せに引き出された時、パタ〳〵と床にフェルト草履を鳴らせたが、そのままそこの広間に突っ立ってしまった。高井は、はじめてその女を真正面に見た。それは華手な長い袂の着物を着た、令嬢風の女であった。憤ったように俯向いているので顔はよくは見えなかったが、片方の額のあたりがぽッと赤らんでいるのは、たしかに病斑の色であった。しかしその額ごしにすっきりと通った高い鼻すじが見え、輪廓のいい整った顔立ちであることが直ぐ感じられた。年は二十歳くらいであろうか、華奢なほどにすんなりと伸びた背丈は、均整のとれた美しさであり、高井には、優れた塑像のようにさえ思い見えたほどであった。

――だが彼女は、手に水の垂れる雑巾をしっかりと握りしめていた。

「高嶺、こら帰らんか！」

附添夫は、彼女の背後に迫りながらそう大ごえで怒鳴ったが、彼女は突っ立ったままで微動もしなかった。

「帰れというに！」

附添夫は声を苛立てると、彼女の繊い肩を後から突き押した。彼女は、二足三足前へよろめいたが、そこにまた頑くなに突っ立ってしまった。

「強情なやつだ。こらッ帰れと言うに！」

附添夫はいよ〳〵本気に憤ったらしく荒々しい語調で、また彼女の背へ近づいてゆくと片手をあげた。――と、ヒラリ彼女は華手な袖を翻しあげたと見ると、足もとの水浸しの床へ手に持っていた雑巾を、ピシャッと叩きつけた。そして明らかに憤った全身の表情で出口へ向って来た。そこの敷居の上に立ち呆気にとられていた高井は、周章てて身を退くと、彼女は視線をも散らさずにサッサと便所を出、後をも振り返らず行ってしまった。

「どうも、気狂いっていうものは仕様のないもんで……」

と、附添夫は高井へちょっと照れて、

「あの娘はまた可笑しな病気があったもんで、毎朝こうして便所掃除をやらかすんで、これにゃ本当に困るんですよ。」

こんなに水浸しにしてしまうので、病人達が足の繃帯や着物を汚してしまうので困るのである。だが、ほかはおとなしいので監禁室へ入れるのも可哀そうだから、雑居室に置いてあるのだ、などと附添夫は話した。

高井は、一人になり水浸しの床を雑巾で拭きとりながら、彼女の事が、妙なほど頻りに思われた。――彼女が便所掃除をするというのは、これは女性の一種の本能なのかも知れない。男だったら、誰がこんな事を好んでする者があろう。それを、あのように止められ叱られても、なお且つ掃除がしたいという彼女、さだめし彼女は此処では全く無為な生活であろうが、そうした彼女にとってはこの便所掃除が、唯一の生き甲斐のある仕事なのかも知れぬ！　高井はそう考えると、彼女が可憐にさえ思われてくるのであった。そして彼は更らに斯う考えた時、素晴らしい希望を発見したように思った。——そうだ。彼女が便所掃除をすることがなにも悪いのではない。ただその仕方が悪いのだ。それは精緻な機械の一箇所にちょっとした小さな埃が挟まっているように、彼女の頭脳の一部分にちょっとした故障があり、普通並みを外れているだけのせいで、それさえ直せば、即ち掃除の仕方さえちょっと直せば、悪いどころか、却って尊い仕事になるのである。よし、自分はひとつ彼女を温かい愛情をもって導いてやろう！

翌朝、高井は普通療舎から狂病棟へ通よってゆくと、今朝は此処の専属附添夫に教えられる事もないので、一人で直ぐ便所掃除にいった。彼は長い廊下をゆきながら、昨日の朝の事を思った。あの高嶺という女が今朝も掃除をしているであろうか。もしや彼女は昨日の朝附添夫からあんな非道い仕打ちを、しかも自分という若い男の他人の前で受けたので、恥と憤りで今朝からは止めてしまったのではあるまいか。高井は、微かながらそんな不安さえも感じたほどだった。

だが、彼女はやっていた。今はじめたばかりらしく、広間の床を掃布《ボンテン》でこすっている。太い竹竿の六尺柄の大掃布に負けて、彼女はよろ〳〵しながらこすっている。元来、この掃布というものは、無精な男が使うために拵えたものであって、繊弱い女にははじめから無理であり、充分に絞ることも出来ないのだから床が水浸しになってしまうのも尤もであった。だが、独身者の若い高井は、さすがに狂人とはいえ若い女一人のそこへは急には入ってはゆけず、入口の敷居の上で立ち、どういう風に彼女に対したものかと躊躇っていた。

と、その時である。大便所の戸が開いたかと見ると、中からのっそりと這い出してきたものがある。四ツン這いで、前へ突いた両手は繃帯であり、膝をついて後ろへ曳いた着物の裾からは、萎えた足が出ていたが、片足が見えなかった。こんな有様はもう十何年も療院生活をやっている高井には、なにも驚くに足ることではなかったが、時が時だったのではッとした。それに水浸しの広間をそうして這い出したのだから、高井は驚いて、

「あ、だめだ〳〵。」

と、飛んでゆき、その老人を抱きあげた。だが、彼女はそんな事には自分は何のかかわりもないという風になお一心に掃布を動かしつづけていた。

高井は、その痩せた小柄な老人を抱いて廊下へ出た。高井の腕のなかの老人は、眼をひらいておりながら、ぽかーんと口をあけ頭をだらりと垂れさげたまま、何の表情もなかった。彼は雑居室へその老人を届けると、その室の受持ちの附添夫は恐縮して老人を受けとりながら、

「やあ、また繃帯も着物もべた〳〵にしてしもうた。」

と、片方しかない眉を顰め、老人の手足の繃帯の取り換えにかかった。便所当番の高井は、いささか責任を感じ、

「どうも、あの女のひとが……」

と言いかけると、附添夫は慌てて恐縮し、

「あれにゃ本当に困るんですよ。いつもこの始末でね。」

「は。これからはよく気をつけますから。」

「いや〳〵。」と附添夫はいよ〳〵恐縮して、「どうにもあの娘は言うことを肯かんのだからね、うんと叱り

飛ばしてやって下さいよ。」

「は。」

そして高井はまた便所へ引き返していったが、その時はもう、昨日の朝の彼女を導いてみようというそんな思いはへなへなと崩れてしまい、ただもう彼女にその掃除を止めさすことばかり考えていた。だが、気の弱い彼は、あの附添夫のように、彼女を怒鳴りつけ突き飛ばす勇気どころか、嘗て若い女性と親しい口を利いた経験もなく姉妹さえもなかった彼は、狂人とはいえ彼女にどういう風に説きかけていいのさえ解らず、また暫く入口の敷居の上に立っていたが、まだほかに朝食前の仕事が沢山つかえているのだし、何時までもこうして立っている訳にもゆかぬと観念し、額の蓬髪を掻きあげると、

「あのね……」

と、水浸しの床の上を入っていった。だが、そんな的のないへろへろ矢のような声では、彼女の掃除は止む気配もなかった。「あのね、もう僕がやりますから、ね、僕がやりますから……」

高井は、そんなことを半ば囈言のように哀願するように繰り返しながら、掃布を受取ろうと彼女に近づこうとしたが、彼女はまるで機械のように黙々せッせと掃布を動かしつづけているので、その太い長い掃布の柄尻を、背のひょろ高い彼は右に左に危く除けるのが精いっぱいで、ただ彼女のまわりをうろうろしているばかりであった。

高井は、感情というもののない狂人というものに対して、一種の不可抗的な恐怖をさえ覚えた。そして、これではまた昨日のように、彼女がやった後を拭きとって置くよりほかないと諦めた。彼は彼女にはかまわず、雑布を絞り、雑布がけをする所を拭くと、こんどは、彼女がまだ雑布を使いつづけている広間の水浸しの床を拭きとりはじめた。そして片側からしだいに彼女の方へふき進んでいった。

ふと高井が気づくと、彼女は雑布を止めて凝っと立っていた。高井は、そのまま彼女の所までふき進んでいったが、彼女は雑布を手に持ったまま身じろぎもしないので、邪魔にもなり、高井は腰をのばすと、

「ね、もう雑布は結構ですから、向うへ掛けて置きましょう、さあ。」

と、取りあげにかかった。手指の半ば病みまがりかけている高井の手先きはかすかに顫えていたが、彼女は高井が雑布を取りあげるままにしていた。

が、彼女は手ぶらになっても、なお宙に眸を据えたまま塑像のようにそこに立ち尽していた。高井は、仕方なく彼女の立っている所だけを残して床を拭きとり終り、彼女をそのままにして置いて便所を出ようとした。が、振り返ってもう一度彼女を見た時、高井は凝っと突っ立っている彼女の姿から、大事な玩具を取りあげられた時の子供のような、拗ねたような憤ったような、手持ち無沙汰な淋しげな、そんな表情を感じ、ふっと可哀そうな済まないものを感じた。

高井は彼女の方へ引き返し、思いきって彼女の身ぢかく寄り、その繊い肩へ優しく手をかけて小腰をかがめささやくように、

「ね、今朝はもうこれでいいんですから、ご苦労さんでした。それからね、明日の朝からは、あんな掃布なんか使わないで、雑巾で、羽目や戸を拭くと同じに雑巾で、この下も拭いて下さいね。ね、解った？　じゃ、どうもご苦労さんでした。」

と言って、静かに肩先きを押すと、彼女は思いのほかの素直さで動いたと思うと、そのままそこを出ていったのである。

ところが、その翌朝、高井は少なからぬ期待を持って、狂病棟の便所掃除に行ったのだったが、まだそこ

の入口に立たぬ前から、もうそれが絶望である事を感じた。

「高嶺！　我輩の言うことを肯かぬならば、附添さんに申し渡すぞ。すれば被告は、監禁室へ終身禁錮だぞ！」

そう胴間ごえで怒鳴っているのは、男便所の踏台に立った堂々たる体軀の男であった。が、彼女は、そんな声など耳にも入らぬ容子で、黙々せッせと雑巾を動かしつづけていた。広間の床はもう大半水浸しだった。踏台の上の男の足は両方とも大きな白靴を履いたような繃帯で、草履は履いていない。で、彼は言わば水攻めになった訳だった。が、男はそのように怒鳴りながらも、用が足し終ると平気で踏台を下り、水浸しの床の上をのッし〳〵と歩いて来る。そして入口に立っている高井にはじめて気づくと、水浸しのなかにきょとんと立って高井を仰ぎ、

「そ――ら、附添さんが来たぞ。」

とまるで高井へ言っているように言った。高井はその堂々たる体軀に思わず一歩退くと、彼は、我輩はこの事件は引き渡したからもう一切拘わり知らん、とでもいう風に悠々と便所を出ていったが、拭き込まれた板敷きの廊下に、馬の草靴のような大きな足跡がどこまでも彼の後からつづいていった。

彼女はまた彼女で、そんな事は自分には何の拘わりもないのだという風で、びしょ〳〵の大きな掃布を黙々と動かしつづけている。

「ね、掃布はもう使わないんだったね。だから、さあ、ボンテンはもう向うへ掛けときましょう。」

高井は彼女に近づきながらそう言ったが、彼女はそんな声は少しも聞えぬらしく、一心に大きな掃布を動かしつづけているので、高井はまた前日のように、その掃布の柄尻を除けるのに精いっぱいで、それを取りあげるどころではなかった。そうした彼女を、高井は仕様なく退ぞいて腕を拱ねいて眺めていたが、やはり

此処の附添夫のように、怒鳴りつけ突き飛ばさなければ駄目なのかと思った。が、直ぐそのあとから、どうせ自分は臨時附添夫なんだから、少しは手数は喰うが彼女の好き勝手にさせて置け、という投げやりな気持ちが湧いてきた。

高井は自分は自分で雑巾で床を拭きはじめた。そして高井が後ずさりにだんだん彼女の近くまでいった時だった。彼女はいつの間にか雑巾を動かし止めて凝っとしていたらしかったが、動かし止めたままで斜めに持っていたボンテンを、高井の邪魔にならぬようにスーッと引いたのである。高井は、ほおと急に明るんでくるものを感じ腰をのばして立つと、彼女からボンテンを取った。彼女は素直にそれを取られるままにしていた。高井はその掃布を手洗場の釘に掛けにゆき、残りの床を拭きとろうと振り返った時だった。彼は再びほおと眼を見張った。——石像のようにそこに立ち尽しているものとばかり思った彼女が、俯向いて高井が彼女の足もとに拭きかけたままで置いてあった雑巾で、黙々と床を拭いていたのである。

しかし、襷もエプロンもかけない彼女の華手なながい両の袂が、濡れた床の上を這いずっている。

「あのね、それじゃ着物が汚れてしまいますから、さあこうしてやりなさい。」

と、高井は、俯向いてなお一刻をも争うように拭きつづけている彼女の、そのながい両の袂を取り、それを彼女の兵児帯の背へ挟んでやった。

だが、その翌朝、高井は思わず朝寝をし、狂病棟へ駈けて行ったが、そして便所掃除にいって見ると、もう彼女が掃布で水浸しにしてしまった後だった。

その次ぎの朝は彼女は今ちょうど掃除を、はじめようとして、水道からバケツに水を汲んでいるところであった。高井は、その彼女の後ろに立ち黙って腕を組んで見ていた。やがてバケツに水が一杯になると、彼女は尋常に栓を捻り止めたが、その手が傍らに掛っているボンテンにのびかけた。高井はその手を遮り止め、そこに掛けてある雑巾をバケツの中へ入れて、

「もうこんなものは使っては不可ないの。これからは、床もこうして雑巾でふいて下さいね。」

と言いながら、こんなボンテンをここに掛けて置くから不可ないのだと思い、それを持って便所を出ると、裏手の外の軒下の羽目へ掛けてきた。

高井が帰ってみると、彼女は雑巾で床をふいていたが、悲しいかな、雑巾を絞ることを知らないのであった。で、ボンテンほどではないが、やはり相当の水浸しになるのであった。

それから三四日もかかり高井は彼女に、雑巾をしぼることを教え、ながい両の袂を胸の帯に挟むことを教えた。彼女は雑巾を固く絞ることはどうしても充分に覚えることが出来なかったが、それでもボンテンのような水浸しになることもなくなり、どうにか普通にちかい便所掃除の仕方になったのである。

何しろ彼女の掃除は、附添夫達のお役目的なものとは違い、時間も労力も惜しまぬ丹念さなのだから、それこそ非常な綺麗さであった。しかし、所々にまだ手の届いていない所があり、彼は、そんな所を後でざッと手を入れて置けばいい位にまでなった。

そうした或る朝であった。

高井はこの頃では狂病棟へ出かけて行っても直ぐには便所掃除にはゆかず、自分の受持ちの部屋の仕事などをひと頻りやってから、彼女の掃除が終った時分を見計らい、その後を検分するという風にまでなっていたので、ゆっくりしてから行ってみたところがその朝にかぎって、まだ便所掃除がしてなかった。彼女の姿も見えなかった。

高井は、なぜか肩すかしを喰わされたような、せっかく飼いならした小鳥に他愛なく逃げられてしまった

ような、そんな気持で便所の広間に突立っていたが、思えば、彼女は初めから便所掃除などしなければならぬ義務も何もないのであった。

高井は、仕方なく掃除にかかった。暫くここの掃除をしなかったせいか、彼は、今更らのようにつくぐ便所掃除などは嫌やなものだと思った。そして高井は手洗場にゆくとひとりでにボンテンを取ろうと手をのばした。が、そこにはボンテンが掛っていなかった。彼は、それを彼女に使わせまいと自身で裏手の軒下へ隠したのではなかったか、と思い出すと、ひとりこころで赭くなった。そして、臨時附添夫の自分でさえこうなのだから、ながい間の習慣になっていたであろう彼女が、幾ら止められてもボンテンを使ったのも尤もだったと、こころで頷ずかれた。

高井は、雑巾を固く絞り四ツン這いになって床を拭きだしたが、そうしてふきながらも、彼女は病気でもしたのかも知れない、帰りに婦人雑居室をちょっと覗いてみようか、などと思ったりした。

と、俯向いている彼の視野のなかへ、ヒラリと紅花緒のフエルト草履の白足袋の足が閃めき込んできた。高井は瞬間に彼女だなと感じたが、不意だったので驚いて腰をのばして立ちあがっていた。そして、額から眼を蔽って垂れ下がった蓬髪を、手が汚れているので頭を仰向けて振るいあげているうちに、彼女は両の袂を胸の帯に挟むと高井の足もとへ屈み込み、高井が床に置いたまま立ちあがったその雑布で、せッせと床をふき出していた。彼女の俯向いて左右にうごく豊かな髪は、今朝はまたサッパリと梳きあげられ、その分け目が清純な白さであった。高井は、彼女が婦人附添夫にこうして髪を梳かれていたので、今朝はここの掃除に来るのが遅くなってしまったのだろうと思った。

高井は、口もとへひとりでに微笑がこみあげてきて仕方がなかった。そして、彼女のそうした甲斐ぐ〵しい三昧境に入っているような姿から女性の本能――いや、女性の天性の美しく尊い一面を今あきらかに目前に見たと思った。

床をふき進んでくる彼女の邪魔になるので、高井は二た足三足よけて窓際へ寄った時であった。高井は窓へ視線をあげたが、そこで凝っとなにかを見詰めていたと思うと、

「高嶺さん、高嶺さん！」

と、殆んど叫ぶように彼女を呼んだ。高井は、こうして彼女の名を呼んだのはこれが初めてであった。彼がこの狂病棟へ臨時附添夫に来たはじめての朝、此処の専属附添夫が、彼女を怒鳴りつける時に聞いた「高嶺」という名が、こんな境遇の若い女性の名だったので、却ってゆかしい運命的なものまで感じ、忘れないでいたのであったが、それが、今いかにも自然に彼の口から出たのであった。

だが、彼女は顔もあげないで、なお黙々と床を拭きつづけていた。

「ちょっと〳〵、ね。高嶺さん、あれごらん――」

と、高井はもどかしげに、手が汚れているので手の甲で、俯向いたままの彼女の背を叩いた。と、彼女は、若い女性のある羞らいのしぐさでその繊い肩をすくめたかと思うと、高井の手の下をすりぬけるように立ちあがった。高井はハッとしたが、そんな感情をはぐらかすように、急いで白い附添衣の片手をあげて窓外を指さし、

「ね、あれごらん、そら、あれ――」

その鉄格子の嵌った窓を蔽うように交錯している桜の枝々には、いつの間にかもうふっくらと薄紅の蕾がふくらんでい、なかにいち早い二三輪が麗らかな陽光を吸いあつめたようにほころび咲いていた。

彼女は、額に病斑のうかんだ片かた眉毛の薄い顔を、頑なおもむろさで窓へあげた。その顔はすっきりと鼻すじの高い整った輪廓だが、それでいて人形のような無表情さであった。が、その眼ざしが窓外の一点に

止り、その顔に一種の生気が閃めき走ったと思うと、まったく不意に、「——あら、花！」と叫んだ。それは普通の若い女性と変らぬ、清々しい自然な感動の声であった。高井は、今はじめて彼女の声というものを耳にしたのであったが、薄暗い藪の中で不意に鶯のこえを聞いた様に感じた。そして高井はその時、ふいと、彼女の頭脳を蔽って狂人としている黒雲の様なものに、一点目醒めの穴があき、それがしだいに明るくひろがってゆく、そんな思いに捉われているのであった。

高井が臨時として代りに行っていた専属附添夫が、神経痛がやみまた仕事をはじめ出したので、高井は、それきり狂病棟へ通ってゆかなくなった。

それから数日後の或る日であった。いつも療舎の裏窓の下のギシ〳〵の小机に獅噛みついている高井が、ふらりと療舎を出ていった。この武蔵野の奥の癩院にも桜が満開になり、その日は此処の花見であった。高井は、狂病棟に置き忘れてきた雑誌を取りにゆこうと思いながら一日のばしにしていたのだが、花でも見ながら、とそれを取りに出かけたのであった。しかし、実は彼の内心では、その雑誌はそう必要ではなく、あの便所掃除をする高嶺という若い狂女が、その後どうなっているだろうか、という思いの方にこころをよけい惹かれていたのである。彼女は、頭脳のちょっとした故障から狂いが取り除かれて正常な女性となって自分の前へ現われては来ないだろうか、（——すれば、彼女はこの療院内でも稀れなほどの美しい女性である）高井はそんな事を、否定をしながらも内心のどこか朧気ながら夢想していたほどであった。

外は花見のざわめきであったが、狂病棟内は相変らずひっそりと静まり返っていた。高井は雑誌を受け取ると、そこの附添夫達には何気ない風をよそおって便所へいってみた。彼は長い廊下を歩いてゆきながら、婦人雑居室の前を通りかかった時、朝食後暫くたっているのだから、もう幾ら彼女でも便所掃除はとっくに終った筈でと曇硝子障子の内へ気を配ってみたが、そこも人の気配がないほどな静けさであった。高井は、もしやと思いながら便所へ入っていったが、そこには彼女は見えなかった。だが、広々とした便所の広間の床は、まだ所々に小さな潦が乾き残っていた。彼女はまた、もとのように水浸しにしているのにちがいなかった。手洗場を見ると、掃布がもとの通りにかかってい、まだ滴が垂れていた。

高井は、そこの敷居の上に立ったまま、がっかりした。そして彼は強く徒労ということを思った。

そんな他愛もない事を、高井が大袈裟に徒労だなどと思ったのは、彼のこの頃の心境からであった。——彼はこれまでながい間、青春をも現実生活をも殆ど犠牲にして、ただ一途に文学に熱中してきた。しかし、ようやく三十歳を過ぎたこの頃になって、作家として、いや人間として、自分には何らの天分も才能もなかったことが、あり〳〵と思い見えてきて仕方ない。彼は自分がこれまで儚い夢を一生懸命に追いかけていたのに過ぎず、今後とも、その夢の一片すらも実現できるとも思えなかった。それに、彼はこの頃しだいに手足などの感覚の痳痺がひどくなってくると共に視力も薄れてきており、やがて癩盲になる日も近いであろう。——徒労だった！　その思いが、どこからともなく湧いてきてしだいに濃くなってゆく霧のように、彼の身心の隅々までひろがり領していた。

徒労だったと、高井はなお暫く便所の入口に立っていたが、その時彼は、先日の朝の彼女が花を見た時の事を思いだした。

「——あら、花！」

と言った時の、彼女の若い女性としての自然な感情の表情と清々しい声音、それにたとえ一度でも二度でも、普通並みな満足にちかい便所掃除——。

それは一瞬だったが、夢ではなかったのだ。すると彼は、あの努力もまんざらの徒労ではなかったと思え、そして自分の文学を考えてみ、そのような夢が現実になる一瞬さえ、これまでもなかったし、おそらく今後もあるまいと思われた。

高井は、そんなことを思いながら狂病棟を出て歩いていたが、満開の桜がはら〱と散っているのを見あげた時、徒労といえば、この咲いて散る桜の花も徒労ではないかと思った。しかしこれは徒労でも美しい、するとと徒労そのものでも、美しい徒労があるのだと考えつき、なにか眼がひらいたような思いになった。彼はそう思っても、悲しみはやはり消えはしなかったが、しかし近頃にないこころの落着きを覚え、花見のざわめきのなかを通りぬけて、自分の療舎へ帰ってくると、裏窓の下のギシ〱の小机の前に坐った。

家族図

光岡良二

不二子がやっとやって来たのは秋末らしい照り陰りの多い日であった。監督から通知を受けると駿二は、二三日痛む眼にかけている陰気な眼帯だけをはずして無雑作に出かけた。

「若しかしたら近い中に上京して、駿ちゃんにもお会い出来るかも知れない――」

そんな手紙を姉が寄越したのはもう一ケ月も前だった。去年の春東京へ片付いて来ている次の姉の泰子が最初のお産を前にして体が思わしくなく入院することになったので、彼女がその看護かたぐ〳〵男手ばかりの義兄の家を手伝う為にやって来るのだった。滞在している中にはきっと折を見つけてそちらへも行けるだろうと言うのである。駿二はこの手紙を読んでも何の感じも湧かず、自分には関りのない遠いよそ事の様にしか思えないのであった。郷家へのそうした疎さは何時の間に彼の心にしのび入ってしまったのであろう。丁度飢え切った胃がかえって食物を欲しがらない様に、三年間の不自然な離隔が彼の心理にもそうした「飢え過ぎ」をつくり上げて了ったのに違いなかった。彼も入院したての頃は音信でも面会でも、すべて家の匂いのするものに触れることが、どんなに待ち遠しかったか知れなかった。いやそれはただの家の匂いではなかった。突然の発病で、もう後一年になった学生生活からもぎ取られる様に此の療養所に来てしまった彼にとっては、彼の病の秘密を知る郷家だけが、残された唯一つの「外の世界」だった。けれど一年二年と病生活の、有り難くない経歴が重なってくるにつれて、彼の心からもそんな甘さが消え失せてしまった。たまさか父や兄に面会に来られても、その都度一層生まなましく、どうにもならない自分の病気の前にぶつかってしまって、彼のその不幸と繋がれている肉親の憐れな姿が、一人でいればまだそうでもない彼を、余計に暗くさせて了うのであった。だから二年も会わない不二子から、近く訪ねてゆくといかにも楽しみにした様な手紙を受けても、彼の心には会ってしまった後の何時もの惨めな気持だけが先に浮んでしまって、つとめて不二子の熱い気持に引き入れられて見ようとしても、出来ないのだった。所詮郷家は自分にとって、もう無縁な人々じゃないか、ただ血という古い根強い靭帯だけが、俺という無用な人間を、弱い一家の肩に縛りつけているにすぎないのだ——その思いは治癒の望みが段々と薄れてゆくにつれて、彼の中に今は大きく座を占めていた。だから上京した筈の不二子から其の後何の便りもなくっても、駿二は別に気にもかけず、平凡な明け暮れの波に何時か忘れて了っていたのだった。

面会所にあてられている旧娯楽室はもう古びた建物で、こわれた儘のガラス戸には何時も白く埃が積んでいた。そこは隔日ごとに患者達のガーゼのばしの作業場になった。駿二はその突角を曲ろうとして、ふと此の前彼女が最初に父と面会に来た時を思い出し、今日も又泣かれるのかなと思った。あの時は駿二も入院後まだ日浅くて、泣かれると一層自分の惨めさがぐっと胸に来、つい涙ぐんだのであったが、今はもう一寸位で涙など嘘にも出ない彼は、もし今日もあの時の様だったら自分は只当惑してむっつりと黙り込んでしまう許りだろうと思った。明るい戸外から入ってゆくと面会所の内は穴蔵の様に暗く、その中に不二子の藤色の姿だけが、ぼうっと仄かな花のように浮き出ていた。ふと其の花が揺れ崩れて、近づいて来た不二子の微笑んだ顔が、やっと暗さになれた彼の目の前にあった。

「すっかり遅くなって……」

その唇が小刻みに顫《ふる》えているのに駿二は気付き、やっぱりはげしい感情に耐えているなと思いながら、

「忙しかったら来なくてもいいのに。」

と突き離した様な言葉しか出なかった。

「あのね、赤ちゃんがとう〳〵駄目だったの。」

泰子の体が難かしく、とうとう思い切って人工流産をして母胎だけを助けたのだった。一時は危ぶなかった泰子ももう殆ど恢復し、四五日前に退院したというのを聞きながら、駿二は何故かずっと前にあったと同じ瞬間が今また帰って来た様な感じにとらえられ、不二子の看護づかれの隠せぬ顔をぼんやり見つめていると、いつか泰子と不二子がその一つの顔の上に重なり合っていた。——不二子も亦子供を喪った女であった。民子といって、まだ中学生の駿二が、今は亡い母と顔をあつめて見た幼い姪の写真には、生ぶ毛の匂いのする白い顔が一心にこちらを見つめていた。試験休みに始めての一人旅をして彼が大阪在の姉の家に行った時は、赤ん坊はもう死に、義兄の力の無い咳が一日響いているガランとした梁の下で不二子は、蒼い顔をして働いていた。そして今また、母になれなかった若い泰子が、深川の彼の知らない棟の下で痩せ細った体を横たえているのか——そう思うと駿二は何か取りかえしのつかぬものが失われてしまった様な気がした。その喪失の思いの底を探って見ると、やはりそこには病気の彼が立っている。次の世代をもつことの出来ないLEPRAの彼が坐っている——。

「泰ちゃんがもう大丈夫だって言うものだから、今日帰る事にして出て来たのよ。東京駅まで旦那さんが送って来て下さって苦しかったわ。」

東京駅で帰郷の汽車に乗り品川からこっそりこちらに外れて彼女はやって来たのだった。

「泰ちゃんだって忘れているのじゃないのよ。何時も済まないくって云ってるの。だけど今は我慢しているのよ。だから駿ちゃんも辛棒して待っていてね。」

「ううん、僕は何時までも会いたくないよ。会って何になるんだ。こちらの事なんか忘れる方がいいんだ。」

駿二は不二子の感傷が腹立たしく、吐き出すように言った。事実泰子からは、彼の発病以来まだ一通の手紙も来なかったが彼はそれが却って気安かった。不幸ばかりの兄弟達の中で、せめて泰子の結婚だけは平和に守ってやりたいと平素から彼は思っていた。「年子《としご》」の姉弟で双生児の様にして育てられただけに、昔から彼は泰子に何の際立った好悪ももてず、ただ水の様な近しさだけしかなかった。彼女が十七で母方の叔母の家に養女となって行ってしまってからは、一層縁遠くなった。その後両家の何かの仲違いで、彼女は再び実家へ帰って来たが、その頃はもう駿二は東京に馴れて一年三度の休暇にも大抵は帰省しなくなって了っていたから、今彼には最後に泰子に会ったのが何時だったかも思い出せないのだった。彼が知っている泰子は小柄なセイラー服の膝をそろえて白い円い顔をよせ、一年下の弟の彼からいじめられながら、もの憂そうにリーダーの訳をつけて貰っている彼女だった。又は養家の薄暗い井戸端で、何かあった後であろう、茶色の飼犬のそばにむっつりしゃがみ込んでいる娘さびた彼女だった。どの影像を混ぜ合せて見ても、若い母になろうとしている彼女をつくり上げる事は出来ないのだった。

彼女が結婚したのは、彼が発病してもう此処へ来てしまってからで、彼はその住所も深川とのみで詳しい町名も番地も知らなかった。夫の河田というのは彼の市から十里ばかり離れた海港の出で、中学を卒えると直ぐ上京し縁故の或海産物問屋に四五年働いて実務に馴れた後、二年前から独立して深川に原料の半加工を主とする同業の店をもち、四、五人の男も使って可成り手堅くやっているという人だった。父の手紙で知ったこうした経歴からも、三十歳に近い実直な青年の風貌が想像され、生じっかな俸給生活者よりは、かえって之は泰子にとっても幸福な結婚かも知れないと、知識人の苦さを知った駿二は思ったのだった。がそれにしてもあの華奢な泰子が、煤煙に濁った都会の市井にはじめて住んで、之からの馴れない生活に堪えられるだろうかと、淡い杞憂が湧いたのであった。そして又、彼女への愛情のこんなはっきりした形を自分の中に見たことは今までに無かったことを思い、血というものはやはり人間の感情の一ばん底を流れているものなのだと思ったのだった。あれから早や二年近くたちあの泰子が今はじめての母となるのに敗れて病んでいる――彼はすべての人間の運命を潮の尖にのせてそれぞれに運び去る時というものの力を大きく感じ、その時のうねりは一体この小さい自分を何処へ運んでゆく事であろうと、今更に思い見るのであった。

「駿ちゃん、体の方はどうなの。少し痩せた様ね。」

ぼんやり浮かぬ顔で立っている弟を前に、不二子は何から話していいか出口を見出せない様子で、あれこれと口籠りこれだけ言うのもやっとであった。

「そう、少し病室へはいっていたものだから。でももういい。家の方は皆元気ですか？」

自分の顔が顰められていることを自意識しながら、話をそらす時のなめらかな唇が動いた。体の事に触れられるのは嫌だった。この前の時と他人目には変ってはいなかったが、彼にももう癲性神経痛が時々眼や手を襲うようになっていた。

「皆変りないわ。ただお父さんが大分弱くなられて、此の頃は寝たり起きたりなの――」

駿二には之以上追求する気は起らなかった。不二子のしずかな偽装の下には、たぐり出せば家庭の暗いさまぐ〵な相貌がのぞいて来そうであった。二年前に不二子を伴ってはるぐ〵面会に来てから父の健康はすぐれず、老齢が争えぬらしかった。一人一人の子に夫々の不幸の苦しさを嘗めて来た父は、末子の駿二に最後の期待を賭けていた。それが最もむごたらしい仕方で突き崩された時に、まだ残っていた最後の力が彼の中から抜け去ったのであろう、それからの父はあの剛頑さが見違える程なくなり、痛む足腰を朝晩いたわり乍らもまだ関っていた家業も兄の恭平にすっかり委せてしまって、ひっそりと日々を送るようになった。だが入院直後のいらだたしい苦悩のはけ場に、駿二はそうした郷家をさえ尚も苦しめた。

「如何なる事ありとも短慮なさるまじく、それのみが父の心痛に候。」

　こんな手紙を父に書かせた頃の事を思うと今でも彼の胸は重く疼くのである。死の思いはまだ今も仄暗い意識下に陥穽のように口を開いてはいるが、苦悩を唯この一つの肉体の中に埋めようという気持だけは、三年間の病生活が彼の中につくり上げた唯一つの練達であった。

「そうそう、あのね、お父さんが体を大事にしっかり治療なさいって。そして一ト月に一度は便り寄越すようにって。」

　不二子の睫が湿る。ふと駿二に、故郷の家の深い植込の若葉に蔽われたほの昏い居間が浮び、そのおぼろな薄闇の中に端坐した父の、沈んだ面ざしに会い凝然とした。それは彼が高校のS・Sに連坐して夏四十日の留置所生活から帰って来た時の、あの情景であった。あの時初めて、一本気な若い理想家《イデオローグ》の彼が自分の後ろにある一家の小さい憐れな姿に心を刺され、せめて学校を出て一人立ちになるまでは、はげしい世代の良心も唯内に潜めようと決心したのだった。あれからは、取り戻せた孤高な教養のしずかな喜びの蔭に、学校がもの憂い灰色の壁に変ってしまったのをどうする事も出来なかった。駿二は今も尚地下に消息を断っているあの時の友等を思い、癩院に病む自分を比べ、ひくひくと胸の底が波うちそうになった。

「何もかも昔のことになった。だが父のあの面ざしの悲しみだけは、何時迄も過ぎ去らないで残るのか。」

　ふと闇の中の面ざしが瞑られ、あるかないかの微笑がその口辺にただよう。すべてを赦しきった様な微笑に見える――駿二はほっと沈潜から覚めて、

「お父さんに宜しく。」

と不二子を見、あの父にももう会う事はないだろうと、しんとした思いが湧いた。

日が戻って室内が一層くらくなった。患者と面会人を隔てる低い木の手摺を気にして、さっきから話しも見出せず、ぽつねんと坐っている不二子の姿に気づくと、侘びしさが突き上って来た。彼は遠くに立っている老いた監督に、

「一寸、歩いて来ますから。」

と断り、不二子をうながして立ち上った。

面会所の外は、村を縦横に通ずる往還の石道が白く乾いていた。その上に立って、面会者用のちがった出口から遅れて出て来る姉を待ちながら駿二は、住舎や入浴場や食事配給所等がごたごたと建て混んだ見慣れた周囲が今日は一層小汚なく息づまる様に惨めに見えて仕方がなかった。外からたった一人が訪ねて来ただけで、今はここに慣らされきっている自分の中に垣の外の欲望がむっくりと目を覚ますためであろうか、……追いついた不二子と肩を並べて石畳の上を行きながら彼は、黒っぽい地の御召に藤色の羽織を重ね、お白粉も薄く目立たぬほどに刷いた不二子の、すらりとのびた姿を美しいと思った。

病者ばかりの世界に住んでいると、たまたま会う社会人の、ほんの一寸した身のこなしや張りのある眼ざしにも、あざやかな美しさを鋭く感じて、はっとするものである。それは社会から隔離されて食い扶持に生きている者らにはない、緊張と自由の美しさなのだ。駿二はそれを屡々、土堤ごしに聞こえる官舎の子らの嬉戯の声や、看護婦の日曜の外出着姿や、時には垣外の雑林に落葉を掻く老婆の中にさえぐっと感じて佇み、我に帰って何時かそうした感性が失われてしまった醜い自分の姿に、心が我知らず昏んでゆく事があった。

今見る不二子の美しさも矢張りそれなのだと知ると、彼には今そばに親しげに話しかけている不二子との間

の距離がぐん〳〵と矢の様に引き離れてゆくのが見えるのだった。遠く取り巻いた病室の窓からは人の顔がいくつか覗き、往還をあちこちと動いている病者達もしばらく立止っては駿二等の方を振返った。駿二は何となくばつの悪い思いで足をはやめながら、こうした中の一人である自分を姉は一体どう見ているのだろうと思った。自分は今は此の膿汁のしみた世界にぴったり似合ってしまった人間なのだ。あそこを行くのは俺の兄であり妹なんだ——そう思うと彼にはもう、不二子が何の言葉も通じない他国人のように、いや疎ましい敵の様にさえ思えるのだった。

だが彼女にはあたりの奇異な風物はもう眼にも入らないのであろう。故郷人のあれこれの噂をしたり、彼の襟垢に女らしい神経を働かしたり、毎日の彼の生活の瑣事をこま〴〵と聞きたがったりした。会って見ればやはり昔のままの世話焼きの姉であった。

今はもう亡い者も入れて沢山の兄弟の中不二子は駿二に一番親しかった。幼い彼のどんな無理も不二子には通った。彼の早熟だった詩才の最も強い帰依者《デブオーティ》は不二子だった。気の強い彼女が大阪在の旧家に嫁いだのも、一つは彼の学資の一部を彼女の夫から出させる為でもあった。小市民の家庭にしかも女と生れて、彼女は自分の生涯に望めない知識や芸術の欲望を、冷悧な弟の中に一しょくたにつぎ込んだ。愛児に逝かれ夫を喪い、若くて受けた家庭苦の中でその情熱はもう今は消え果てて、ただ駿二への古い愛撫だけが昔のままに残っていた。

駿二は甘苦しい過去が蘇って来れば来る程暗くなってむっつりと歩いた。肉親のすべての愛撫と犠牲が結局つくり上げたのは今立っているこの俺だ。細い肉体と重すぎる頭脳、自分で磨きあげた武器をただ自らに擬するより外のない一人の知識人——そしてその男が癩病なのだ。もしこの俺に何か道が残されているとすれば、それは今までのものを一つ残らず捨て去って了うことだ……。

道は何時かごみ〳〵家屋の立てこんだ中を出て、ささやかな花圃に来た。そこは人も居ず乏しい花が片隅にひっそりと残り噴水の止まった池が重く淀んでいた。小さい藤棚の下のベンチに腰かけて、彼女は手土産の中の林檎を器用にむいた。駿二は皮の粗い藤の幹に頭をもたせたままその手の動きを見、彼女のしまった横顔を見ていた。不幸が三十二の女のからだと心を洗い去った後の、すがやかな美しさがそこにはあった。だがその頰には、家をもたない女のどこか寂しい陰翳《かげ》も、ただよっている。駿二はふと聴いて見たくなった。

「姉さんは、もう結婚しないのかい。」

不二子は顔を上げて駿二を見た。彼のくらい面ざしの中にふと湧く温かみが、今まで口の中に抑え〳〵て反芻していた彼女の糾問に口火を点けた。

「そんなことより、駿ちゃん、あんた病気はどうなの？　しっかり治療しなくっちゃいけないわよ。みんな待っているんだから……。望みを失っちゃ駄目よ。」

まともに見つめる姉の目はあまりに明るすぎ、駿二は瞬間、追いつめられて逃げ場を失った獣のような自分を感じていた。だがやがてその窮迫の腹立たしさに、今は真黒な切札を不二子の前に投げ出して、軽々となりたかった。彼は向き直って、吐き出す様に言った。

「治療はしている。だが癒りはしないよ。尤もまだ今なら病気を隠して外で二三年は暮せようが、只それだけだ。一度泥がついたら、もう全身泥にまみれる外はないんだ。その内によい薬が出来るって？　そうかも知れない。みんな望んでいる。だがそれを一心に待ち受けたくはないんだ。だから姉さんも諦めてくれよ。なあに此の中だって人間一匹生きてゆけるよ。誰にも知られないこの隅っこで、コツ〳〵俺は俺の仕事をするよ。」

それは嘘と本当のまざり合った宣言だったが、口に吐き出された瞬間に彼を支える力となった。先刻から不二子は彼に顔を背け、荒れ土の一と処を凝視して化石の様に動かなかった。その美しい化石の肩がこきざみに顫えはじめると、抑えつけた様なすすりなきがもれて来た。駿二は黙って立ち上り、五六歩草を踏んで淀んだ水面にじっと目を落した。何の激情もない心が虚空の秤皿の上につめたく乗っている――

（泣け、泣け、今度は流される涙だ。それが涸れ尽した後に、何が訪れるか、誰が知ろう。）

空がいつか陰り、濁った水面に風が立つと、すえた朽木の匂いがあたりにただよった。だが眼の前の草の穂に死にのこった一匹の白い蝶は、じっと動こうともしない。すすりなきはまだ続いている。だがそれはもう涙の魔力でいつか甘みをまじえたらしい。

（とう〳〵流産した、俺の小ぽけな市民生活の挽歌――このすすりなき――）

淀みの上にぼうっと霧がただようと、時雨が霏々と辺りをつつんでしまった。駿二は不二子の側に戻ると、

「濡れるから帰ろう。」

と促し、近くの花圃小屋の軒下まで急いだ。そこで駿二は黙って湿った煙草を吸い、不二子はしゃがみ込んでコンパクトを出し、身仕舞を直した。雨は、ポツンポツンと可愛い楽器の様にトタン屋根を叩いている。

「もう泣くのは止したの？」

と話しかけると、彼女は斜に顔を上げて、

「だって駿ちゃんが元気なんだもの、もう止したわ。」

と眼で笑ったが、暫くして俯いた儘小声で、しんみりと言った。

「あんたも可哀そうね。」

「馬鹿！」

何かさばさばした気持の底に、暗く霽れないものは矢張りこびり着いていた。

(挽歌は終ったが、誕生曲はいつあるのだ。此の鉛のような世界の中で一体どうして生きて行こう。今度は、俺の泣く番か。)

彼はふと、父も死に、故郷からの音信も送金も絶えて、重症の盲患者となった自分の姿を想像して見ようとするのであるがあまり悲惨すぎて影像は浮ばなかった。だがその最悪の場合が、狂いなくじり〳〵とおしよせて来るのだ。それに打ち勝つ力は自分にはない。只一つ、あの偉れたナザレ人の霊感に焼き尽されて新らしい霊人となる外はないのだと彼は思うのである。だがそれは遙かだ……。

もう話す事もなかった。時雨が過ぎて最後の残陽が高い梢を赤々と燃やすのを見て、不二子は帰ると言い出し、二人は黙って事務所の方へ歩き出した。彼女は今夜の七時には急行に乗らねばならなかった。ふと彼女は歩みをゆるめて言った。

「あのね、私今度洋服屋さんになろうと思うの。何時までも兄さんの厄介になっても居られないしね。」

亡夫の知人も多い神戸で彼女は、習い覚えたささやかな子供服の洋裁を始めようというのだ。

「それはいいね。可愛い洋服屋さん！　うんと儲けてギターでも買ってくれよ。」

からかいながらも駿二は、女の寂しい細腕でとにかく食って行こうと云う不二子の、弱い中に強靭なものをもった姿に何か気圧される思いがし、それにしても姉の苦労もまだまだ続きそうだと思った。

病域から事務所へ通ずる廊下口に来た。消毒薬の匂いが何処からか漂って来る。

「もう来なくってもいいよ。」

駿二は不二子を見た。ためらっていた不二子は思い切って両手をさし出し、駿二のざらざらと病変した手を握りしめて、男の様に言った。

「又、来るとも。」

彼は別れぎわの不二子の感傷を見るのを恐れて、背を向けるとずん〱歩き出した。曲り角でふり返ると、彼女の姿は事務所の階段の太い柱の蔭に消える所であった。

青年

光岡良二

「おい、待てよ。俺も少しそこらまで歩く。」

帰ろうとしてもう道まで出た杉井のうしろから、生島は声をかけた。ガラガラと窓硝子が閉められ、蠟燭の灯にぼうっと明るんでいた室内の白壁が消えるのを見ながら杉井が立止っていると、生島が追いついて来た。

「散歩するのかい、こんなに遅く。」

「ん。」生島は口の中で圧しつぶす様に答えると、杉井と肩を並べ、暗い檜葉垣に沿って歩き出した。何か話があるのかも知れないと思いながら杉井は彼の横顔を見た。頬骨がひどく尖り、何時ものようにばさりと覆さった髪から、もう幾日も入浴しないのか汗ばんだ臭いがした。生島は何か自分の考えに奪われて彼の視線にも気づかないように、前の方をじっと見つめながら歩いていた。

（たしかに奴《やつ》、今日はどうかしている。）そう思いながら杉井も、仕方なく黙り込んで歩いた。

夕方から生島の寮を訪ねて、杉井はさっきまで彼の書斎で過ごしたのだった。彼がいる相談所患者の寮は、二つの雑居室のほかに四畳半位の狭い洋館まがいの読書室が喰っ附いていたが、同室者の多くが日額十銭支給の院内作業などに日々を送って読書室など使う者がない状態で、何時の間にか此処は生島一人の書斎同様になっていた。読書室といっても本が一つ備えてある訳ではなく、狭い板の間に粗末な円卓と木椅子が二三脚あるきりのものだった。生島はこの室の腰高い窓下に書架・机を据え、板の上にうすべりを敷いて坐った。「まるで独房の様だな。」と杉井はよく冷やかした。この書斎で生島は時には夜の二時三時頃まで原稿を書いた。重病室を除いた療舎の室燈は午後十時になると全部消燈されるので、彼は仕方なく大きな百目蠟燭を手製の馬糞紙のランタンに灯して使った。がその為に眼を痛めてしまってからは彼もこれを止したが、それでも激しい創作欲の盛り上る時は無理と知りながらも此の仄暗い燈に頼って書いた。又そうでない時も、不眠症の彼はよく深夜この室に起き出して疲れ切った頭を尚も虐げつづける想念の苦痛に、ひとりで呻くことがあった。

　生島の友達といっては今では、杉井のほか文学をやってる二三人だけに限られていた。それ以外の病院全体の患者達とは殆んど無交渉といってもいい生活をしていた。もとはそうでもなく、野球団に入ったり印刷所に働いたりして相当知り合いもあったのだが、何時の間にか彼自身の方でそうした関繫をぐんぐん断ち切って了ったのだった。杉井には生島のそうした強い性格が羨ましくさえ思えた。そうして療院の大よその生活の愚劣さを知りながらも、そうした繫がりから、抜け切れないで××××××の日常に果てしもなく傷ついてゆく自分にいらだたしい自嘲を覚えるのだった。杉井は自分とは性格の違いすぎる程違った生島を自分と結びつけているものが何であるかをはっきり知っていた。

（それはただ社会から断ち切られて癩院に投げ込まれたインテリゲンチアだけが持ってる苦痛なんだ。それが俺達を結びつけてるんだ。それは社会人にも分りやしないし、ほかの病者達にだって決して分りゃしないんだ。だがそれにしても何というがむしゃらな、激しい奴なんだろう、あいつは。）

と杉井は思うのだった。生島は二十四、杉井は二つ上の二十六で、病気もまだどちらも軽症だった。だから彼等の苦痛は言わば観念の苦痛なのだ。だが観念の苦痛だからとて、肉体の苦痛よりは生易しいとは言えない。それは肉体をさえ咬み破る事があるのだ。そして杉井は、生島の中に生ま〱とその苦痛の姿を見る思いがするのだった。

「俺は毎日、死を考えない日は殆どない。」

と彼はよく重苦しい気持で告白したが、生島の場合それは弱々しいペシミズムでなく、自分の置かれた屈辱の生存へのはげしい忿懣のしわざなのだと杉井は思った。そして揺籃の中から基督教的な哺育を受けて、自殺ということがもう思い見る事も許されないタブーのようになっている自分の性情との間に、はげしい相異を感じるのだった。

「君の中には、野蛮人が居なさすぎるよ。」

生島はよくこう言って杉井を批評した。だが時には又、

「俺は実に冷たい人間だ。それは俺が小さい時から誰の愛情も受けて来なかったからなんだよ。俺には愛情の記憶というものがまるでないんだ。だから俺は却って誰かに愛情を示されると、赤くなりどぎまぎし、そして無性に腹立たしくなるんだ。それはもう小さい時からなんだ。」

としみじみした調子で言うこともあった。

生島と杉井は毎日の様に往き来していた。それは彼等には、語る者もなく死ぬ程単調な日日の生活の中で唯一つの刺戟だった。杉井が永い逡巡の後、動きやまぬ自分の意志を癩院生活と決定的に結びつけるような気持で結婚し、生島と同じ相談所の寮から家族舎に移って、外形の生活が遠くなってからは、二人の気持は却って一層親しくなった。生島の方から出かけて来る事もあったが、多くは杉井の方から訪ね、生島が『俺

のクロワッセ』と呼んでいる書斎の、誰に障げられる事もない空気の中で、書架に凭りかかったりうすべりの上に寝そべって、灰皿を吸殻で山盛りにしながら熱い心で議論したり、果てしのない絶望や希望を語り合ったりするのだった。そんな時が彼等にとっては一番楽しい瞬間かも知れなかった。施療患者、不治の病者としての数知れない屈辱と自卑の痛みの底から、何ものにも屈しない青春の血が暖かく昂まりはじめるのだった。そんな後ではきっと朝まで眠れない不眠症の生島を知っていながら、杉井はどうしても立ち上る気にならないで、夜を更かした。そして玄関の柱時計が一時を打ち、生島が急に、

「おい君いいのか？　細君待ってやしない？」

と言い出してから、

「なに、君んとこへ行ったら遅くなるに決ってるから諦めてるよ。」

と言いながら、それでも流石に家で独り寂しく覚めているかも知れない妻の志保が可哀そうになって立ち上るのだった。

「じゃ、俺は大分細君に怨まれてるな。」と愉快そうに笑う生島に、杉井はあたたかい友情を感じ、「そうさ。君に精神を、志保に肉体を、って訳だからな。」とふり返って言うと、もう寝しずまった戸外の夜気の中に下り立つのだった。そんな時は帰る道ひとりでに口笛が出た。苦痛や絶望を語ったあとでも心がどこか明るかった。みじめな現在の生活の中にも何かまだ明るいものが残されてる様な気がし、何時かは何かもっとよくなるような漠然とした希望に囚えられるのだった。そして帰ると、闇の中で弱々しくとがめている志保の眼を、狡《ずる》い接吻で埋め黙って抱き緊めてしまうのだった。

だがそんな中でも杉井には、生島の気持がだんだんとのっぴきのならない処に圧しつめられてゆくことが分った。

「苦しむのはまだいい。だが今苦しんでることが何にもなりゃしない、無意義な苦しみだと分り切ってることがたまらないんだ。」といい、

「癩者の苦痛なんて、社会にとって何ものをも生み出しゃしないんだ。癩者は結局首をくくってしまう事が一番いいんだ。」

と言い切る生島に、杉井は単に若い自棄者の暴言といって済ませない、はげしい誠実さが籠っていることを感ぜずにはいられないのだった。杉井とちがって小さい時から複雑な家庭の中に過し、十五六から二十才頃までをじかに実生活の波の中で揉まれて来た生島には、ただ現実の中だけから理論を引き出して、決して現実の醜面を理想や希望で擦《す》りかえようとしない、ある冷酷なリアリズムが造りあげられていた。それはどんな時にも性情の暖かさを失い切れない杉井にとっては、何か身を切るような寒冷な魅力であったが、それとともに生島自身にはそれが、最後までぎりぎりに自分を圧しつめる責め具となるに違いないと思うのだった。生島の文学は、この冷情な実証主義に悩みながら、自分を死から生に支えてくれるものを模索する決死に近い作業だった。こんなぎりぎりの作家の姿を杉井は若い生島に始めて見た。彼がこの一年間に書いた小説はその冷酷な現実凝視とはげしい苦悩の美で、文壇に多くの称讃を惹き起した。この国の中堅作家達の数人が驚異をさえ帯びた称讃を浴びせた。だがそんな声名は、彼の苦痛を却って重くした様だった。

「俺は本当のことを書こう〳〵として、何時も出来上ったものは嘘だ。」と彼はよく言った。恐らくそれらの作品の中に表白されるものが、彼の内部に益々深まる暗さと似もつかぬものとなるためなのだろう。

「俺は一つの小説を書いてるときは、之を書き上げたら死のうと思う。だが書き上った時、作中人物は自殺しても、俺自身はやっぱり首をくくらないで生きて了うんだ。これがたまらないんだ。」と彼は言い言いした。

「社会の奴等が俺のものを批評しているのを読む度びに、俺は、チエッ、安心して賞めやがるないとつぶやくんだ。ああまだ誰にも認められないでこつこつ書いてた時の方が、ずっと俺は幸福だったな。」などとも言った。彼のこうした言葉の中に幾分の気どり——実際人は必死の瞬間にも自分で知らずによく芝居を打つものだ——があるにしても、その中に彼の暗澹とした苦悩が杉井には痛いほど感じられた。

「小説を書くより外に生き方がない、それでいて、小説を書くという事を軽蔑しなければならない此の苦悩を君は分るか？」と呻くように言う生島の言葉を聞きながら、杉井はもう此の言葉の持つ苦悩は社会の作家の誰にも分るまいと思うのだった。

「君は、盲になっても生きて行けるか？」

此の間、彼は真面目な顔つきでこう聴いた。

「分らない。その時になって見ないと誰が分るものか？」と杉井が言うと、彼は、

「俺には生きれないな。分るんだ。それがはっきり分るんだ。盲になれば小説が書けない、分り切ったことだ。ところが小説を書く以外に俺には生はないんだからな。そうなりゃ完全な無為だ。一日中不自由室の隅っこに壁にもたれて首をふり、体を揺すぶってるんだ。それを考えるともうたまらなくなる。しかも盲になることは法則のように確実なんだからな。」

彼はどたりと仰向けに倒れて腕で顔をおおい、五分間ほど身じろぎもしなかった。しばらくして、むっくり起き上るとバットに火をつけた。そして急に彼の方を見ると薄笑いを浮べて、

「君には生きるってことが、きまってるからいいなあ。」と言った。

「君もその決まってる方になりゃいいじゃないか。」と杉井が言うと、

「そうは行かないよ。」と何か考え〳〵答えていたが、しばらくして、

「おい杉井、俺もこの頃聖書を読み出したぞ。ヨブ記はいいなあ。

我が生れし日亡びうせよ、

男子《おのこ》胎《はら》にやどれりと言ひし夜も亦然《しか》あれ。

その日は暗くなれ、神上よりこれを顧みたまはざれ。

…………

何とて我は胎《はら》より死《しに》て出でざりしや。

何とて胎より出でし時に気息《いき》たえざりしや。

如何なれば膝ありてわれを接《うけ》しや。

如何なれば乳房ありてわれを養ひしや。」

目をつむって暗誦している生島の頰に、憔悴の翳が黒く隈どっているのを、杉井はまじろぎもせず視つめていた――。

そして又今日の事だった。杉井は今生島と並んで歩きながら突然その事を思い出すと、或る捉えようのない不安が湧いた。彼はこの二三日どこへも出ず夢中で或る大作を読んでいたのだが、今日やっと読了ったので夕方から久しぶりに生島を訪ねたのだった。檜葉垣を曲って、もう二尺位に伸びたコスモスの植った庭から彼の書斎を覗くと、意外に窓ガラスの中に突っ立った生島の半身が写った。いつもの蓬髪で、奇怪な恰好に立ったまま、どこを眺めるでもなく何か考え込んででもいるような様子だった。杉井はハッと何か胸を衝かれる様な感じになり、黙っているのが息苦しくなって、

「おい」と呼ぶと、生島は初めて彼に気付いて顔を振り向けたが、それは瞬間何か白痴のような表情だった。勿論それはほんの瞬間で、やがて何時もの親しげな笑いを見せて、

「這入れよ。」と言ったが、どこか泣き笑いの様な顔だった。

部屋へ入ったが、さっきの瞬間の表情が頭の奥に残り、

「何してたんだ。」と口まで出かかった言葉をそのまま塞がれて黙っていると、それに気付いたかのように生島は、

「いまね、俺は何かたまらない気持で此処を立ってぐるぐる廻ってるとね、何だか自分が檻の中の猿になって了った様な変な幻覚が起ったんだ。」

とにやりとしながら言ったが、何処か弱々しい声だった。いやそれだけではなく、今夜の生島は何時もの元気がなく、疲れてでもいる様に言葉少なかった。かと思うと急に又いらいらと激しい調子で、突きかかるように話し出すのだった。

「君は来世を本当に信じるかい？」

しばらく話が途切れた後で、ふと彼はこんな事をきいた。

「今俺は、はっきり信じてるって言えないな。だけど俺のどこかに、はっきり信じてる奴が隠れてる様な気がするんだ。」

自分ながらこんな生温《ぬる》い告白に顔を染めるような思いで杉井が答えると、

「うむ。」といいながら考え込んでいたが、

「ああ俺は何だか一切の思想がひどくつまらなくなって来た。おいもっと愉快な話をしようや。」こう言って彼は急に元気な調子で、自分の子供の頃の或る挿話を懐しげに話し出した。それはある多愛もない思い出だったが、彼の負けず嫌いの性格を実によく表した挿話だった。その後で彼は、

「いまの俺は、その時の小僧と一分も変ってない、一分も。全くそのままだ。」と言った。彼は何の積りで

こんなことを話したのだろう。杉井も彼に合せて自分の幼少の思い出を語ったりしたが、そうした間にも生島が時々放心した様な状態を見せるのに気付いていた。

——もう十時は迅《と》っくに過ぎて療院全体が森《しん》と静まり返っていた。立ち並んだ寮舎は皆燈を消して、闇の中に大きな獣がうずくまってでもいるようにぶきみだった。ただ玄関や厠の薄暗い終夜燈だけが、ぼんやりと少しの空間を照し出していた。通りすがりの家の中からは、厠にでも立つ人の上下駄《うわげた》の音がごとごととひそやかに洩れて来た。それを聞くと、突然杉井はたまらなく侘しい気持がし、そこの閉《た》て切った雨戸の中の闇に襤褸《ぼろ》のように敷き詰められた寝床や、その上にいぎたなく眠りこけている人々の病み崩れた顔貌や、むっとする悪臭までがまつわりついて来て、さては此の療院全体が、静かな一帯の森の夜気の中に、あってはならない汚物のただ一かたまりの堆積のようにさえ思えてしまって、思わず熱っぽい溜息を吐き出すと、

「暗いな。」と誰に云うともなくつぶやいた。

「暗い。」鸚鵡返しにこう言うと、突然生島は彼の方を向いて言った。

「僕ね、近い中に外へ行って来ようと思うんだ。」

「そうか、そりゃいい。郷里の方は、行くの？」

四国にある彼の田舎へ、家族間の或る複雑な葛藤の為に生島が一度は帰らねばならぬ事を、杉井は彼から聞いて知っていた。

「うん、どうするか今の処分らない。今俺には、どっちでもよくなったんだ。そしてね、若しかしたら君にももう会わないかも知れないいんだ？」

「どうして、ほかの療養所にでも行くのか？」杉井は愕いで訊いた。生島はふと微笑して、

「やるんだよ。」と小さく言った。

「やる？」その意味をとり兼ねて杉井は殆ど無意味にそう口走って彼を見た。と突然、全ての意味がフラッシュを浴びた様に彼を打った。生島の殆ど愉しげにさえ見える微笑の中には何か奇妙な残忍さがのぞいていた。と微笑が忽ち彼から消え、今は真面目な悲しげな表情で、殆ど聴手の言葉を予期してもいない様に独りで話しつづけた。

「実は誰にも言わないで発《た》とうと思ったんだ。それは俺のこの決心に就いて何か言われる事を恐れたんだ。だけど結局君にだけは言う事にした。君は留《と》めやしないだろう。よしとめてくれたって今の俺には何にもならないって事を、君は知ってるんだから。だが杉井、君はしっかり生きて呉れ。こんな事俺から言うのは実に変なんだ。だが変でも構やしない。いや、変じゃない。何故って君は神をもっているんだ。だから生きられる。ところが今俺には、此の貧弱な俺自身の外何にもないんだ。

杉井、俺は決して君を軽蔑してやしない。もとは軽蔑してた。だが今はしない。何故って、神をもって生きて行けることはそれはもう一つの強さなんだからな。癩者は宗教以外には一つも生きる道はない。その事はもう確かだ。その事を俺はもう幾月も考え抜いて来たんだ。だが、だが俺は駄目だ。俺はどうしても神を信じられない男だ。俺自身の奥底にはげしくそれに反撥するものがあるんだ。

杉井、もしかしたら俺はやりそこなうかも知れない。今迄だって何度もやりそこなったからな。だが今度はやれそうな気もするんだ。何もかも、出て見てからの事だ。もし自殺しないで万一に、又生きる気になっても、此処へはもう来ないと思うんだ。だがそれじゃどうするかとなるともう分らない。田舎じゃ嫌だし、東京で暮すことも、隠れないで作家として立とうと思えば全然不可能にきまっている。結局神山か草津か、やっぱり癩者の生きる処は療養所しかないんだ。だがそう考えて来るともうどうしても生きて居れない気がするんだ。」

二人は何時の間にか聚落を出て農場の道をでたらめに歩いていた。杉井はもう何一言も言う事は出来ない気持で歩いた。だが生島の言葉が途切れた時、杉井は自分のそんな気持を無理に奮い起すようにして言った。

「分ったよ。俺はとめやしない。とめたって何になる。若し何か言おうとすれば、俺には皆嘘になるんだ。君の苦悩には何の関わりもない言葉になるんだ。だがただ一こと言いたいんだ。それは君がどんな処へ行っても最後まで、君ん中の本当の欲求に従って呉れることだ。君ん中の本当の気持が死を善しとしたら、敢然とやる事だ。だが敢然とやれない死なら嘘だ。生と同じように嘘だ。それなら君は敢然とやれるまで、生の苦痛を忍ぶべきじゃないか。」

杉井はたまらなく苦しく、息詰まるような気がして言葉を途切った。と突然、自分の今言っている言葉が何の力もない空疎な、そらぞらしい音響だと言う思いに、舌が引きつり嫌悪がつき上って来た。がやがて沈黙を破ると、杉井は人が変ったように低い重々しい、だが熱っぽい言葉で言った。

「もうよそう。こんな事はみんなくだらん事だ。どんなに立派そうでも、糞にもならん言葉だ。生島、俺が言いたいのはこんな事じゃない。俺は俺自身では、君に生きていて貰いたいって事だ。此の世界で、君という人間が無になって了うって事が限りなく寂しいんだ。その喪失感に堪えないんだ。もうそれは理屈でも何でもない。俺っていう人間の本音《ほんね》なんだ。俺は君に死ぬなとは言わない、だけど君の中に生きられる希望と力が湧いて来る事を、ただそれ丈を望まずに居られないんだ。

生島、君は生を愛してるんだ。今、此の瞬間にも、どんなに君が生を愛してるか、俺は分るんだ。生を愛することがはげしければこそ君は片輪の、妥協の生に堪えないんだ。それぐらいなら寧ろ突き返したいんだ。な、そうだろう？」

「有難う、杉井。」今まで石のように黙っていた生島は突然眼を挙げると、低い声でそう言いながら、杉井の瞳をまじまじと見守った。

「或はそうかも知れない。だが今、俺には生は苦役だ。死ななかったら、又新しい苦役が始まるだけさ。」

重く沈んでいた生島の頰に、ほんのしばらく何か明るい血の色がさした。だが杉井は、もうそれにも気付かなかった。深い危機の前に、何の掩護もなく全く無力に曝されている自分達を凝然と意識しながら、遠い野を過ぎてゆく貨物列車の重々とした轟きを聞いていた。


出発の時は見送り有難う。ドストエフスキイやフロオベルの全集だけはと詰め込んで来たトランクが重いのに閉口した。駅までの道に何度、林の中にトランクを投げ出してぼんやり阿呆のように坐っていた事か。死にに行くのにこんなもの何になるんだと、ひどく馬鹿げた気がした。その晩は田端（病者宿さ）に泊った。広い東京に俺の居れる処は矢っ張りこんな処だけなんだと思うと実に惨めだ。

毎日あてどもなくほっつき歩いている。足がひとりでに元居た亀戸や三河島あたりに行く。懐しいんだ。汚い溝っぷちや裏町を歩き廻って、小さい鉄工場の暗い奥に燃えている真赤な火にみとれて佇ったりしている。心の中は暗憺として、ただ一つの事だけを偏執狂のように考え続けている。

それでも昨日は、金がなくなって××社へ電話を掛けて残りの原稿料を取りに行った。余り乱棒な身なりなので社の奴、替玉じゃないかとうさん臭そうにしてやがるのさ。だが呉れる事は呉れた。金が出来た途端、どこか思い切り遠い処へ出かけたくなった。甘い奴さ。

故郷へも帰らない。帰ったって何になろう。今どこに居るか、知らせる必要もあるまい。思い切って陋劣な所さ。君の手紙は書いて呉れなくっていい、君はいつも此の瞬間にも俺の中にいるのだ。

奥さんによろしく。

日附も所書きもない此の手紙を、杉井が受取ったのは、生島が出て行ってから五日目だった。彼は読みながら生島の心の荒涼とした漂泊の姿に、むしろはげしい魅力をさえ感じるのだった。そこには彼が死をもって購おうとしている自由への喘ぎが、切れぎれの感傷と自棄の所作の底に脈搏っていた。杉井は、生島が往ったあと一層大きく口を開いてゆく自分の中の暗い空虚感を、はげしい自虐に似た思いで見つめた。彼には今迄苦しみにくずおれずに堪えて来た癩院の三年間の生活というものが、信じてもいぬ信仰や希望の仮構物で自分をだまし賺《すか》して来た芝居のようにさえ思えて来るのだった。

彼が黙って突きつけた手紙を読んでいた志保は、眼を挙げると、

「頭のいい人はみんな不幸ね。」といった。

「そうさ、不幸さ、不幸だよ。頭のいい奴はほかの奴の分も苦しむんだ。苦しむ特権を与えられてるのさ。苦しむ特権――ふん、何ていたましい特権だ。」

杉井はいらいら部屋の中を歩きながら、もうそれは誰に言っているとも知らずに激しい口調で吐き出した。突然、彼女の方を振り向くと笑いながら、咽喉に拳銃を向ける真似をした。

「志保、俺も、やるか。」

「そうね、その方が何もかも済んじゃっていいわね。」と笑い〳〵言ったが、杉井の眼の底にある何か真剣な色に気付くと、びっくりしたように叫んだ。

「およしなさいよ、そんな冗談。」

午後から病児童らの学園があるので、それを教えている杉井は、生島の手紙をポケットに入れたまま出か

けた。何もかも一切の自分の行動が、無意義な、何の価値もない気がした。ただ習慣という灰色の力に引きずられて動いているだけの様な気がした。二十人足らずの男女児達が垢じみた支給の単衣やシャツにくるまり机にかがみ込んでは算術の問題を考えている。その厚ぼったく浸潤した顔や、脱毛した頭などを眺めながら、杉井は今日は何とも言えないしみじみした愛情を彼等に覚えるのだった。

（この子供達は一体今何をやっているのだろう。もう彼等の上に力を振い出している病菌は間もなく全身を蝕み尽くすだろう。そして青年期というものを全く持たずに、子供からそのまま皺がよりひねこび、繃帯に包まれた年寄になって行くだろう。それだけだ。ハハハハ……何という結構な神様の御慈悲だ。）

杉井は殆んど溢れそうになった涙をこらえてこう口の中に言って見るのだった。

「今日は先生は少し用事があるから、二時間でよしにしよう。」そう言うと喜んで口々に歓声を上げながら帰っていく子供達を離れて、杉井は学園裏の林を登った。其処の一寸高みになった山原からは、十万坪の病域が見晴らされた。

（これが俺達の世界だ。俺達の地球なんだ。ここで病んだ人種が、僅かに許された生活の残滓を楽しんでいるのだ。ああ、此の生活が今日も明日も続くんだ。これが生活といっていいものだろうか。一体生活の名に値するものだろうか。これが侮辱じゃないだろうか。勿論辱しめる者は居やしない。みんな同情して、そしてこんな世界を作ってくれるんだ。ああ、寧ろ辱しめる敵が居た方がどれ程楽だろう。俺達には此の生活そのものが侮辱なんだ。忍べない屈辱なんだ。生島の奴はこの屈辱より死を選んだ。俺は一体、死より此の屈辱を選ぶべきなのか。此の生活の動物的な屈辱を忍ぶことが一体尊いことなのか、言ってくれ、誰か答えてくれ。）

杉井はふと、或時の生島の言葉を思い出した。

「ああ俺は、今一度五分間だけでいいから元の体になりたい。癩という意識すらもなく、絶対に自由な個性の喜びをのび〳〵と呼吸したい。其の五分間を之からの生涯に換えたって惜しくない。」今彼にはその言葉の喘ぐような希求が、腹の底から灼きつく様に感じられ、狂ったように杉井は灌木の中を駆け出した。自分の身を抛つ様に地面に倒れ、草の中にはげしく顔を埋めると涙がじんじんと顳顬《こめかみ》を顫わせて湧いた。

それから三日して神戸の消印のある葉書が生島から届いた。

突然思い立ってこちらへ来た。今神戸の埠頭で書いている。君の懐しい六甲山が帆柱の林の上に深い緑に見える。久しぶりで見る田舎の自然は、雑駁な散文家をすっかり詩人に変えて了う。今俺の姿はよれよれのセルの単衣に、生命《いのち》の原稿を包んだ風呂敷包一つ——何という見すぼらしさかなと、今更に見返られる。まだ此処まで来ても郷里へ帰ろうという気がてんで起らなくって弱っている。だが行こう、とにかく。一切はそれからの事だ。白日の光の中で時々目まいの様な精神の混迷を覚えて、思わず立ち尽すこと幾たび、今ただ、君だけに会いたい。

杉井の前には、五月の強い日光の中にぎらぎらときらめく海や、白い海港の風物が見え、様々の生活の音響までも聞える思いがした。そしてその中にぽつりと立った生島の痩せがれた肩にたまらない懐しさを覚え、その手記の中に何処かさしているやわらかな悲しみの色に、思わずほっとした様な気持が湧いた。

(もう大丈夫だ、田舎へ行ったとすれば……田舎の静かな自然の中では、人は死など考えるものではない。)と自分に言い聴かせるかの様に思って見るのだったが、又新しい不安が湧き上って来て、

「生きていてくれ、生きていてくれ。」

と、もう今ははげしく只一つのものを希《ねが》っているのであった。

貉《むじな》

光岡良二

婆《ばあ》の乳房は皺びて酸っぱくて、木の皮のようにかさかさした。それを頬に圧しつけられて浅吉は寝た。猿のような額の皺がいつまでも延びず、首が千切れそうに細かった。山羊の乳や豆腐のそっぷをのんだ。山羊は一ぴき祖父《じい》が町から曳いて帰り、裏の崖ぶちの空地に繋いで飼ったが、ある春さき雪崩《なだ》れに足を折られて死んだ。それからは婆は仕方なく、しんこを湯に溶かした汁などをのませた。そのたび嬰児《あかご》は眼と眼のくっついた狭い顔をくしゃくしゃに寄せ、首をのけぞらせて、小さな足で婆のかたい脾腹を蹴った。

「おん、おん、ええ子ぞい、ええ子ぞい、婆《ば》さま困らすでねい。」

おろ〳〵と日がなそんな呟きを繰りかえしながら、婆は狭い家の内を抱き歩いた。土間の藁にむっつりと手仕事に向った祖父は時々眉をあげてそれを見るが、言葉をかけるでもなかった。

祖父はめったに家の中にはいなかった。炭を焼き、その合間には古ぼけた鉄砲をかついで峰を歩いて三日も四日も帰らなかった。だが時にはひょっくりと薄暗い板庇の下に姿を現わし、獣の匂いのしみた骨ぶとい掌で、やっとよちよち歩きしはじめた浅吉の両耳の辺りを乱棒に挟んで吊しあげた。

「やい童子《わらす》、早よ、いかくなるだぞ。」

土まみれの腕の上で「痛《い》てえ！」と火のつくように泣き出すが、そんな祖父の仕草の中に含まれた荒っぽい愛撫を本能的に感じて、やがて「おろん、おろん」と唄い声になり、「あ、あ」と啞のように呟きながら、物珍らしげに祖父の眼や鬚をつつきはじめるのだった。浅吉は母を知らない。天地の間に祖父と婆と、痩せ錆びた寒国の自然ばかりがあった。

二三畝ばかりの狭い山畑を作る婆の歪んだ腰に食っついて歩き廻る頃となった。峯に白い雪が湧くと、沢には虎杖が伸び、小さな山蕗が葉を拡げた。少年のひもじい腹は、どんなものでも青い葉や実を見れば口に運んで、むしむし噛んだ。永い雪の間は、乏しい芋を食って老人と幼児は土龍のように榾にいぶれて暮した。

裏口から祖父が小さな獣の四つ足を縛って担いで来た。木箱に板切れで柵を取りつけて放した。

「祖父、何ぞい、そらあ。」

「貉《むじな》だだ、罠にかかりおった、こいつめ。」

祖父と孫は、並んで箱の中を覗きこんだ。薄暗い檻の中に黄黒い毛をうごめかせながら、小さな動物は狡そうに首をねじって人間を見た。暗い目が光った。

「こりゃっ、こりゃっ。」

祖父が立ち去った後、少年は小さな足を檻の前で踏みならしながら叫んだ。貉は知らぬげに後ろ向きになった。少年はこわぐ〱檻に近づくと手を差し入れて背毛を撫でた。つと身を翻すと獣は怯えて浅吉の手の甲を固く噛んだ。驚いて引きこめた。歯の型に肉が殺がれ、血がうつうつと滲むのに、痛くはない。浅吉は汚れた着物の腰で血をこすり、「こりゃっ、こりゃっ」と又足を踏み鳴らした。

その手の傷を、夕飯どき茶碗を持たそうとして祖母が気付いた。

「浅、何《あに》した、そらあ。」

「貉ちゅう、あれに噛まれただ。」

「痛かべ。」

「ん。痛くね。」

祖父は、つと眼を光らせたが、そのまま最後の一塊の粟飯をぼそりと口に放り込んだ。湯を呑み終えて立ち上った浅吉に祖父が突然低い声を掛けた。

「浅、汝《われ》裸になるべし。」

「何《あに》するだ。」

「何《あん》でもええ。」

無器用に着物を脱がせ、浅吉の小さな肩を摑んで前うしろに向けてはと見かうみした。婆もいつか顔をすり寄せて眺めていた。背中と腕に二銭銅貨ほどの赤いぶちが二つあった。

「婆、針もって来う。」

怒りつけるように言って祖父は婆の手から針をうけ取った。それで赤い銅貨のところを刺した。

「痛かべ、浅。」祖父の声は咽喉にからんだ。「うんにゃ。痛くも何《あん》ともねえ。」少年の声は澄んでいた。祖父と婆は眼を合せ、なおあちこちいらだたしげに皮膚の上を突ついた。

「此処は、此処は、痛かべ。」

「寒いよう。」

とうとう浅吉は素裸な小さなチンポコを顫わせながら叫んだ。「よし、着物着て、ええ。」

「爺《じい》、病気じゃろか、この子は。おっ母の――」

おずおずと呟きかけた婆の声を叩き切るように祖父がさえぎった。

「違う、白痴《こけ》。」そしてやがて間を置いて、低い声で独りごとのように言った。

「おおかた貉に舐められただべ。」

するとと婆も声を揃えて言った。

「ん、そだな。おおかた貉に化かされただべ。」

その祖母が死んだ。冷たくなり、そしてもう臭くなりはじめた亡骸のそばで、浅吉は山へ行った祖父を待ちながら、ぼそぼそ鼠のように二三日暮らしていた。

「婆《ば》あ、婆あ、どうしただ。」

と時折り思い出したように亡骸のそばへ寄って行っては声を掛けた。山から帰って来た祖父は、むっつりと黙り込んだままだが手早く大工道具をあやつって柩を作った。浅吉に破れた提灯を持たせ、荒縄に背負って柩を担いだ。森の奥のとど松の根もとに埋めた。時折り穴を掘る手を休めては、ぼそりと傍に立っている浅吉に鋭い長い一瞥を投げた。少年は梟のぶきみな声に心を奪われ、又吾に帰っては土の下に埋められてゆく婆のことをとりとめもなく思った。

翌る朝暗いうちに浅吉は起されて、一枚しかない紺絣の着物を着せられた。

「早《は》よ、まんま食《け》。」

「どこさ、いぐだ。」

「これからな、浅は父《とと》のとこへ行《い》くだぞ。」

「父？　おら嫌《や》だなあ。」

それは浅吉が聞いたこともない名だった。境遇の変転を動物のように予感して、頑なに頸を振った。祖父は吐胸《とむね》を突かれたように口をつぐんだ。暫くして妙に優しい声で言った。

「浅、汽車ぽっぽに乗るだぞ。町へ行って草履買うてやるべ。」

「ぞうり。」

「そいから網もな。」

「魚《さかな》とる網け。」

「そうよ。浅、行くだべ、町い。」

「ん。」

木綿風呂敷を背負い、尻を端折り、孫の手を引いて老人は街道の埃を踏んで行った。時々草疲れて来た浅吉を背中に負ぶったが、近頃めっきり重くなった少年の体を、今度は祖父が負いあぐねて、額の汗を拭いた。

軽便鉄道で二三駅乗り小さな町に降りると、祖父は暖簾をくぐって蕎麦屋へ入った。山から履いてきた浅吉のすりきれた冷飯草履をぬがせ、小さな板裏の雪駄に換えさせた。卓の下でそれをちゃらちゃら鳴らせながら、あてがわれた狐うどんを食う浅吉の小さな姿に向き合って、祖父は酒を呑んだ。

青苔にペンペン草の生えた露地を入り、一間ばかりのどす黒い溝に懸け渡した溝《どぶ》板を踏んで、目指す家の格子戸があった。髪をひっつめに束ね、眼尻の釣り上った三十格好の女が出て来た。上り框に立ちはだかって、低声に祖父の言う言葉を聞くうち、頬がつんとこわばった。

「それゃうちには血をわけた子でござんすがね、わっしには親でも子でも無いんすからね。きっぱりお断り申します。」

「それは分っとる。分っとるから頼むだだよ。婆は死ぬ、俺あ年《ねん》がらの山暮し、何時どげいな事があるか知んねえ。そいじゃ此の子は誰が養って呉れるんぞい。」

「そんなことは此の子の母親に云うて下《くだ》んせ、何処かの病院にいるとか云う……」

浅吉は草疲れきって敷居の上にしゃがんだまま、目の前の祖父の握り拳がぶるぶる顫えるのを、心細く見守っていた。話し声が罵声に変った頃、格子が開いて印半纏の痩せぎすの男が帰ってきた。

「父《とと》だ。」と浅吉は何となく思い、ほっとした。男は祖父を見て、はっと蒼ざめたが、やがて、

「父《とっ》つあん、いこう無沙汰したのう。まあ上らんせ。」

とおだやかに言い、浅吉の顔にじっと眼を注いだ。祖父がそれを気付いて彼の背中に掌をかけ押しやるようにした。

「浅吉ぞい。いかくなっだべ。急に婆が亡くなってのう、それでこの子を預って貰いに来たんじゃ。」

「私しゃどうしても嫌じゃ。そんな——」

と云い募る女の袖をぐいと引いて、父はかぶさるように顔を寄せ、ひそひそとなだめる口調で囁いた。浅吉をちらと見、腹掛の底から銅貨を一つ取り出して彼の掌に握らせた。

「浅吉、お前ちょっと外で遊んでな。」

もう日暮れに近く、家間の溝の水には有後の夕焼雲が写っていた。蚊とんぼがひそひそと仄ぐらく水面を飛び交うのを眺めながら、浅吉ははじめて泣き出したいような心細さを覚えた。

彼を呼ぶ声がし、帰って見ると祖父はもうかがみこんで草鞋の緒を締めていた。

「浅、父やおっ母のいう事、よく聞いて、仲よく暮すだぞ。」

後ろから父がもの優しく口を添えた。

「浅吉、腹空いたろう。さああがってまんま食べ。」

狭い家だったが、納屋のような山の家に馴れた浅吉には、眼うつりがして体が揺れるように心許なかった。

長火鉢の後ろの棚には鋸や鉋がぴかぴか光った。食卓を囲んだ小さな六つの眼が円く開けられて一斉に浅吉

を見まもった。

「これがお前の兄弟だ。それからこれが母ちゃん。父っさんは仕事でしょっちゅう家にいんから、母ちゃんのいう事ようく聞くんだぞ。」

父は大人にでも云うように厳しい口調で言った。だが母親は胸をはだけうつむいて赤子に乳をふくませながら、額のきびしい立て皺を隠そうともしなかった。

浅吉に新しい生活がはじまった。二つ下の弟と同じに尋常一年に通った。帰って来ると手に余る仕事が彼を待っていた。拭き掃除、飯焚き、使い走り、母の嘲罵と打擲とから逃れようとする本能だけが、彼を高麗鼠のように動かせた。他の子供達も母親を真似て「浅」「浅」と呼び、面白がって撲った。弟妹たちが「母ちゃん」と呼べば「あいよ」と答える。浅吉も「母ちゃん」と呼んで見る。答えはなく、白い眼が黙って向けられる。時には、

「お前の母ちゃんはね、どこかの病院で、今頃もう腐っている時分だろうよ。」

と吐き出すように答える。浅吉の稚い頭には余ることだった。戸惑って土偶《でく》のようにぼんやり突っ立った浅吉は、又それで撲たれた。

十二になった。実梅の熟れる頃、顔が腫れぼったくむくみ、むしょうに眠くなった。授業時間に本をとり落して睡りこけ、太い鞭で打たれたが、その頬打ちがかえって気持よいほど体がたゆかった。身体検査の翌日先生が云った。

「坂田浅吉、お前もう明日から学校へ来んでもええ。」

夕飯どきそれを聞いて父は腕を組みじっと彼の顔に眼を注いだ。

「だから云わん事じゃない。あの時帰しゃよかったに、お前さんの物好きにも程がある。うちは子供は多い

し、職人も沢山出入りするし、知れたらどうするのや。」

浅吉の前でづけ〳〵と母は父に云った。

「浅、お前悪い病気じゃから、明日からあんまり外へ出んなよ。」

と父が或夜、しんみりと云った。

二階の一間の押入が翌日から彼の隠れ家になった。襖の隙を洩れる微光の中に、蜘蛛の巣をかむり、黴の匂いにつつまれて浅吉は昼もうつうつと眠った。階下に下りてはならず、三度の食べ物も母か弟妹が梯子段の踊り場まで運んだ。子供達は、

「浅、まんまぞい。」

と囃すように呼び、空き腹をかかえた浅吉が待ち兼ねて這い出してゆくと、わざと鼻を指でつまんで梯子段を駆け下りるのだった。

陽に当らぬために蒼白く透き、今はすっかり真桑瓜のようにむくんだ顔に汗をかきながら、浅吉は小さな握り飯をがつがつと食い、眠気がさせば着のまま窮屈な闇の中に寝まろんだ。尿意を催すと起き上って傍の一升瓶をまさぐり、その中にちろちろと用を足した。夜が更けてから梯子段をそっと軋ませながら捨てに下りるまで、その液体は辺りの閉じこめられた空気の中に蒸れ臭くただよった。

そんな中で浅吉の心はさほどの哀しみも痛みもなく、却って妙に平和で愉しくさえあった。日がな一日わずらわされるものもなく、まだ知らぬ母を思い描いた。母ちゃんがどこかにいるのだと想った。押入れの薄暗がりに浅吉が浮べて見る母の姿は時には小学校の女の先生になったり又浅吉がはじめて祖父と町に来て食った狐うどんの家の姐《あね》さまだったりした。浅吉は小さな頭にそんな姿を飽かず繰り返して、唾をのんだ。

夏の晩こらえ切れず押入の暑さから這い出して、低い格子窓から夕空に蝙蝠がはたはた飛ぶのを見ている

と、後から父が階段をあがって来た。

「浅、お前病院へ行かないけ。」

おどおどと憚かるような声だったが眼が異様に光った。

「お前もこんなにして隠れとるよりはましだろうて。」

「母ちゃん其処にいるんけ。」浅吉は鸚鵡がえしに訊いた。

「ん、居るかも知れん。がもう十二年になるからな。」父は大人を相手にでも云っているように低く話しかけ、黙った。

「なら、病院さいぐ。」浅吉の声ははずんで強かった。

病院へ行く日が来た。がらんとした貸切の客車に白服の巡査と小さな浅吉がぽつねんと坐った。義母がそれでも持たせてくれた、襯衣《シャツ》や手拭の入った小さな風呂敷包を脇に置いて、白くむくんだ顔を車体の動揺に揺すられながら、浅吉は吸う息も幸福であった。

永い汽車旅から賑かな街に下ろされると、そこの町かげに待っていた幌の下りた自動車に乗せられた。病院についた。ピカピカ光る廊下を浅吉はぴたぴた小さな裸足で歩いた。ガラスのはまった部屋の中に白い着物の看護婦が二人、彼を風呂に入れ、体を測るために待っていた。

「まあ可愛い子、名前は何というの、さあお風呂へ這入んなさい。」

明るい声がし、白い手でくる〳〵と器用に着物を脱がされながら、ここまで来て始めて浅吉は涙がこぼれそうになった。

「俺《おら》の母ちゃん、ここに居るんけ。」浅吉は思い余って、溜めていた言葉が突き出た。

「まあ、母ちゃんが？　その人何ていう名なの。」

「サカタ　コマ。」

看護婦は仲間の人と顔を見合せ、愕き合う風だったが、浅吉の見開いた瞳に会うと、あわてて優しげに云った。

「そうね、いらっしゃるかも知れないわ。」

だがその答で安心して、浅吉は湯槽の中に飛び込んだ。暗い壁の方を向き、首まで浸《つか》ってぽちゃぽちゃと動かす湯の音の中で「母ちゃん」とちいさく呼んだ。

浅吉が母という人のことを聞いたのは、少年舎に住み一ケ月ばかり経てからだった。宵が更けてから、彼はちょろちょろと鼬のように、廊下を通りぬけて重病棟へ入って行った。教えられたベットをおず〳〵とさし覗いて見た。汚れた布団にくるまってかさぶたに蔽われた鼻のない顔がかすかに息づいていた。足が石のようにすくみ、少年は呆然とたたずんだ。人の気配に病人は枕を少しずらせ、白濁した眼をうごかせた。ぎょっとして浅吉は思わず後じさり、足音を忍んで逃げ出した。

「母ちゃんではない。何処かの、知らない人だ。」とおず〳〵自分に云いきかせた。

或る夜中突然寮父に起され、うつつの儘で、呼びに来た重病棟の附添夫に連れられて行った。ベットを遠巻きに囲んだ四五人の肩を押し分けて、附添夫は病人の耳に口を寄せた。

「こまさん、連れて来たよ、子供さんを。そうら。」

投げ出された、鶏の足のように細った手が、何かをまさぐるように動いた。附添夫はその上に凝然と佇んだ少年の手を重ねて握らせた。咽頭管《カニューレ》を絞って、風の様な声が切れぎれに洩れた。

「あ―さ。」

「か―わ―い―そ。」

「たーしーやーでーくーら…」

あとは力が尽き、薄板のような肩がかすかにあえいだ。間もなく息を引き取った。

浅吉は声も出なかった。額が次第に青ざめ、開かれたままの白濁した眼に清浄な虚無がさしはじめてから、はじめてわっと泣き出し、母ちゃん母ちゃんと、死臭の匂う胸に抱きついた。だがそれは浅吉には、やはり何かだまされたような、見知らぬ肉体の冷たさだった。彼の母はやっぱり瞑った瞼の遠くに坐って微笑んでいた。

十四になった。病院の大楓子油の注射は、外で少しも薬物治療をしなかった浅吉の体には目に見えて吸収された。顔のむくみが引き、斑紋がとれた。日陰ばかりの歳月に圧えられていた肉体に若芽のような野性が流れはじめた。入院した日のままの継ぎはぎの紺絣がもう膝を隠せなかった。食っても食っても腹が空き、夜になると勝手裏のバケツの残飯を漁った。町の父からは入院した始めの秋一円の為替を送って来たばかりで、後は便りが絶えた。同室の子たちの処に紙づつみの飴や、新らしい雑記帳が送られて来た日は、浅吉は病院の学校を怠けて、野原で独り兜虫を捜して遊んだ。放って置けば何日でも風呂へ行こうとしない彼の体は変な臭いがし、誰も机を並べたがらなかった。

母のことはもうあまり考えなかった。もう以前の愉しい幻想は浮ばず、考えようとすると重病棟で見た、あのよその人のように馴染めない汚ならしい盲女の姿が浮んだ。

「おいら、本当に独りなんだ。」

という刺すような悲しみが、時折りたまらなく襲って来て、浅吉はこっそり人目を盗んでは、学校の板戸や立木を叩き割った。

「どうして坂田はそんな乱棒するんだ。」

受持教師が厳しく問いつめると、浅吉は素直にうなだれ、打擲を受ける準備をするかのように、前こごみに体をしんなりと伸ばして肩を張るのだった。

十六になった。肩の広い、腕の太い若者になった。皮膚が赤ばみ、額にも頬にもにきびが浮いた。それは何か熟れて腐る前の果実の肌色を思わせた。肉体の深くにひっそりと睡っていたものが熱ばゆく覚めて来た。浅吉は小遣銭を得るために、院内の小さな製陶場の雑役に雇われた。湯呑茶碗や骨壺などをつくる土をこねた、よごれた仕事着のまま学校へ来た。小さな生殖器の形などを粘土でこねあげて衣嚢《かくし》に忍ばせては、少女達の机に投げ出した。そのくせ独りで少女達に出会う時には、自分の身なりの汚なさが情けなく顔が固くこわばってものも云えず逃げ出した。陽にいきれた草原などを歩いていると、きまって浅吉は逃れられぬ誘いのように手婬の衝動に襲われて、人げのない所を恐れた。眼の底に暗い翳が湧いた。子供らしくない子供と言って嫌われ、ずるずると学校もよしてしまった。

竈がはじまると浅吉はよく、夜を通して火の番をすることがあった。竈小屋の、壁無しの庇から星が降るのが見え、うしろの叢で鼬が啼いた。薪口の前に、木の丸太に腰を掛け、秋近い夜気の冷えに背を丸めて身動きもせずに坐っていると、浅吉には自分の今までの履歴が、暗い幻燈のように明滅するのだった。それはもう、生涯の終りの日日を惜しんでいる老人のようにひやひやした思いだった。

「何のことはねえ俺《おい》らの一生なんて、鼬めか貉みたいなもんだったなあ。」

と浅吉は声に出して自分に話しかけて見る。それに答えてくれるものは自分よりほかにないのを知っていた。

今の浅吉に一番愉しいのは、音楽を聞くことだった。寒い雪の夜など、人ひとり居ぬラジオ室の火の気のないぼろ畳にうずくまって、浅吉は顫えながら眼をつむって、何時までも過ごした。遠い闇の底から生れてくるさまざまな楽音の波が、或いは高く、また低く足音もなく踊り廻っては、彼の体に棲む貉をいざなって、暗い穴蔵から引き出し、浅のまだ知らぬ世界につれて行った……。

手紙

麓　花冷

1

「では何とかしてみますわ、一寸待ってね」

そう云って二階へトン〳〵と昇って行く千耶子を横目で見送り乍ら柚崎は洋酒のグラスを取り上げて、やけに口の中へそそぎ込んだ。

朗かな作り声と、低いバスとが無茶苦茶に交錯する中にレコードのオリエンタルダンスが正しいテンポで廻っていた。柚崎は、そのリズムに合して無意識に靴先でコツ〳〵とタタキを打っていた。そして十五分も経った頃階段をトン〳〵と降りて来る足音を聞きつけて和やかな表情をキッと険しくして、空っぽになったグラスへ眼を落していた。

「お待ちどうさまッ」

職業に馴らされた作り声がこんな時にも千耶子は大声で口に出るのだった。その声を聞いても柚崎はやっぱりグラスから眼を上げなかった。

「これね、出来たけど、又ほんの少しよ」

千耶子は機嫌をなおそうとするように柚崎に自分の身体をすりつけ耳元へ口を寄せて囁き乍ら彼のオーバーのポケットへ持って来た小さな紙包を深くさし入れた。柚崎は返事をする代りにグラスから眼を離して、依然不機嫌に彼女の顔を一寸見てすぐに立ち上った。そして、はずれて居たオーバーのボタンを掛け乍ら出口の方へ歩き出した。

「アラ、もう帰るの？……」

周章てそう云った千耶子の声はたよりない哀調をおびていた。その哀情を感じてか彼は、

「ウム」と咽喉の奥で微に答えた。

「又、明日いらっしゃってね――」

出口へ来た時千耶子は出来るだけ朗かに、情熱をこめて云った。柚崎はそれには返事もせずに街路へ出て後ろで淋しく街の灯影の中へ消えて行く自分の姿を涙さえ浮べそうな眼でじっと見送っている千耶子を知り乍ら、ヤケに不機嫌な大股でぐん〳〵歩いた。

「フム、信じられない気がするだろう。そのくせ信じられなければ信じられない程、頼らずに居られないいんだよ、フウ……可愛い娘さん」

暫く歩いてから、柚崎の色白な顔が皮肉に微笑し呟いた。そして歩き乍ら先刻千耶子が差し込んだ紙包をポケットから摑み出して開いてみた。中には拾円紙幣が二枚四ツに折られて入っていた。

「フム、相変らずこまかい奴だ」

彼は又、口を歪めて淋しく呟いた。そして紙幣を裸のままポケットへ突込み乍ら捨てようとした包紙に書かれた文字に眼をとめて両手で紙を伸し乍ら読んでみた。

「此の頃は貴君が毎晩お友達とお出になるので、その支払だけで私一ぱいですの、で今晩はおかみさんに借りてお上げします。少しばかりですが悪しからず、これからはもっともっと働きますからね、色々と書きたいことばかりですが急ぎますから、では又………」

上手ではないがほっそりと丁寧な字だった。

「しっかりしている女給ではない、貞淑なマダム型だ」

柚崎は淋しく呟いた。彼は今迄こうした自分の行為を善いとも思わなかったが、自責の念を起すようなこともなかった。併し、今宵の彼は自分の行為が責められて哀愁に捉られた。街の灯が千耶子の悲しい眸のようにうるんで見えた。彼の足は何時か歩行を止めていた。不良仲間でもドンファンと云われて、秀麗な容貌と、長けた才能とを持つ彼は今夜のような仕事にかけては相当自信があった。そして令嬢と云わず、女学生と云わず、マダムと云わず、触れ合い知り合う女と云う女を片ぱしからたぶらかして来た。だが彼が自分の行為を今夜のように淋しく感じたことは初めてだった。彼は舗道の真中に暫く佇って居た。市街は尚かなりな人通りだった。彼は何時になく弱った自分の心を蔑むように今迄片手に持っていた紙片を無雑作に掌中にまるめて後方へ投げ捨て、日本人ばなれのしたシークな足どりで大股に傍の書店へ入って行った。

2

千耶子からとった紙幣の大方を支払って買求めた書物を小脇に挟んで、柚崎は間借している自分の住居へ帰って来た。彼はこんな類の青年には珍しく清楚な生活をしていた。不良青年にはなれた彼も放蕩児にはなり得なかったのだ。斯うして得た金は殆んど病的に好きな読書の為めに消費されていた。彼の部屋にはそうして買い集めた書物が所狭き迄に積まれてあった。彼はその大部分を一通は眼を通していた。

柚崎は部屋に入ると小森が敷いてくれてあった寝床へ入って今買って来た本の一冊を取って初めの方から読み初めた。傍の小森は、軽い寝息をたてて眠っていた。小森は三ケ月程前に、失業した肺病の不幸な青年だと云うので偶然知り合った柚崎が同情して寄寓させて居るのだった。小森は病気の為でもあろうが細心で女のようにやさしく内気ではあるが人好きのする男だった。柚崎は三ツばかり年下の小森を弟のように労っていた。小森は色の悪い頬骨の突き出た顔へ長く伸した髪の毛を乱しかけて横向きにいじけた恰好で眠っていた。

柚崎は寝床の上に腹這って新しい本を読みふけった。彼は何にする目的で本を読むのでもなかった。何も希望のない彼の魂が堪らなく病的にあらゆる刺戟とアジテイションを求めるのだ。そして、彼は眠りつく迄の数分間でも自分について考える余裕を恐れるのだ。それを避けるために好きな心を打ち込める本に読みふけるのだ。柚崎を斯うした彼にしたのは、その忘れんとして忘れられない過去の暗影だった。彼は昼間は大きくはないがかなり有名な出版社の事務に勤めて居た。彼がこんな勤めをするのも自分の過去を忘れようとする気持からだった。その為めに彼は毎日の仕事に心を打ち込んで働いた。その働きがいつか社でも重要な人間となっていた。併し、そうした勤務も慣れると過去の暗影が容赦なく彼の心をさいなんだ。その悩みをまぎらすためと、彼が持っている女に対する呪いとで彼は次ぎ〱と若い女社員を誘惑した。その為に発狂した娘もあった。それが原因で自殺した女もあった。そんなことが彼の社に於ける信任を失墜させるであろうと思われたが、却って反対に彼が自分に一寸の余裕も与えまいとする自棄的努力が仕事の能率を十二分に揚げさせて、その上に才能のある彼は不思議な程社の方で珍重されていた。併し、同僚の中には彼を全くの悪魔だと云うものもあった。又、彼の過去を莫然と推察して善導しようとする者もあった。けれども彼はそんなことには意をとめなかった。善く云われようと悪く云われようと少しもかまわなかった。彼は他人にかれこれ云われて意志を曲げるようなことは生れて一度だってしなかった。そして彼の行動は依然悪化して行くばかりだった。

腹這いになっていることに疲れて柚崎は仰向きに寝直って一寸眼を閉じてみたが、まだ眠れそうもなかった。一時閉じた本を又取り上げて読んだ。斯うして、読み疲れて何時ともなく眠って、朝日の高くなる頃眼を醒し、早起きの小森が用意した朝餉を一緒に食って社に出かけるのだ。時にはひどく朝寝をして正午近くなって社へ出かけることもあった。そんな時でも遅れた分の仕事をとり返すこと位は彼には何でもなかった。小森は初めの内こそそんな時には心配して揺り起したが、今では柚崎の性質を知ってかまうことはしなかった。

3

媚びと擾乱との雑然たる中にカフェーの夜は更けて行った。千耶子はあらゆる悲しい淋しい感情を胸に秘めて、出入の客に朗かな微笑を振りまいて居た。

軈て、出入の客も疎らになった頃には彼女等の微笑にも、無心な電燈の光りにさえ疲れの色が見え、その中でレコードだけが活々と唄っていた。

千耶子は今迄じっと堪えていた太息をホッと吐き出すと、急に眼がしらが熱くなって涙が出そうになった。それをやっと嚙みしめて、今日、兄から来た手紙を挟んである帯の上を押えてみながら正面の大時計を仰いだ。今夜柚崎の顔が見えないことも彼女を憂鬱にする一つの原因だった。時計は十一時を過ぎていた。客は四五人の酔いつぶれた常連が二ケ所へかたまっていぎたない恰好でグド〳〵喋っていた。年増の女給と、年若いのとが蓄音機を中にして一枚ずつレコードをいじっていた。千耶子は兄の手紙をも一度読み返えそうと南窓のカーテンの蔭に入った。派手な柄の着物の裾から足だけがカーテンの下に現れていた。其処へ昨夜と同じ服装で柚崎がひょっこり入って来た。

「いらっしゃい」

年増の女給はそう云って立つ代りに南窓の方へ眼を移した。年若いのも、柚崎もすぐにその視線を追ってカーテンの裾に現れている千耶子の腿のあたりから下を見やった。

年増はすぐに視線を反らして、若いのと顔をみ合せて卑しく笑み交した。

「千耶子ちゃん」

それにはかまわず、柚崎はやさしく呼びかけた。千耶子は突然な柚崎の声にとまどった返事をし乍らそそくさと出て来た。彼女の瞼は紅く泣き腫れていた。

「泣いたんだね、どしたんだい？」

柚崎はすぐに問いかけた。千耶子は強いて微笑を作ろうとして口を歪め乍ら、周章てて手紙を差し込んだ帯のあたりを気にして手で押さえていた。その手を外れて便箋紙の端がのぞいていた。

「何だい、そりゃあ………」

柚崎は目ざとく見つけて云った。千耶子は驚いて隠そうと手を辷らした、けれどもその時には手紙はもう柚崎の手に握られていた。柚崎は斯うしたことにかけても相当な腕利きだった。

「いけないわそれ……読んじゃだめよ、いけないわ、ねえ、返してよ、返して……」

彼女は必死に取返そうと焦った。

「いいじゃないか、見せ給え」

柚崎は落ちついた調子で片手に彼女をあしらい乍ら、片手に高く手紙を拡げからかうように拾い読みをしていた。

「何でもないのよ……そんなもの読んじゃだめよ、ねえ、ねえ、返して……」

「待て、待て……」

夢中でからみかかる千耶子と争い乍ら、段々真顔になって、一枚だけあらまし読んだ頃柚崎は急に血相変えて「エエ！」とか何とか口の中で叫んで、縋りつく千耶子を振り切って便箋を摑んだまま外へ飛び出した。ふり倒された千耶子は周章て後を追うとしたが、遠く走り去った彼の後姿を見て、声も立て得ずタタキの上へ泣き伏してしまった。外の女達がしきりに労ったが彼女は何時迄も立とうとはしなかった。

4

まるで夢中に急いで来た柚崎は辻の明るい街燈の下で歩みを止めて、堅く握ったままポケットに突込んでいた手紙を出し、念入りに読んでいった。彼の両手は緊張し切って微かに震え、色白な顔は無気味に蒼ざめて堅くひき結んだ口のあたりを痙攣させていた。

――千耶ちゃん、永い間御世話になってすみませんでした。男が二十三才にもなって尚他人の扶助が無くては生きられないと云うことは本当に悲しいことです。私はどうにかして自分のことは自分で出来るようになりたいと思って随分考えました。けれども不治の病を持つ身です。どうにもなりませんでした。それでもせめて文学で、と思って懸命に努力して来ました。けれどもそれももうだめです。私には何もかもわかりました。この前便りを戴いたのは六ケ月も前でした。この六ケ月の間私がどんなに苦しい生活をしたか貴女には想像も及ばないことでしょう。月二円か三円、私は世の不況も知っています。けれども健康に恵まれた者にこれ位の支送りは決して大きなことではないと思います。併し、この二円か三円の支送りの有無は私にとっては死活問題です。そうは云っても療養所には扶助機関があって本当にこまる人には救済してくれます。けれども親、兄弟のない者や、社会にあって乞食までして来た人々は知りませんが、貧しい乍ら温い家庭でこれと云う不足もなく育って来た私には甘んじて救済を受けるなどはとても堪えられないのです。

千耶ちゃん、私はもうしっかりと決心しました。天刑病!! そうです。天刑です。生んだ両親にも血をわけた兄弟にまで見捨てられる、これが天刑でなくて何でしょう、併し天刑病者でも、レプラでも生のある限り生きなければならないんです。「人間が生きるために為す行為は総てが善だ」とか、私のような境遇へ投げ出された人間には確かに真理だと思います。私も療養所で真面目な患者として行くには、貴女方の世話になってこの不甲斐ない自分を悲しんで居なければならないのです。けれども私達にも多種の生き方があるのです。唯一人捨てられた自分だと思えば、善悪もなく、道徳もなく、唯享楽を求めて生きられるのです。生きんが為には堕落も罪もないのです。

千耶ちゃん、そうは云っても私は自分が可愛想でならないのです。今まで、苦しい思いを忍びに忍んで、人間らしく生きて来た自分であると思うと、何だかやたらに悲しくなって涙が出るのです。私は三月程前に療養所を出てしまいました。私は病気が伝染病である限り、こうすることは社会的に、実に恐るべき罪悪です。併し、これも運命です。運命の前には小さな人間の力など実に憐れなものですからね、斯うなることも私には決して不慮のことではないのです。私の様な病者の多くは、永い間には、こうして肉身からまで忌み嫌らわれて自棄的になり、治るべき病気も治さずに悶え苦しんで死んで行くんですから、――唯その時が私には少し早すぎたと思うだけです。けれども決して恨みではありません。却ってよいことかもしれません。

千耶ちゃん、長々と書いてしまいました。私は今、自分の総てを虚って病弱故の失業者と云って、或る偉大な人格的青年に世話になって居ります。恩人を虚ることは苦しいが生きんが為めです、仕方がありません。私はもう何も云わずにと思ったのですが、発病以来五年余、最も親切にして下さった貴女に対して最後の便りをするのは礼儀だと思ったのです。併し、もう再び地上で語り合う事はないでしょう。

では、さようなら、貴女の御健康を祈ます。——


柚崎は読み終えて激しく身震いした。そして「ウーム恐しい病気だ」と口の奥で嘆息した。

夜は更けていた。無夜の境を呈していた大都会にも夜はあった。あたりにはもう人通りも絶えていた。柚崎は突立ったまま動こうともせず、烈しい戦慄に震える胸の中で、自分が道ならぬ道を踏み始めた数年前の事実を其時以来初めて一つ〳〵嚙みしめるように心の中で繰返し乍ら、悪魔のようになり切った自分の心に叫びかけるのだった。

「悪魔!!　柚崎雅美の悪魔!!　貴様がこんな人間になり下ったのは何のためだ!!　兄が千耶ちゃんの兄と同じ業病にとっつかれた為め、あの菊江に裏切られたからではないか。そして、学校も、家も、両親も何もかも捨て、女を呪いまわった卑怯者、今はどうだ、不幸な兄の為めに忠実に働いて居た女を誘惑して、その為めに病み乍らも正しく生きようとした者を迄悲惨な苦悶に引ずり込んだのだ。馬鹿〳〵。千耶ちゃんの悲しみを知ってやれ………」

柚崎は気狂いのように両手で帽子の上から頭をかかえて煩悶した。併し、彼はこの堕落のどん底でも総てを捨ててはいなかった。殆んど病的に読書好きで、掌中に入れた金の大半を書物に替えていたのも、彼が学生時代からの理想として文学者になろうとした意志の潜在に違いなかった。

暫くを苦悶し続けた時、彼はふと小森の身の上を思い出しても一度手紙をみつめた。

………自分の総てを偽って病弱故の失業者として……偉大なる人格的青年……

「ウーム」彼は唸るように太息して決心した。

「そうだ、千耶ちゃんに詫びるんだ、そして俺は今から本当の自分に立ちかえるんだ、そうだよし行こう」

そう独語して彼は走るように歩き出した。

千耶子のカフェーは戸を閉め切って軒燈の影に静に眠っていた。柚崎は半狂のように急いで来た歩をその前にとめて暫く茫然としていたが、気がついたように「もう遅い、明日にしよう」と口の中で云ってたち去ろうとした。其の時軒燈の下の潜り戸が静かに五寸ばかりスッと開いた。と同時だった。柚崎は背後に佩剣がガチャリと鳴ったのを聞きつけ、直感的にその音に怯え、本能的にすばやく身を返して走る様にそこをたち去った。

外の響音に気兼ねてか開けかけた戸はそのまま動かなかったが、軈て、足音が遠く消え去ると狭い潜戸を一ぱい開けて静かに、忍ぶように物音をぬすんで、旅仕度をした千耶子が、バスケットを提げて出て来た。彼女は外へ出ると小走りに街路を横切って五六丁筋向うの円タクの集合所へ馳け込んだ。

それから暫くの後、千耶子は神戸行急行車に揺られ乍ら、遠く離れゆく、住み慣れた都の灯の瞬きをありとあらゆる、執著と憎悪と呪咀と哀愁との入り乱れた感慨にあふれ出る涙の眼で、じっといつまでも見つめていた。やがて華やかな灯影が視野から消え去ると、未だ見ぬ異国の南京街の光景を涙の中に浮べて身ぶるいした。次の瞬間には、不幸な病気の兄の幻影を闇の中に描きつづけて身悶えた。

土曜日

麓　花　冷

　久しぶりに奥田がひょっこりやって来た時女医の渥美は十人余りの患者にレントゲンをかけてしまって、ほっとした気持でアンペアメーターの前に据えた椅子に腰を下ろしたまま、今日来た患者のカルテをもう一度ゆっくり見直したり、補足したりして居たところだったが、ものも云わずのっそり這入って来た奥田を一目見るなり、不吉な予感にはっとして眼を外らした。長い頭髪をぼさ〳〵と乱し、首をがっくり垂れて突っ立っている彼の様子を正視するに耐えなかったからである。そして渥美は、外らした眼をカルテの「既往症」の欄へ空しく据えながら、（これは何か余程重大なことが起ったのだな）と思った。沢山の患者の中にはつまらないことでこんな様子をして見せて、偶々職員の同情を買おうとする者がないでもない。けれども彼がそんな芝居を打つような人間でないことを渥美はよく知っていた。

　奥田隆吉といえばこの療養所内でも屈指の努力家で、所内の政治方面にも文学方面にも三十足らずの若さで、その強い意志と才能とは相当に信望されていた。そして——所詮総てのものの生命とは苦闘の連鎖である。人間は生命をかけて闘うところに真の歓喜を得るのだ。——というのが彼の持論であり、そしてまた——癩病になった悲運をいつまでも歎いているのは愚の骨頂だ。まして今尚自殺を考えて藻搔き続けるなどは一層愚劣の極みだ。癩者とは自殺失敗者の代名詞のようなものだ。誰だって既に幾度か自殺を決行したことであろう。しかも皆んな死ねずに今日まで生きてしまったではないか、この上尚も自殺を考えて苦悶することに何の意味があろう。癩者の生命は死に損ねた生命だ。いらぬ生命だ。もて余した生命には違いない。しかしだからといって、その生命を木の枝にぶら下げようとして今尚藻掻きつづけることは愚劣の極みではないか、もて余した生命なればこそ木の枝にぶら下げる代りに、何ものか真実なものへ向って投げ出してみたらいいではないか。――ともいう彼である。そして彼の生活は実際それ等の言葉そのままのような激烈な実行力で張り切っていた。それだけにこんな人間が一度絶望したら、それこそ自殺位苦もなくやってのけるのではないか。と渥美は常に彼のその激烈な性格に恐怖を感じない訳にはゆかなかったのである。

「どうしたの?……」

しばらくの間あれやこれやと思い巡らせた末、渥美はカルテから眼をはなして結局そう云ってみるより外なくそう云ったが奥田は依然がっくりと頷垂れたまま何んとも答えなかった。

「ええ?……どうしたの?……そんなにふさぎ込んでさ。」

今度はつとめて自分の感情を圧し殺してなるべく気軽な調子でそう云って、腰掛けたままの低い位置から思い切って奥田の顔を正視した。すると奥田はがっくり垂れていた頭を激しく振り上げ、長い髪の毛を振り乱して二三度首を横に振ってから、左手を上げて支えるように額を抑えた。その瞬間奥田の左眼の充血を認めた渥美はあまりの驚きに危うく声を立てようとしたのをようやくのことで圧し殺した。それは激しい充血だった。血をふき出しているかと思われる程の赤さだった。そしてそれが右の血の通っていない義眼と対照するので一層鮮明に、不気味な刺激を与えた。この猛烈な眼疾は癩特有の神経痛から来るもので、こればかりは今日の癩医学の中でも難疾中の難疾とされているもので、現に数年前奥田の右眼は二ケ月ばかり患んで失明したのだが、しかも失明したその眼に尚激痛が止まず、その激痛が残された左眼をも侵害させる兆候が見えたので眼球を抜き取って、その時から彼の右眼には冷たく澄んだ瀬戸物製の義眼が、いつも決った一点に眸を据えているようになったのである。それ等の総てを知っている渥美としては、この場合医学的良心と奥田への同情とに心を駆り立てられながらも、何んといって彼を慰めたらいいのかに苦しむばかりだった。

「眼が悪くなったね。」

と渥美は仕様事なしにそう云うよりなかった。奥田は一度上げた頭をがっくり垂れて頷いたが、その眼から涙がポタ〳〵とアスファルトの床へ落ちて砕けた。そして彼はがっくりと首を曲げたまま再び上げようとはしなかった。奥田の身にとって渥美がもっとも恐れていたのはこれだった。五体へじり〳〵と癩が浸潤していって、だん〳〵病気が重って少しずつ不自由になってゆく。それは癩の二期を過ぎた奥田の病齢としては仕方のないことであり、それに対しては彼も充分覚悟していてじたばた藻掻くようなこともあるまいし、彼の強い意志力はその苦悩を征服して立派に本分を全うし自己を活かしてゆくであろうが、五体に充分働らく力をもっているのに残された唯一つの眼を奪われねばならぬ時があるとしたら、その時こそこんな性格をもつ彼の身の上にとって最も恐るべき危機なのではあるまいか、と渥美は彼が右眼を失った時から幾度考えたか知れない。そしてそれについて、それとなく彼の心を打診してみたことがあった。その時彼は――しまいには盲になるかも知れないと思っている。けれ共盲になったらどうするかと云うことは健康者が自分が若し癩病になったら生きてはいられない。必ず自殺する。というのと同じような意味だからあまり深く考えないことにしている。それはなってみなければわからないことだから……だがほんとうに不自由になって何も出来ず身体中から膿血が流れるように惨めになって、何もかも他人の世話になって生きなければならないようになったら、その時はその惨めさに心を痛めて同情して呉れるような人の居ないところへ行って、誰もが路傍の人としてなまなかの感情を動かさずに扱って呉れるところで、その惨めさを静かにひとりで嚙みしめて死んでゆくのが一番いいような気がする。――と考え〳〵答えた。そうだろう。こんな男は最後の最後まで働けるだけ働き続けているだけに、いよ〳〵働けなくなった惨めさは自分自身でさえ見るに忍びないことであろう。まして知っている人があって、傍から同情の言葉などかけて呉れたらそれこそ自分の惨めさを痛感して一層いたたまらないに違いない。と思うと渥美としては今の奥田には彼のあの時の言葉通りに、彼を知ったものの居ない何処か私立の癩院にでもゆかせてやるのが一番いいのではないかと思われた。

「ねえ奥田さん泣いたりなんかして駄目じゃないの、貴男らしくもない……でもこんなに云ったからって、私が冷酷な偽善者だなんて思わないで下さい。わかりますよ、貴男の苦しみは痛いほどよくわかります。そして医者でありながらその眼をどうしてやることも出来ないという自責をも十分感じているのです。でもね、それは私の無力ばかりではなく、いまのところ癩医としてはそれ〴〵に相当に研究しているのですが、まだ科学の力が及ばないのです。患者さん達のためにも、国家のためにももっと〳〵癩医学の研究が進められるような時間と設備とが癩医学者の上に与えられていたらと痛感しているのです。療養所の設備は大変よくなったが、その方面はまだ〳〵ですからね。研究さえ進んだら盲になる人など今の半分もなくなると思うんですがね。いまのところでは私達医者として患者さんたちには済まないのですが、この療養所でやっている治療は技術的にも学理的にもぎり〳〵一杯なのですからね。私としてはこれ以上は医者の方面以外のどんなことでも貴男方の役に立つことが出来たら自分に出来るだけのことはして上げたいと思っているのです。貴男いつか弱くなって何も出来ないようになったら、誰も知った人のいないところへ行って静かに死んでゆきたいと云いましたね。いまその時が来たのじゃないかしら、遠慮しないで下さい。そういう気持だったら私はあの話を聞いた時から、若しそういう時になったらと思って少しばかりの用意もあるのですから……ねえ、その方がいいと思ったらそうしてみない?……」

そう云って尚渥美は返事を促したが奥田は何とも答えず、彼女の傍を離れて一足窓に近づくと、レントゲン室の細長い窓へ顔を向けてしまった。自負の強いこの男は、いまの言葉をぶしつけだと腹を立てたのであろうか。と思いながら渥美もまたしようことなしに窓の外へ眼を移した。窓の向うは各療舎と医局とを結ぶ花崗岩の舗道になっていて、皇太后陛下から下賜された楓の街路樹は既に秋の色を漂わせはじめている。その下をいま一人の松葉杖の男に蹤いて中でも感のよい盲人が杖を使いながらもう二人の盲人を杖から杖へ珠数繋ぎにして、元気に声をかけ合いながら歩いていた。渥美はその三人の盲人の後へ杖の先を前の男に曳かれながら蹤いてゆく奥田の姿を置いてみようとしたが、それはあまりにも惨め過ぎて考えてみるに忍びなかった。働けるだけ働き得る強さをもった彼は、働ける間に於ては全く癩の宿命をさえ乗越えた強さをもっていた。しかし、それだけに働けなくなった時の彼は、誰にも増して不幸になるのではあるまいか。と考えながら、舗道の四人の姿が窓枠の蔭へ隠れてしまうのを見送っていると、奥田の身の上がひどく思いやられて来て涙ぐましくなり、急に奥田の方へ眼を移した。奥田はいまの舗道の場景を見たものか、見なかったものか、高く澄み切った初秋の窓空を凝乎と仰いでいた。血をふきそうに充血したその左眼には何が映っているであろう。そして瀬戸物細工の義眼を嵌めたその右眼には何が映っているであろう。渥美の眼に見えたものは、彼の眼からする〳〵と頰を伝わって落ちる涙の線だった。

泣け〳〵泣けるだけ泣いて涙で洗われて清澄になった気持で、何でもいい、どんなことでも云ってみるがいい、たとえそれがどんなことであっても私はそれを聞き届けてやろう。

と胸のつまる思いで、そう心に決しながら渥美は眼を閉じた、静かに眼を閉じていると、彼女の脳裡を掠めて、数知れぬ人間の顔が次から次へと行列のように過ぎて行った。それは皆、彼女がここへ来て聴て十年にもなろうとする長い年月の間に、自分の受持病室で脈をとってやりながら死なしてしまった患者達の顔だった。そしてそれはどれもこれもむごたらしい惨めな相貌だった。だが不思議にもそれ等の中で一つも怨嗟や呪咀の声を発したものはなかった。どの顔も苦痛に凝乎と堪えている人間としての誇りを秘めていた。そして通り過ぎてゆくそれ等の顔の一つ一つを静かに見送っていると、いのちを預けて彼女を信頼しきっていて死んでいったそれ等の人々に対して渥美は自分の人間としての小ささと、医者としての無力さとにひし〳〵と自らが責められ、あの人達のためにもう少しどうにかしてやれなかったものだろうか。という悔恨の情に襲われるのだった。それから尚続いて来る行列の顔はまだ生きている重軽症とり〴〵の患者達の顔だった。それ等の顔もみんな小さな彼女の力に縋りつき、医者としての彼女の技術を信じ切っている顔だった。それ等の顔の中へ交って、行き惑ったように、既に死んだ人の数に入っている一つの顔がくっきりと近づいて来た。口だけを出して頭全体を繃帯でぐる〳〵巻にし、咽喉にはカニューレーを挿し込んでそこから呼吸をしている男の顔である。彼はカニューレーの口を繃帯の手で押えてヒーヒと凩のようにかすれた声でものを云うのである。

「隆吉は意地ばかり強くて気の弱い奴ですから、先生あれが弱くなったらどうかお願いします。」と彼は隆吉の兄の清太郎で死ぬまでそのことばかりを気にかけていて、渥美が行く度にそういっていたのだった。

奥田だけはどうにかしてやらなければ――と渥美は他の患者達に対して尽しきれなかったものを、せめて彼一人にでも傾け尽さなければ済まない気がして、そう思いながらもう一度清太郎の顔を見直すと、それは多過ぎる程濃い長髪をボサ〳〵させて病的に白い顔へ浅黒い結節の痕が残っていて、意慾的な目鼻立をした奥田の三四ケ月前までの元気な相貌に変っていた。その元気だった奥田がこの僅かの間に眼は兎のように赤く、顔は結節性紅斑で腫れ上がってしまったのだと思うと、渥美は、その元気だった時の奥田の顔はもう永久に見られなくなるのだと思い、瞼に浮んでいるその幻を凝乎と凝視めていると、こんどはその顔へ太く濃い眉毛が出来、髭が生え、長い睫毛の一本一本までもがくっきりと生えて突然その顔は表情豊かな健康者の顔に変った、と同時に渥美はこの十年間を自分の身うちのどこかに抑えに抑えられて欝屈していた血が俄然彼女の理念の殿堂を覆して奔騰し、全身を熱くするのを感じた。その顔は渥美が初恋の人の顔であり、彼女が愛児玲子を抱いて別居したままになってしまった生涯に唯一人夫と呼んだその人の顔だったのである。渥美は身ぬちを馳けめぐる血の奔流に押し流されようとする自己を溺れさすまいと藻掻きながらその幻を払い除けるために強く首を振った時、傍の奥田に声をかけられた。

「済みません。先生御心配をかけて済みません。」

と奥田は腰かけている渥美の前へ跼み込んで頭を下げた。その眼にはもう涙は乾いていた。渥美は全身を熱していた血が静かに引いてゆくのを感じ吻ッとして跼んだ奥田の肩に手をかけて、出来るだけ労わるように柔かい調子で云った。

「何さ、そんなに改まって礼なんか云ったりして…それで何処かへ行くんでしょう。いいですよ、変ったところへ行ったらきっと気持が落着きますよ、行きたいと思う所ありますか？」

と云って渥美は私立の癩院のあれやこれやを忙しく思い廻しながら、覗き込むようにして奥田の顔色を窺った。奥田は一寸の間下唇を嚙んで凝乎と眼をつむっていたが、肩に置かれた渥美の手からすり抜けるようにして立ち上ったかと思うと、彼女の頭の上から吐き出すように激しい調子で云った。

「違うんだ、そうじゃない、眼が悪くなるなんか半年も前から覚悟していたんだ、だからそれだけならこんなに女々しい狼狽てかたなんかしやしないんだ。この一つきりの眼が悪くなったら、その時こそ死ぬつもりだったんだ。けれども……」

とそこまで云いかけておいて彼はまたしてもつと窓の側へ行ったが、今度はそこにもいたたまらないという風に次の窓へ行き尚も壁伝いに部屋の中を二三度行ったり来たりしていたが漸く少し感情が静まったらしく、やや平静をとりもどした口調で後を続けた。

「悪因縁とでも云うか、宿命とでも云うか、兎に角、まったく予期しなかった問題が起って死ねなくなった、というよりも実は僕自身の中に死を恐れる心があって、その心がこうなることを悪いと知りつつ、求めていたのかも知れないんだが……」

と云って尚も彼の語り続けるところに依ると、彼がこの眼疾に罹る兆候を最初に意識したのはこの春も始めの頃のことで、その時彼は、軈て猛烈な充血がやって来るに違いない。その時こそ、どんなことをしてでもやってしまわなければ、と強く自殺の決意をしたのである。彼も例に洩れず自殺失敗者の一人であり、発病当時はそのためにどんなに苦悶したか知れない。けれ共、失明に迫られた時こそやれる、と彼は信じていた。そして遺書を書き、秘かに身の廻りを整理して、自ら運命を決するその時へ備えたのである。そして、炎暑が漸く衰えを見せた八月の末になって神経痛を伴ってその烈しい充血がやって来たのであるが、それと殆ど同時に、全然予期しなかったもう一つの運命が彼を訪れた。それは以前から音楽の同好で知り合っていた小田桐信子が突然求婚して来たのだというのである。

「意志が強かったらそんなことなんか問題にしないでやってのけられるんだろうが……」

と云って彼は唇を噛んだ。

「求婚された？……」

と渥美は、こんなに重症になり、失明しかけている奥田に対して、あまりにも突飛なその問題に驚かされて思わずそう云った。

「そうです、驚いたでしょう。癩者同志が結婚すると云っただけでも健康社会の人々は喫驚するでしょう。ましてこんなに重症になった僕が求婚されたなんて云ったら、誰だって驚くどころか莫迦〳〵しいと言って信じないでしょう。全く莫迦〳〵しいくらいのものです。けれ共僕は死を恐れてその莫迦〳〵しさの中へ逃げ込もうとしているのです。」

と奥田はたたみかけるように云った。渥美は確かに驚いた。もっとも一時奥田と信子との関係が何か事ありげに噂されたのは去年のことで、渥美もその噂は耳にしていた。けれ共奥田は兎に角としても、信子は最軽症者で退院候補に挙げられて居り、自分でも健康証明の下される日を総ての希望として熱心に治療していることを知っていた渥美は、そんな噂は狭い天地に限られた生活をしているために取り立てて話すような話題も乏しいこの生活では善悪ない連中によって往々虚構された噂が真実らしく伝えられるので、この場合もそれに類するものとして一笑に附しておいたのだった。しかるにそんな状態にあった信子がどうして突然求婚などする気になったのかといえば、実はつい最近まで彼女は矢張り退院することを唯一の希みとして一心に治療していたのだったが、親しい友人の奥田が此の頃になって急に病状が進み、その上眼も悪くなったという事実を知ってそれで急に心が変り、退院の希望を捨てたのだ。

「だからこれは女の気の弱さから、ここで退院したら口の悪い連中に、病気が重り盲目になりかけた男を捨てて退院したと云われるので、それを恐れてのことであって、純粋なものではないのです。」

と奥田は云うのである。しかし渥美はそんな理屈はどうでも、それによって奥田が死の誘惑から後退りしているのが感じられて重荷を下ろした気持だった。実際彼の死に対する未練がましい泪も言葉もいまはもう死の誘惑に対する哀別の泪と挽歌とに変っているのだ。渥美は彼のためには、その挽歌を聞きながら静かに伴奏してやればよいのだった。

「そんな考え方は卑屈ですよ、勝手な曲った見方ですよ、もっと真面目に相手の気持を考えて御覧なさい。」

渥美は自分の力ではどうにもなるまいと思われるような危機に立った彼を、身を捨てて救って呉れた信子に感謝する気持でそう云った。そして一人の友人を死への誘惑から救うために、自己の希望を捨て一身を投げ出している信子の純情に対して、渥美は世に捨てられた不幸な癩者のために、という甘い感情に胸をふくらませていい気になっていた自分の観念の戯画ともいうべき態度が顔の赤くなる思いで反省されてくるのだった。彼女は確かに医者として、人間として相当に犠牲を払って今の仕事に出来るだけの努力を尽して来たことは事実だった。けれ共その努力も実は彼女が夫に裏切られた人生の空虚さを埋めようとする利己的な努力ではなかったといえるであろうか、患者に近づこう、そして彼等を心から慰めよう、と彼女は絶えず努力していたには違いなかった。けれ共それも健康者という安全な岸に立って彼等に手をさし伸べていたに過ぎぬのではなかったか、兎に角信子の態度に対してみるとき、渥美は跳び越えたつもりでいた健康者と患者という深い溝を隔てて彼等と相対していた自分を明瞭り感じないではいられなかった。そして患者と衣食住を共にしながら彼等に治療を施していて、遂に癩に感染して尚悔なかったという、モロカイの聖者ダミエンの生涯の話を他事ごとではなく実際問題として考え、自分を捨てなければ真実のことは出来ないのだと思い、どんな場合にも自己を捨てきることの出来ない自分自身の性格が悲しく反省されるのだった。

「卑屈⁉」

と奥田は、渥美の言葉にはじかれたように顔を上げたが、すぐまたがっくりと頷垂れてつぶやくように云った。

「そうだ。あの人もそう云いました。そして『私はその卑屈さを憎む、けれ共その卑屈さが憎ければ憎いだけに、一層このまま退院してしまう気にはなれない。』ってそれは……」

「そうです！」

と渥美はそこまで聞くと、信子の全貌が心にぴったり来たので、そう云って奥田の言葉を遮った。信子は外科看護婦の助手をしていて看護帽にエプロン姿で治療日毎に病室の出張外科に廻っていた。手先の器用さはないが、身体中に柘榴のような傷をもった重症者に対しても割合に軽症なものに対しても、無神経かと思うほど変らぬ態度で彼女はたんねんに治療の手を動かしていた。それから人に逢えば遠くからでも几帳面に挨拶し、話をする時には女にありがちなはにかみやへつらいが少しもなく、相手の顔からどんなかすかな表情でも見逃すまいとするような態度でものを云うのだった。

それらの一つ一つと奥田の云った言葉とを綜合して、この人は自己を捨てられる人だ、そして信念を貫く人だ。と思い渥美は彼女を代弁する気持で続けて云った。

「そうです。それが人情の美くしさです。親不幸の子ほど親は可愛いと云うでしょう。卑屈であればあるだけ愛さずにいられないというのはその気持です。卑屈になるというのは弱いからです。弱い者には愛だけが必要なのです。だから小田桐さんはこのまま退院してしまうことは出来ないと云うのです。その真ごころに対して貴男は素直でなければいけません。その純情をひがみや虚勢で踏み躙ったり、侮辱したりしてはいけません。か弱い女にも母としての強さがあるのですから、あなどる前に頼るべきです。」

「しかしその愛情に縋るのは悪くはないかも知れないが、僕は甘えてしまってその愛情の美くしさを汚しそうなのでそれが怖いのです。そうなったら済まないことですからね。」

「済まない!?」

と渥美は、鸚鵡返しに云って、夫と別れることになった時の場景を、それ以来はじめてはっきりと思い出した。渥美は恋愛をそのまま結婚に押し進めて順調な人生のスタートを切ったのだったが、その幸福な結婚生活は僅か二年足らずで破れ、夫は思想犯として捕えられたのだった。彼女は、大学の研究室に没入しているとばかり信じていた夫がそんな運動に入っていようとは寝耳に水だった。そうして尚夫は同志の女の家で寝込みを挙げられたのだと知った時には全く裏切れた憤怒に身を焼く思いで、すぐにも別れてしまおうと決心したのだが、夫が刑期を終えて出獄して来るのを待ってそのやつれた夫に対して猶予せず彼女は離婚を提議したのだ。その時、夫は三つになったばかりの玲子に目を注ぎながら「お前達にすまん」と唯それだけ云ったのだった。渥美はもっとなんとか云ってもらいたかった。少しは嘘があってもいい、彼の自己弁護を心で要求していたのだった。彼女は口では強く云っても実は幼い玲子のためにも別れたくなかったし、たとえ思想犯という前科をもったにしろ夫に対する愛情は少しも薄らいでいる訳ではなかったのだ。けれ共夫がそんな態度では彼女は全く手も足も出せない形で、結局夫が「そう一概に云わんでも」というのででは兎に角別居していて、ということになり、そのままもう十年にもなろうとしているのである。あの時夫が我を折っても少し近づいて呉れたら、と渥美は思うのである。

「すまないなんて云うのはへり下った様でいて、実はそれこそ男の女に対する虚勢です。女の愛情を恥かしめる態度です。そのために家庭が破壊され、相互の不幸を招いた例は世の中には少なくありません。現に私の家庭なども……」

と云いかけて渥美は「嘘をつけ!!」という心の叫びをきいた。そして「この長い間虚勢を張り通していたのは夫よりもお前の方ではないか」とその声は尚もそう云った。そうだしりぞけた夫を心の底から愛していながらその愛情をひた押に押しつけて自分を偽る手段としてこんな仕事に身を寄せている自分の態度が虚勢でなくてなんであろう。しかもそれ等の総ては夫の卑屈さによって起されたのだと思おうとする自分こそ一層卑屈ではないか、婿取りだという我儘と自活出来るという己惚れ根性こそ、こうした事態を招く原因となったのではなかったか、と自省しそれでもよくこの長い間を別居したままで互いに再縁もせずに頑張り通したものだ、と思うと渥美は、自分ばかりではなく、夫の愛情も今更のように泌々と身に泌みて深いものに思われて来、夫は今どうしているであろうとその身の上が思い遣られるのだった。そして日支事変は遂に長期戦になり、政府は総ゆる機能を動員して国民精神の強調に努め、都会にも田舎にも軍国色が溢れており、曾ては華やかに時代を彩った思想運動は国民精神の敵として徹底的に弾圧されているきょうこの頃、何処かの隅っこで息を殺しているであろう、夫が想像されて来ると今迎え入れてやったら、夫もきっと転向して家庭の人として甦生してくれることだろうと思われ、玲子のためにも探し出してやらなければならない気がして来るのだった。

医局はもうどの科もすっかり片付いたらしく、隣室では先刻まで看護婦が器具に油雑布をかけていたらしい金属の触れ合う音が聞えていたがそれも止み、窓下の舗道には人通りが絶え、秋の陽光を一杯にうけて動くもののない窓の風景は明るく絵のように静まりかえっていた。その静けさを破って突然、真近い機関場から正午の気笛が鳴り響いて来た。「理屈は言葉の遊戯ですからやめましょう。私達は互いに魂と魂との声に対して耳を澄ませばいいのです。わかりますか?……それで、職員の私が勧めるのは変ですが、御両親に相談して早く結婚して心を落着けなさい。盲目になっても代筆してもらえば文学はやれますよ、もてあました生命をこんどはその方面へ投げ出してみたらいいでしょう。」

奥田はそう云う渥美へ微笑で答えようとしたらしく唇を動かした、が白い歯は出なかった。渥美は浮腫のために鈍重な感じのする顔をこわばらせていた奥田の表情が柔らいだのを見ながら、彼等の結婚生活を想像し、貧弱な小机を中にして向き合った奥田の云うことをそのまま一句一句、信子が原稿紙へ書きつけてゆく場景を心に描き、それでもこの二人が、また時としては喧嘩をすることもあるだろう。と、そんなことまで微笑ましい気持で考えた。

霜の花

――精神病棟日誌

東條耿一

士官候補生

精神病棟の裏は一面の竹林になっている。日暮にはこの竹林に何百羽という雀が群がり集うて、さながら一揆でも始めたような騒ぎ様を呈す。

士官候補生殿はこの光景を眺めるのが何より好きであった。日暮れにはきまって松葉杖を突き、非常口の扉に凭れるようにして佇んでいられる。片足を痛めているので、その足は折畳式のように屈めて片方の大腿部に吸い付け、上半身を稍乗出すように、首をさしのべて佇っている姿は、まるで汀に佇む鶴のようである。しかし、それにしては何と顔色の悪い、尾羽打ち枯らした鶴であろう。頭には殆ど一本の毛髪も見られず、潰瘍しきった顔の皮膚はところどころ糸で結んだように引ッ攣れている。そのうえ恐しく白いのである。その白さも只の白さではなく、何となく不気味な、蒼白を超えた一種異様な白さなのである。その白色の中に、陥落した鼻孔と、たるんだ唇、大きなどんよりとした二つの眼がそれぞれの位置を占めている。手足が不自由なので動作もひどく鈍い。たいてい特別室に閉じ籠ったきりで明り窓から凝っと空を見ている。明り窓からは竹の葉のそよぐ様や、移り行く雲の片影ぐらいしか見えないのだが、候補生殿は殆ど身動きもせず、それらの小部分の光景に見惚れておられる。彼が特別室の外へ出るのは、日暮れになって雀の立騒ぐ様を眺める時だけで、その時はコトンコトンと松葉杖の音をさせながら、幽霊のような姿を非常口へ運んで行く。幽霊のようなと私は云ったが、まったく候補生殿の姿は輪廓がおぼろげで、特別室の入口に、それも真夜中に、しょんぼり佇んでいる彼の姿を、厠へ立ちながら何気なく眼にした時など、真実亡霊のように思われてぞーんと寒気立つことがある。

候補生殿は殆ど口をきくこともなく、終日、むっつりと押し黙っていられるが、時にどうかすると、気を付けぇーという凄じい号令が特別室の中から聞えて来ることがある。続いて、

長上ノ命令ハ其事ノ如何ヲ問ハズ直チニコレニ服従シ抗抵干犯ノ所為アルベカラザル事。

と、軍人読法を一ケ条ずつはきはきした口調で読み上げる。それが済むと、何かぼそぼそと相手の者に説明しているような声が聞えて来る。私も最初のうちは候補生殿の室に誰か他室の者でも来ているのだろうかと思って覗きに行ったが、彼の他には誰も居ないのだ。候補生殿只一人、便所の入口に不動の姿勢を取り、あれこれと説諭し、命令していられるのである。松葉杖を放り出し、足の悪い彼がおごそかに佇ちつくしている姿は、滑稽というよりもむしろ憐れである。

私はある時こんな場面を見た。それは私が附添夫になってまだ間もない頃の事で、その日は特にぎらぎらと眩らむほどの暑い日であった。ふと、昼寝から醒めてみると、というより本当は醒まされたのであるが、どっし、どっし、どっしと歩調を整えた足音が長い廊下を行ったり来たりしている。その足音は隣室の前から非常口の方に遠のき、再び響きを立ててこちらに帰って来るのだ。誰もがぐんなりと疲れて声も立て得ないこの日中に、一体何であろうと思って、私はそっと立って行って廊下を覗いて見た。そして、瞬間、云い様もない

佗しい気持にさせられた。それは蔵さんという白痴の小男が、汗をだらだら流しながら、箒を銃替りに担い軍靴ならぬ厚ぼったい繃帯の足をどしん〳〵と板の間へぶちつける様にして歩いているのだ。しかも繃帯には血が滲んで、それが一足毎に赤黒い汚点を廊下へ印して行くのだ。それだけならまだしも、非常口の所には肌ぬぎになった候補生殿が、いかめしく直立して監視していられる。それも松葉杖を指揮刀がわりに構えて、今や調練のさ中といった恰好なのである。私が呆気に取られて見ていると、やがてのことに、候補生殿は、全隊止まれぇー、と大喝して持っていた松葉杖を振った。とたんにこちらに向って進軍して来た蔵さんは、候補生殿の前にピッタリ止まって挙手の礼をした。候補生殿はおもむろに礼を返して、而して真面目な面持で、御苦労であったと声を落して云った。

私は彼が死ぬまで、彼が本当に士官候補生なのかどうかはもちろん知る由もなかったが、同僚の話では、軍隊から直接この病院に送られて来たのだという。癩院生活二十年というから、現在の彼の病状から見ると、病勢の進行はまあ普通であったと云えよう。入院して二年目あたりから幾分精神に異状を来し始めたらしいという。その頃の事情は審らかではないが、一時は相当錯乱の程度も激しかったようで、特別室に放り込まれると、その夜、いきなり、電球に飛付いて笠を叩き割り、その破片で左腕の動脈を切断してしまったという。手当の早かったのと治療の宜しきを得て、どうやら生命は取止めたが、爾来、体の調子がはかばかしくなく、あまつさえ病の方も癒えぬままに、精神病棟の候補生殿で暮して来たのであるという。動脈をどうして切る気になったのか？と気の鎮まった時に医者が訊ねると、動脈を切れという上官の命令があったからだと彼は答えた。その時上官はお前の面前に居たのか？と重ねて訊ねると、いや無電が掛って来たのだと答えたそうである。彼の動脈切断後、特別室の電燈は高い天井板にじかに点されるようになった。

ある日。候補生殿の食事を運んで行くと、附添さん、と彼は哀れげな声で私を呼んだ。同僚の附添夫の一人が急性結節で急に寝込んだので、候補生殿の世話は臨時に私が受持っていた。彼の招くままに私は候補生殿の傍らに蹲んで何の用かと訊ねた。彼はひどく悲しげな面持で暫く私の顔を凝視めていたが、実は私は気狂いでも何でもないと言い出した。

「私は気なんぞ狂ってはいない。みんなが寄ってたかって私を気狂い扱いにして、こんな所へ放り込んでしまったのだ。それを思うと私は腹が立ってならぬ。私は立派な帝国の軍人なのだ。歩兵士官なのだ。だのに先生（医者）始め患者めまで、立派な軍人に対して侮辱を与えるのだ。私はもうこんなところにはいられない。郷里へ帰るのだ。郷里には母が居る。私が帰れば母は喜んで私の世話をしてくれる。――あれが私の母です。そしてこちらが私の若い頃のものです。どちらも二十年前に撮ったものです……。」

そこで候補生殿は傍らの古びた蜜柑箱を伏せて台となし、その上に飾ってある二葉の写真を示した。それは何時も只一つの彼の荷物、古風な信玄袋と共に同じ場所に飾ってあるものであった。私は別に興味もおぼえなかったので、まだしみじみとその写真を見たことはなかった。母というのは五十近い上品な感じの婦人で、何かの鉢の木を傍らにして撮っている。それに隣り合って並んでいる一葉は、恐らく士官学校卒業の時、記念に撮ったものでもあろうか、候補生の軍服を着用し、軍刀を握っている姿はなかなか凛然としている。しかし、眉の濃い苦みばしった男振りは、今の彼の何処を探しても見当らない。私は癩者の変貌の激しさに愕ろくよりも、現在の彼と写真の主とが同一人であるとは何としても受取り得なかった。私はしみじみと候補生殿の姿を眺めていた。

そこで、実は、あなたにお願いがあるのです。と彼は相変らず悲しげな調子で私に云った。

「私は明日にも郷里へ帰ろうと思います。で、あなた私を連れて行って下さいませんか？　荷車とあなたを借り受ける交渉は私がします。あなたさえ承知してくれたら、只今から院長に直接会って掛合います。お願いです。廃兵の私を哀れと思ってどうぞ郷里へ送り届けて下さい。この通りお願いします……。」

彼は涙を流しながら、私の前に両手をつかえて頼むのである。その様子はまんざらの狂人とも思えぬほど、虔しく、物静かな態度である。私はどう答えてよいやら返答に困って、ただ凝っと聞いていた。私が黙っているので、彼は益々熱心に連れて行ってくれと云ってきかなかった。

「で、あなたの郷里というのは何処ですか。」

愈々返答に窮したので私は仕方なくそう訊ねてみた。すると、彼は急に瞳を輝かせて欣しそうに涙を拭きながら答えた。

「山梨です。」

「山梨？」と鸚鵡返しに云ったまま私は暫し啞然としていた。充分彼の心情は掬すべきであったけれど、山梨までこの男を荷車に乗せて曳いて行く。そう思っただけで私は何か慄ッと寒気立つのをおぼえ、とにかく私一人の考えでは答えられぬからと云って、尚おも取縋ってくる彼を払い除けるようにして、ひとまず候補生殿の室を引上げてきた。早速、同僚達を召集してこの話をすると、彼等はくす〳〵笑いながら、君はまだいい所があるよ、あれは奴のおはこなんだよ、と云って一笑に附してしまった。

私もそれで思わずほっとしたが、候補生殿の様子が余り真剣だったので、この儘素知らぬふりですごすのは何となく悪い様な気がした。恐らく彼は私にした様に涙を流しながらどの附添夫にも頼み込んだのであろう。そして誰からも相手にされなかったのであろう。偶々新米の私を見て、何度目からの熱誠溢れる郷里行の懇願を始めたのであったろう。そして私からも他の附添同様色よい返事を聞かれなかったわけなのだ。しかし、彼は新しい附添夫の来る毎に、切々たる荷車行の心情を変ることなく吐露するに違いない。何故なら、それは彼の最も哀れな病の一部であるから。

その後、候補生殿は二度と私に物を云わなかった。

その年の冬。ある寒気の厳しい真夜に、彼は特別室の畳に腹匍ったまま眠った様に死んでいた。彼の只一つの荷物、色褪せた信玄袋には汚れた繃帯が半ば腐りかけてぎっしり詰っていた。そして、それらの中にくるまって、彼の唯一の身許証明書、軍隊手帖がでてきた。それには「軍法第二十六條ニ依リ兵役免除云々」の文字があり、明らかに陸軍歩兵士官候補生と記されてあった。

因みに彼が特別室に入っていたのは、本人の意志に依るものであった。彼くらいの病状では、当病棟は普通静養室を用いている。

真理屋さん

真理屋さんはあるくれがた多勢の舎の者に送られて賑やかな精神病棟入りをした。私が彼を受持つことになっていたので、取敢えず玄関まで迎えに出た。そして、成程、これは真理屋に違いないと思わず微苦笑させられた。布団や荷物を抱えた舎の者の背後に、院支給の棒縞の単衣を着た背のひょろ長い男が、どす黒い手足を振りまわしてからから笑っている。しかも、その顔には、半紙大の厚紙一ぱいに墨痕も鮮やか「真理」と書きなぐった四角な面を附けているのだ。それには普通のお面のように目、鼻、口などがちゃんとくりぬいてある。御当人はその真理の面を越後獅子かなんぞのように面白お可笑く振っているのだ。彼は寝る間もそれを附けて離さないのだという。

「私の別荘はどちらですかねえ……」と彼はひどく間のびた調子で云いながら、長い廊下をひょこ〳〵と私の背ろに従いて来る。

「君の別荘はそら此処だよ。」

と私がろ号特別室の扉を開いて招じ入れると、彼は如何にも嬉しそうにぴょこんと一つ私に頭を下げてから室内に飛込み、そうしてきょろきょろと四辺を眺めまわしている。

「いやあ、これはいい別荘だ。豊臣秀吉だってこんないい別荘には住んでいなかった。いやあ、これは素晴しい。附添さん、どうも有難うございます。有難うございます。」

さも嬉しそうに小躍りして手を打ち叩き、けらけらと笑いやまない。「真理」の面を附けているので、彼がどんな容貌の男なのか判らない。

同室者の話では、発狂前は非常におとなしい内気な男で、作業は構内清掃に従事していた。体も小まめによく動き、部屋の雑事、拭き掃除から食器磨きに至るまで殆ど一人で担当していた。それに親切で病人の面倒もよかったので、舎中の者から尊敬されていたという。読書が好きで、仕事の傍ら寸暇も惜しむようにして勉強していた。殊に哲学書を耽読し、発狂前の二三ケ月は文字通り寝食を忘れて勉学瞑想した。ために一時は健康を害ねたほどであった。同室者達が見かねて、そんなに夢中になって勉強しては体に障るからと注意したが、癩者の生命は短かい。その短かい間に永遠の真理を発見せねばならんので、私はとても無理せずにはいられない、と答えて相変らず哲学書に耽溺していた。すると、ある夜のこと、ああ真理は去った……といとも悲しげに呟きながら、ふらふらと戸外へ出て行くので、何か間違いがあってはと部屋のものが案じてそっと後を尾けて行った。彼は沈思黙考、躁踉として林の中を逍遙していたが、やがて帯を解いて首をくくろうとした。尾けて来た男は喫驚して押し留め、無理矢理彼を連れ帰ったので幸いその場は事無きを得た。しかし、それ以来彼の頭脳は変調を来し、真理真理と大声に喚き叫びながらけらけらと笑いこける。今まで戯談一つ云えなかったものが、油紙に火の付いたようべらべらと喋り立てる。飯を喰うにも真理と云い、虫一匹見ても真理だと叫んで喜ぶ。果ては厠の壁といわず、室の戸障子、または自分の持物から同室の者の衣類に至るまで真理、大真理と書きなぐるようになり、自分では胸と背に太文字で真理と大書した着物を着していた。そのうちに到頭真理の面までつくってしまった。真理の探求者は、斯くしてついに憐れな真理(心理)病患者になってしまったのである。彼を特別室に収容したのは静養室が満員のためであった。

翌朝、彼が当箱を借りに来たので、どうするのかと私は訊いてみた。当箱をどうするとは自分ながらお可笑な質問であるが、相手が相手だけにそう訊ねてみたのだ。すると、彼は面の中で笑いながら手紙を書くのですと答えた。

「手紙? 君、自分で書けるのか。」

「え、書けますよ。」

「何処へ出すのだ。郷里かい? 僕が書いてやろうか。」

「いいですよ、附添さんに書いて貰っては申訳がないです。それに親書ですからね。私、カントの所へ出すのです。」

「え? カント。」私は思わずびっくりして訊ね返した。

「いけませんかね。それともショウペンファエルにしましょうか……」

そう云って四角な面を私に真面に向けて例のけらけら笑いをするのである。こいつ気の毒に大分よく狂っているなと私は少々憐れに思った。彼は昨日からずっと面を取らないのだ。同室者の言もあるので、私は昨夜試みに夜中に起きて、覗き窓からそっと彼の寝姿を覗いて見た。彼は室の中央に、荒木綿の布団を跳ねのけ、全身変色した不気味な体を投出すようにして睡ていたが、しかし、真理の面はしっかと顔に附けていた。その寝姿は何のことはない、首無しの変死人のような恰好に見えた。しかし、この面も、食事の時には取るのだろうと私は密かに思っていた。が、今朝になって、朝食中の彼を見たが、以前として彼の面には真理の文字が輝いているのだ。彼は面を附けたまま、くりぬいた口の中に食物を放り込んでいるのである。これには流石に私も呆れて、しばし唖然と見惚れていた。

暫くして、彼は封筒を貼るのだからと云って糊を貰いに来た。さてはカント宛の手紙が書上ったんだなと思い、二時間ほどしてから、私は彼の室に行ってみた。そして、扉を開くなり、私は思わず眼を瞠り、ほうと嘆声を洩らさずにはいられなかった。室内の羽目板一面に、それは恰も碁盤の目のように整然と「真理」の文字が貼られてあるのだ。それは塵紙にひとつひとつ丹念に書いたものである。御当人は室の真ん中に端坐してそれらの文字に眺め入っていたが、私を見ると、よく来てくれました、さあお這入り下さいと頻りに招じ入れるのである。

「カントへの手紙はどうしたね?」と訊ねると、

「ははは……手紙ですか。止めました。お手紙するより、直接、カントさんに会ってお話した方がいいようですよ。」

そう云って彼は嬉しそうに書き連ねた真理の文字に見入るのであった。

その日は午後から院長の廻診があった。彼の室には真理の文字が更に何十枚か殖えていた。支給された塵紙全部をそれに充ててしまったのである。院長が大勢の医者や看護婦を従えて来た時にも、彼は手足を墨で真黒に染めながら、頻りに真理の浄書に余念もなかった。

「M・K……どんな男だったかね。」

院長は彼の姿を見てから私に尋ねた。私はまだ顔を見ていない旨を答えた。どんな男なのか名前だけでは測りがたかった。それで愈々彼の真理の面を剝ぐことになった。が、いざ私が近づいて面に手を掛けようとすると、彼は急に獣のような奇声を上げ、怖しい力でそれを拒んだ。再度私が同じ行動を繰返すと、彼は片

隅に蹲ってきいきいと悲鳴を上げるのである。いい、いい、と云って院長は私を制し、

「どうだ、真理を発見したかな……。」

と彼の方へ明るく笑いかけた。すると、彼はくるりと向き直ってぺこんと頭を下げ、憑かれたように叫び出した。

「真理ですか。真理と云いますと……あっ、そうですか、真理、真理、いやあ、真理ほど良いものはありませんね。」

そうして昂然と胸を張り、面を揺すって何時までも笑うのであった。

あるくれがたのことである。

私は北側の非常口に腰を下ろして、夕食後の憩いを撮りながら出鱈目の歌など口吟んでいた。——この非常口は、士官候補生殿が生前よく竹藪の雀を眺めていたところである。今も雀達が潮騒のような羽音を撒いて藪一ぱいに群がっている。

私は暫らくいい気持で歌っていた。と、突然、ろ号特別室の扉がばたんと慌しく開いて、

「あッ、似ている、似ている、あの人だッ」

と頓狂な声が泳ぐようにこちらへ近づいて来た。まったく不意打ちだったので、私は思わずぎょっとして腰を浮かせた。

「あッ、あッ、似ている、似ている、やっぱりそうだ。……」

真理の面を不気味にぬっと突き出して、私の顔をしげしげと眺めるのである。

「何が似ているんだ。びっくりするじゃないか。」私は漸く落着を取戻して叱るように云った。

「似ているんですよ。あなたはベートヴェンに似ているんです。いや、ベートヴェンだ。ね、お願いです、お願いです、ベートヴェンになって下さい。ベートヴェンだとおっしゃって下さい……。」

彼は私のまえに跪ずき、両手を合せて、伏し拝む真似をする。私が黙っていると、彼はおろおろ声で頻りに嘆願するのである。

「じゃあ、私がベートヴェンになればいいのかい？」

私はついお可笑しくなって笑い出しながらそう訊いてみた。

「ええ、そうです、そうです。あなたはベートヴェンです。間違いなくそうなんです。それで、私が、ベートヴェンさんと呼びましたら、どうぞ『ハイ』と返事をして下さい。お願いします。どうぞこの願いを聞き届けて下さい。」

彼は熱心にそう云って頭をぺこぺこと下げるのである。そんな御用ならいと容易いことなので私は直ぐ承諾した。すると、彼は、あッあッと叫んで手を打ち、飛上って、恐ろしく喜ぶのである。

「有難い、有難い。ベートヴェンさんが私の願いを聞入れて下さった。ああ嬉しい……」

大仰な歓喜の身ぶりを示し、そうして、ベートヴェンさんと改めて私を呼んだ。私は到頭楽聖にされたのかと苦笑しながら、ハイと元気よく答えてやった。

「あッ、返事をしてくれましたね。ああ、こりゃ堪らん。ベートヴェンさんは返事をしてくれた……。」

彼は私の手を取らんばかりにして、再度私の顔をまじまじと凝視めるのである。軒看板のような目前の真理の面を眺めながら、私は、不図、寒々しいものを身内におぼえた。

不思議なことに、その翌日から、彼は真理の面を附けなかった。取去るのをあれほど嫌って、執拗に長い間掛け続けていた面を、どうして急に彼がかなぐりすてるようになったのか、私は理解に苦しんだ。彼の顔はその肉体と同様、潰瘍し切ったどす黒い色を呈していた。眉毛も頭髪も殆ど脱落していて、私の一向見知らぬ男であった。


これもある白昼の事件である。

その日は特に暑さがきびしかった。じっとしていてもだらだらと汗が流れやまない。

私は廊下に出て昼食の塩魚を焼いていた。焼きながら窓越しに裏庭の風景を慢然と眺めていた。ただささえ暑いところへ炭火の熱気に煽られて、胸といわず背中といわず汗が淋漓と小止みもなく流れた。と、その時、まったく不意に、背後から音もなく私に組付いて来た者がある。私はびっくりして思わずわッと叫びを上げ、不意を衝かれてたじたじと後ろに跟めいた。途端に、そのまま折重って堂と倒れた。そして、仰向けになった私の体の下で真理屋の彼がゲラゲラ笑っているのだ。私はカッと怒りが湧いた。

「バカッ、離せ、何をするんだ。」

しかし、彼は下敷になったまま両手を私の腹に廻し、しっかと抱き付いていて離さない。彼も裸なので、汗みどろの肌同志がぬらりぬらりと粘着して気分の悪いこと一通りではない。漸く彼の手足を振りほどいた時には、魚は真黒に焦げていた。

「バカッ君はどうしてこんな真似をするんだ。」

私は体の汗を拭いながら彼をきめつけた。すると、彼はにやにやしながら、私の前に葡萄色した頭を突き出した。

「ベートヴェンさん、さあ私を擲って下さい。蹴りつけて下さい。あなたにそうして戴けますと、私は本当に嬉しいのです。さあ思いきり擲って下さい。あなたは私の恋人です。私の大好きなベートヴェンさん……。」

私は苦々しく顔を顰めたまま黙って部屋へ這入ってしまった。この男ばかりはどうも本気になって怒れない。張合がないのである、私が擲るぞと睨みつけても、彼は笑いながら頭を突き出し、どうぞ存分に擲って下さいという。お前みたいな奴は監禁してしまって、一歩も外へ出さないぞと大きな鍵を出してじゃらじゃらさせて見せても、彼は頭をぺこぺこ下げながら光栄ですと答え、自分から特別室の扉を閉ざして音《ママ》なしく待っている仕末なのだ。ある時、本当に監禁してしまうと、彼は室内を小踊りして廻り、ベートヴェンさん、私の好きなベートヴェンさんと呼び立てていっそううるさい。

彼が私に対して、斯のような抱きつくていの素振りを示したのはこれが始めてではない。何かにつけてそれとなく私の体に触れてみたいらしいのである。始めのうちは私もそれに気付かなかったが、彼の不作法な、一種の変態性慾者的行為が度重なるにつれ、それは彼が故意にしているのであることを私は知った。一度こんな事があった。ある朝、私がまだよく睡っているうちに彼がこっそり入って来た。そして、いきなり、私の被っていた掛布団を足許からばっと取除けた。そうしてその布団をそのまま抱え込んで、寝巻一つで愕いて飛起た私の姿を見て絶間もなく笑いこけるのである。私も流石に腹を立てて、お前みたいな奴は水風呂へ叩き込んでやると怒鳴りつけて彼の手首を捉えた。勿論、脅しの積りだった。が彼は悄気返るどころか有難うございます有難うございますと礼を述べ、いそいそと自分から先に立って湯殿へ行くのである。これには私も呆れ果てて、腹を立てた自分がお可笑しくもあるやら面映ゆくもあった。その時、彼は同僚の附添夫の一人に私についてこんなことを云ったそうである。

「あの人は女じゃないですか。体のつくりや動作はどう見ても女ですよ。私はあの人がめっぽう好きなんです。あの人になら殺されても惜しくはありません。ああ、私のベートヴェンさん……。」

彼は私に対して次第に特別な科や性癖を示すようになった。彼は他の附添夫の云う事は一切聞き入れなかった。しかし、それがひとたび私の唇から出た言葉であると、彼は欣んでどのような事でも聞分けた。二ケ月もすると、彼は明けても暮れても最早や私なしではすごせないほどの、執拗な、奇好な愛情を現し始めた。私の側に附纏ったきり金輪際離れようとしないのである。配給所へ行くにも、売店へも、彼はまるで私の腰巾着のように尾いて来る。はては厠へ行くにも後を慕い、用が済むまで扉の外で待っている。

やがて、彼は保管金の通帖から在金全部を私の所に持って来た。どうぞお願いですから自由に使って下さいというのである。他の事とは違い、金の事であるから、そればかりはならぬと私は固く突っぱねた。すると、彼はそれでは棄てて了うと云ってきかない。押問答してみたが無駄である。私は困って同僚とも相談し、彼の金はひとまず主任のTさんに預って貰うことにして、この話は一段落ついた。が、この金の問題があってからは、彼はこん度は色々な品物を買込んで来て私の所に持って来る。菓子、果物、飲料水、タバコ等々である。私はこれらも同様きびしく叱って取上げなかった。すると彼は忽ち悲観してそれらの品を全部下水壕に棄ててしまった。ついには私の居ない隙を狙って、机の上とか戸棚の隅にこっそり置いて行く。それを彼は毎日のように繰返す。いくら叱ってみても効果がなかった。私は再度同僚と相談して、売店の店員に彼が来ても一切物を売らぬように頼み込んだ。斯うして彼のプレゼント癖は一時中止のやむなきに至った。

しかし、彼は三度、私へのプレゼントを考えついた。そして、直ちにそれを実行に移した。しかし、このプレゼントは些か時日を要し、私は彼から彼の誠心こめた？　プレゼントを手にするまで少しもそれに気付かなかった。売店で相手にされなくなってから、彼は編物を始めたのである。終日、特別室に閉じ籠ったきりで、彼は器用な手つきでせっせと編棒を動かしていた。編物は発狂前にもやっていたらしい。売店から客扱いにされない彼が、どうして夥しい毛糸類を持っているのか始め私は不審に思ったが、それは発狂前に買い込んで置いたのと、郷里から送って寄越した物とであることが判明した。

薄暗い室に黙念とあぐらを組み、明り窓から差し込んで来る光に真向って編物に余念もない彼の姿を、私は毎日のように眼にした。真理真理と叫ぶこともなくなった。真理の面を取除けて以来、彼は真理という語をついぞ口にしたことはなかった。口癖のような真理の二字は、ベートヴェンという私への愛称に替えられたのである。

やがて彼の編物は、見事なスエターとなって完成した。そして、彼は早速それを私に着てくれと懇願し始めた。私は始めて彼が何故編物に専念しだしたのか、その真意を納得することができた。私はとにかく預って置くと云ってスエターを受取った。しかし、彼の編物は更に続けられた。スエターは二枚となり三枚となった。その中の一枚には苦心してベートヴェンという文字まで編み込んだ。

彼はしだいに衰弱して来た。三度の食事も欠ける日が多くなった。それでも彼は編棒を離さなかった。私は彼に対して、云い様もない寂寥と憐憫、恐怖の情の募るのをおぼえた。何もかも私に責任があり、何もかも私の所為のように思われだした。しかし、幸いなことに毛糸が尽きた。編み果してしまったのである。私は思わずほっとしたが、彼はひどく弱り切って口をきくこともなくなった。特別室の羽目に凭れて、明り窓からぼんやりと空を眺めている日が多くなった。煙突事件が起きたのはそれから間もなくである。

窓にさしのぞく蜂屋柿が艶やかな色を見せている。百舌の声がきんきん泌みる。今朝もまた真白な霜であろうか。狂人を相手に他愛もなく暮している間に早やそのような季節になったのである。不図、時の素早い推移に愕ろきながら、起床前の数分をその日も私はうつらうつらしていた。起床時間は既に来ている。僅々数分にすぎない床の中のひと時は、しかし、附添夫に取ってはなかなか味わいの深いものである。

起きよう起きようと努力していた時である。慌しく走って来る下駄の音が直ぐ窓下に近づいて、突然、窓硝子を激しく叩き出した。

「おい、上野さん、大変だ、真理屋さんが……」

「え？　大変だ？　首でもくくったのかい。」

外の叫び声に私はひどく泡を喰って飛起ると窓を開いた。Nという収容病室の附添夫が慌しげに佇っている。

「どうしたんです？　大変だって。」

「真理屋さんが煙突のてっぺんに上っているんだ、あれ、あれ……」

そう云って彼は機関場の方を指さして見せるのである。建並んでいる病棟の彼方、濛々と黒煙を噴上げている三十米《メートル》の大煙突の頂上には、成程、人間らしい黒い影が枝上の猿のように留っている。真理屋め何時の間にあんな離れ業を始めたのか。それにしても人違いではあるまいか、そう思って私は一応彼の室を覗きに行った。寝床はそのままになっているが、彼の姿は見えない、直ちに附添全部を動員して棟内を探したが何処にも見当らない。何時出て行ったのか誰も知らぬという。恐らくまだ皆の寝静っている間に出て行ったものであろう。してみると煙突男はやはり彼に違いない。それッというので私は同僚と一緒に機関場に駈け付けた。

しかし、私達が行った時には早や煙突の周囲は真黒な人垣であった。院長も多勢の事務員を従えて出動していた。私ははげしい苛責をおぼえた。病人の逸走を知らぬというのは明らかに附添夫の越度である。ましてこのような騒ぎを引起すまで知らぬというのは職務怠慢も甚だしい。

煙突の真下には消防手に依って一面に救助網が張られていた。医者は聴診器を持って駈け付けるし、看護婦は応急手当用の諸材料を運んで来る。火事場のような物々しい騒ぎ様である。

「おーい、早く下りて来いようー。」

「やあーい、真理屋ァ　危いからトットと下りて来いようー。」

「院長殿が心配しておられるぞう。お前一人のためにこんなに騒いでいるのが判らないのかアー。」

「こらあッ、落ちたら死んじまうぞうー。」

大勢の者がかわるがわる煙突を仰いで叫んだ。しかし、彼はなかなか下りて来そうにもなかった。片手きりで梯子にぶら下がってみたり、今にも飛下りそうな恰好に手足をさっと離したりする。そして、何事か叫んではげらげらと笑っている。

「誰か早く下ろしてやって下さい。あれあれ、危い、早く、早く、早く下ろしてやって下さい……」

女医の一人が聴診器を振りまわしながらおろおろ声で叫んでいる。

その時、消防手の一人が猿のように素早く梯子に飛付いてするすると上り始めた。観衆は一斉に鳴をひそめてその男を眺めていた。煙突のてっぺんでも小手を翳して同じように上って来る男を眺めている風である。恰度、半ば頃まで上って行った時である。突然、頂上から真理屋さんの声が落ちて来た。

「やあーい、上って来ると、飛下りてしまうぞう――」

だが、消防手は構わずに上って行った。と、頂上の彼はいきなり煙突の内側へ飛込む身振りを示した。

「あつ！　危い。」

観衆は一斉に叫んだ。

「おーい、上っちゃ駄目だ、下りて来い、下りて来いよう。」

上ってゆく消防手を押し留める声が続いて起った。この騒ぎが始まってから機関場は運転を停止していたので、煙はピッタリ止んでいた。消防手はすご〳〵と下りて来た。煙突の上では、再度彼が危険な離れ業を演じてはげらげら笑っている。こん度は同僚のKと主任のTさんが上り出したが、前と同様、半ば頃に達すると、彼は忽ち口内めがけて飛下りる気勢を示すのである。院長が真下に佇った。そして、危いから下りて来いと叫んだが、それすら何の効果もなかった。彼は相も変らず人々の無能を嘲笑するかのように、朝日を浴びて笑っている。

ついに手の施しようがなくなった。といって、彼が自発的に下りて来るまで放任して置くことは危険であった。まして衰弱している体を持ちながら、何時までもあんな高層物の上に留っていられよう筈がない。ひと度梯子を握っている手が辷ったらその時はどうなるであろうか。尚おまた、彼自身何時どんな気になって口内に飛下りぬとも限らぬ。

その時、だしぬけに同僚のKが私を見て叫んだ。

「あっ、そうだそうだ。君がいい、君いい、君が行けば奴は間違いなく下りて来る。そうだった、忘れていた……」

彼はそう云って狂気のように人垣を分け、私を煙突の真下に引っ張って行って据えた。観衆はワアッとどよめいて一斉に私を見た。人がやって駄目なら、私がやったとて同じことにきまっている。そう思ったが、もともと私が彼の附添夫であってみればともかく一応はやってみる責務があった。

真下に佇って仰ぐ煙突は物凄く巨大に見える。その遙か彼方、青空を背に彼は真黒い塊りになって蠢めいている。上る前に私はまず彼に向って叫んでみた。

「おーい、お坊っちゃあーん。（私は何時も彼をそう呼んでいたのである）僕だようー、僕が判るかあ、べートヴェンだよう、どうしてお前は煙突へなんぞ上ったんだア、みんなが心配しているから早く下りて来いようー。」

そうして私は腰の手拭をはずして頻りに振った。煙突の上では私の様子をじっと凝視めているふうであった。が、暫くして意外にも嬉しそうな声が落ちて来た。

「あ、あ、ベートヴェンさんですかア、ベートヴェンさん、判りますよう。判りますよう。」

彼も私の手拭に答えて頻りに手を振っている。観衆はわあっと声援を送って寄越す。私は再度両手で輪をつくって口に当ててありたけの声を絞り出して叫んだ。

「お坊ちゃあーん、君が下りて来ないと、僕が困っちゃうんだ、頼むから下りてくれないかア、それとも迎えに行こうかあア……」

「いいえ、モッタイない、下りますよ。下りますよう。ベートヴェンさん、今直ぐ下りますよ。あなたに御心配かけては罰が当ります。危いから上って来ないで下さいよう……」

意想外に素直な調子でそう答えながら、早や彼は梯子を下り始めていた。観衆はわあッわあッと喜びの声を放った。消防手達は万一の場合に備えて網を強く張り直して待構えた。上って来れば飛下りると云って示威運動をしていた彼が、私のたった一言にあんなにも素直に下りて来るのだ。彼の姿を眺めながら、私は無性に涙が湧いた。彼に対する強い愛情の涙なのだ、私は幾度か視野を煙らせながらしっかと彼の姿を追っていた。

彼は梯子をつたって徐々に下りて来る。そして半ば頃まで下りて来た時である。あッという叫びが観衆の間に起った。瞬間、彼の体は一包みの風呂敷のように落ちて来た。長い間、煙突の頂上に寒気に晒されていた彼の肉体は、硬直して痙攣を起したのであったろう。彼の体は網の上に拾われて幸い事なきを得た。

日陰る

於泉信夫

「キタハラキトクスグ　コイ。」の電報を受け取ったのは、明け方の六時だった。信作は朝食も摂らず、倉皇と家をたったが、のろくさい郊外電車に一時間半も揺られて、やっと病院についた時には、既に北原の遺骸は安置室に運ばれてあり、信作はそこで北原の死顔に接した。

癩とはいえ、まだ軽症な北原の面貌は蠟細工のように冷たく透きとおり、やや開いている唇のあたりには、生前よく見馴れた皮肉な微笑が泛んでいるようで、長くは凝視出来なかった。

掌を合わせ、瞑目したが、なんの祈りも湧かなかった。死とはこんなにも率爾たるものなのだろうか。信作は何か期待外れのした、軽蔑したいような腹立たしさを覚え、妙な感情の纏絡に苦しんだ。

手拭をもとのように顔に懸け、一揖して安置室を出ると、信作は、屋根を覆うて亭々と立ち並ぶ松の梢を仰ぎ、いろいろの形に区切られた深い空に、暫らくの間、纏まらぬ感情を放散させていたが、やがて表に廻った。

表は葬儀執行場になっていた。葬儀のすんだがらんとした部屋に四五人の友が、彼を待っていた。信作はそれらの人々の挨拶にいちいち叮嚀に応え、一緒になって歩き出した。信作はあまり口がききたくなかった。

がそれでも、なにかにと話しかけるのには、努めて受け応えを怠らなかった。

北原のいた舎に上り、小一時間程茶を啜りながら雑談しているうちに、同じ電報で服部が上気した円い顔を現わした。服部は部屋に上りこむなり、上衣を脱ぎすて、手巾を出して顔中を拭きまわしながら信作に話しかけた。

「鳴海《なるみ》、早かったな。」

「うん。だけど間に合わなかった。駅を降りると、馳足でやってきたんだが、あの坂の所で看護婦の飯沼さんに遭い、北原の死んだことをきき、がっかりしちゃったよ。それからゆっくり歩いて来た。急ぐだけ損だと思ってね。」

信作は軽く笑った。服部は掌をうって笑った。一座は暫らくざわめいた。

「而し、こんなに早く死ぬとは思わなかったよ。この前来た時には、まだまだ一日や二日で死ぬとは思えぬ元気だったたからなァ。」

「いや、どうせ死ぬなら、早い方がいいよ。苦しみが少いだけでもいいからな――。北原のやつ、今頃何処をうろついているかな。天国では入れまいし、地獄でも一寸手に負えんからなァ。やはり懐手をしたまま、ふらふらしているんだろう。ははは……。」

服部の冗談から座は弾み、北原が「癒ったら退室祝いに食うんだ。」と蔵っておいた見舞品の缶詰なども開けられ、二人は夕頃まで過し、晩飯の馳走になって病院を辞する頃は、もうすっかり黄昏れて、療舎には電燈の灯る刻限になっていた。

夕靄の立ち罩めた雑木林を縫うて、細く続く白い径を、信作は、乾いた寂寥に黙々と歩いた。

閑散な郊外電車に乗ってからも、信作は堅いクッションに凭れたまま、黙然と考え込んでいた。

「前科者同志の道行だね。」

小声で囁く服部の諧謔にも、ただ歪んだ微笑を見せるだけだった――。

信作は、服部や北原と同じ療舎に三年の病院生活を送った。口数の少い、どちらかと言えば内省的な、北国人特有の一徹な性格をもった信作には、北原に代るべき友は一人もいなかった。服部の明るい屈託なさを二人は愛し、三人は部屋の者とは違った空気を持っていた。服部は信作より半年程早く退院していった。それからは二人してその空気を戍り通した。

信作は社会での生活に自信を持つことが出来なかった。ましてその寂寞とした不安にはとても耐えられぬと思った。が、幹子ができてから、二人での生活を社会の中に移し植えることにある希望がかけられ、それに病院での夫婦生活の不自由さも手伝い、二人は相前後して軽快退院したのである。間もなく東京の場末に二人は同棲するようになり、信作は服部の斡旋で或る器械製作場に勤めることが出来た。

信作は一月か二月には必ず一度北原を尋ねた。千人以上も収容している病院の中に、一人の友もなく、只文学に専念している北原が真実気の毒であった。北原と語ることに由って信作の心も慰められた。幹子もそれを喜び、その都度、信作に手土産を持たせることを忘れなかった。その上幹子の友人に対しても一人一人言告けを頼み、それらの人々との交遊をいろいろと計った。幹子も屢々文通し、又彼女自身年に一度か二度出向いていったりした。時折一時帰省を得て出京する北原やその他の友人に対しても、幹子はあらゆる款待を惜しまなかった。

「私達も結局は、あの療養所に帰ってゆくんでしょう。左うすれば又あの人達にもお世話にならなければならないし、今のうちに出来るだけのことをしてあげるのが…………。」

幹子の気持は信作にも痛い程分っていた。そして今迄信作は努めてその幹子の心に沿うて生活をたててきたのである。

不自由を忍んでの二階借りから今の借家住いに移り、家具や調度品も大分整備し、時々出て来る病友にも羞しくないもてなしができ、病院訪問の外にも、二人で一寸した散策に出られるという余裕もあった。それら生活の外延的方面に就いての計画は一切幹子が樹て、著々実行してゆく手腕には、信作も秘かに感心していた。

家人に虚言を吐き、信作を追って退院した幹子は全く文字通り彼一人が頼りだった。信作はそういう幹子の心根が可憐でもあり、又彼女の暖かい性格に惹かされて、比較的平穏に暮すことが出来た。

二坪か三坪に足らぬ狭い庭に池を造り、金魚や目高を放ち、花卉をあしらいなどして、夕餐の後、幹子と、縁に団扇に涼をとりながら、漫然と語り合う時など、信作は泌々とこれでいいのだと思うことが出来た。幹子の懐で眼を瞑ってさえ居れば、二人は幸福になれるのだ。そう思い幹子を愛撫した。

而し、北原との交遊は、何時までも信作にそのような惰眠を許さなかった。北原を病院に訪い、病者の生活を眼のあたり直視した時、その熾烈な苦悩の焔は彼に反映し彼の心をゆさぶり、彼自身の生活に対する鋭い批判力をかきたてるのだった。

療養所を終局の場所として、その上に建てられた社会での生活——確かにその生活は幹子の言う通り最も安全な方法であろう。萍のように、いつどうなるとも測り知れぬ病軀をもっている以上、根はやはり療養所におろすのが賢明である。しかし、それならば現在こうして営んでいる幹子との生活には、一体何んの価値があるのだろうか——若し幹子の意見に従いそれを分析してみるならば、信作はそこからは、享楽虚栄、本能の満足、自己偽瞞等、あらゆる人間のもつ醜いもの以外には、何も見出すことが出来なかった。

それなればどうすればいいのか——それは信作にもよくは分らなかったし、又強いて追求してゆくことに、漠とした不安と畏怖の念が伴い、躊躇された。

北原が腸結核で入室する直前に、信作は彼からの手紙を受け取った。

「近く面会に来てくれるとのこと、嬉しくお待ちしている。自分は今下痢で臥床しているが、頭の働きは却って冴えているようだ。

僕は君にききたいのだが、君は生きてゆくことに就いて、最も重要なもの、それなしでは、生が全然無意味なものになってしまう、そういうものを忘れてはいないだろうか。僕は最近そのことばかり考えているのだ。それは固定した概念ではない。生と共に発展し、――いやそれ自身が生であるとも考えられるものなんだ。それは個人個人によって、まちまちな様相を帯びて現われる。がその根本は一つのものだ。僕はそれを生命の意志と称んでいる。

若し、多忙と怠惰の為、生活の表面を上滑りしているようなことがあったら、君の為に実に遺憾である。

――」

それには前述の意味の如き事が書かれてあった。信作は北原を羨ましく、又妬ましくさえ感じた。幹子はそれを読み、

「私達も確かりしなくては駄目ね。」

と、表面信作と一致したが、信作には、却ってそれがたまらなかった。

北原の死は、信作に、北原への挽歌をうたう前に、彼自身の生活に対する反省と批判とを示唆した。それは信作にとって怖ろしいことだった。彼は激しい焦燥に、そっと窓外に眼を転じた。悉皆暮れ切った武蔵野の林を出て、電車は耕地らしい平原を駛っていた。

信作の帰宅したのは、八時近くなっていた。膳を造って待っていた幹子は、玄関に彼の跫音をきゝつける

と、急いで出迎えた。

「夕飯は食ってきた。」

そう言い捨てると、信作は和服に替え、読みたくもない夕刊をとりあげた。幹子は素直に独り膳についたが、執拗にあれこれと、病院での容子を問い糺すのに、信作は、

「黙って食えッ。」

と奴鳴りつけた。呆気に取られた幹子は暫らく信作の顔を見戍っていたが、やがて俯向いて食べはじめた。信作は新聞を放り出し、戸外へ出たが、別に行く所とてなかった。近くの通りは縁日でもあるらしく、潮騒のような雑沓が、明るく渦巻きあがっている。腹をたてて飛び出したことが莫迦〳〵しくなった。幹子は勝手許にいた。なにもすることがない。なにをするのもいやだった。坐布団の上に長々と寝そべり、耳だけを聳てた。

「あら。もう帰って来ましたの。」

幹子はエプロンの端で手を拭き拭き這入って来た。信作は幹子が傍に坐るのを待って、急に起き直り、荒々しくその頬に接吻した。

幹子は、その行為に依って、燻った感情の蟠りが、きれいに洗いながされたかのように、朗らかな微笑をうかべた。而し、それは彼女が真裸になって彼の愛撫を受け入れる素朴な情熱ではなく、或る限度を堅く保っている、安易な、その意味で狡いものであることに信作は激しい嫌悪を感じていた。

その晩、信作は幹子に今までにない激しさで、夫婦間の直接交渉を要求した。が、幹子の必死の抵抗に遭い、遂に断念した――幹子は妊娠を極度に警戒していた。分娩時の血の亢ぶりは病勢の急激な悪化に、決定的な影響を及ぼすからである。又産れる嬰児の将来を考える時、調節器の使用は彼等にとって道徳的な義務

でもある。——此の理由を楯にとって幹子は決して許さなかった。病院を出る時二人はその事に就いて堅く誓った。若し不安だったなら、病院で断種の手術を受ければよかったのである。信作は大丈夫だと幹子に言い又手術を受けることを畏れてもいた。幹子は彼に手術を望んでいるらしかったが、強くはいわなかった——。

調節器の使用は、信作も覚悟していたし、諦めてもいた。しかし、そうまでして続けている自分達の行為は、徹頭徹尾本能の満足にのみ終始している、頗るエゴイスチックなものになり、その醜褻さを思うことによって何時しか幹子との同衾にある憎悪を感じ、行為の最中にさえ動物的な欲望を制し切れぬ淫蕩な自分を、意識するようになっていた。

「あなたは、恐ろしい方だ！」

長い無言の争闘の後、激しい恐怖と、強い衝撃に身を顫わせながら、瞭きり言った幹子の言葉は、信作を遣り場のない慚愧と焦躁に追い込んだ。

翌日、信作は工場で一日中精密器械の製作に没頭した。根をつめた割に仕事ははかどらなかった。へと〳〵に疲れて工場を出た信作の頭は変に毒々しく冴え返っていた。

帰途、信作は電話で服部を呼び出した。彼が下宿している八百屋の内儀さんは、すぐ服部を受話器の向うに立たせてくれた。

「おい、今晩暇か。」

「うん、今さっき帰って来たばかりなんだが、今夜はどうしようかと思案していたところさ。懐は寒いし、夜は長いってね。」

服部は電話の中で笑った。その明るい声をきくと、信作は電話を掛けてよかったと思った。

「そりゃいい、どうだ一杯やりに行こう。以前お前に連れていって貰ったあそこがいいだろう。」

「へえ、こりゃ珍しい。で、又どうして、何かいい話でもあるのか。」

「よせやい。北原の供養か。」

信作にも、そんな冗談が出た。

「じゃ、七時頃までにな。」

「よしきた。」

ガチリと受話器を降し、服部との連絡が完全に断たれてしまうと、信作は何かある不安に突きあたった。服部と一緒に騒ぐことに淡い逡巡と後悔の念が胸を嚙んだ。信作は頸を振り、扉を排して舗道に立った。

爪先を見つめたまま、信作はすたすた歩いた。


紅や青のシエドを洩れる光線の交錯した黝い壁に、浮びあがっているくすんだ時計が八時をうつ頃には、もう服部は大分酩酊していた。熟柿のようにてかてかひかる顔を輝やかせて、のべつまくしたてているその唇端からは、だらしなく涎がながれ落ちていた。時々それを無造作に手の甲でこすりこすり服部はさかんに杯を傾け、気焰をあげた。

まだ刻限が早いのか室内は割に閑散だった。彼等の陣取っている後の卓子には、会社人らしい三人連が、何か小声で話しながら飲んでいた。その外常連らしい酔漢が、窓際で女給と巫山戯ている。レコードが退屈そうに唸っている。

服部の悪気のない一人機嫌に、女達もつりこまれてはしゃぎ立っていた。信作も何時になく酒量を過した。その上服部に無理矢理勧められた一杯のウイスキーが大分応えていた。が信作は酔えば青くなる性だった。

女達は信作の気味悪く坐った眼先に辟易してか余り傍へは寄りつかない。そのうちに服部は十八番の蛮声を張りあげて「愛国行進曲」をうたい出した。女達もそれに和した。種々雑多な声が壁や天井にぶっつかりそれが一つの騒音となって四方からかぶさってくる。中でも服部の声はがんがん耳朶に響き、信作を圧倒した。

信作は音痴だった。声を張れば調子外れになり、細いのでまるで泣いているようにきこえた。歌は好きなのでよく覚えた。それでも時折低唱する位で、人前では決して歌ったことがない。独りでうたっているところを人にきかれた場合など、女のように赤くなり、その憶病さに腹も立ったが、又情なくなった。

が、服部の無邪気な唄声をきいているうちに、信作は無性にうたいたくなった。負けずに奴鳴り返してみたい、そんな反撥心も手伝っていた。而しまだ羞恥の念が根強く残っていた。信作は無闇と杯を重ねた。それにも拘らず、彼の頭は益々澄み徹り、コップや皿を振りまわしながら大口を開いてうたっている服部や女の姿が鮮明な陰影をともなって彼の眼底に烙きついてきた。到底自分にはあのようにはなれない。そう思うと信作は例えようもなく寂しくなっていた。どうしても酔痴れることの出来ぬ自分が呪わしくさえなった。哭き出したい衝動に馳られた。――しかしその衝動と共に、何物へとも分らぬ狂おしい反抗心が、鉛のように彼の心にしこってくるのを感じた。それは内部から彼をゆさぶり、もどかしさに、四肢をわなわなさせた。何かが吐け口を求めて体内を馳け巡っている。狂いまわっている……。

信作はふと、卓子の端近く転んでいるウイスキーの瓶に、人の顔の映っているのを見止めた。それは極めて小さく、その上いびつに膨れあがっていたが、しかし明瞭りと彫り込まれていた。彼は眤っとその顔に見入った。そして、それが自分の顔であることを識ると、堪らない憎悪に、卒然立ちあがった。

歌は「日の丸行進曲」に変っていた。女達はいつのまにか一人になり、頬紅と唇紅とを憎々しいほど濃く塗ったその年増女は、これも大分怪しくなった姿態で盛に手を振ってはうたっている。全然調和しない二人の声は妙に甲高い。信作は鳥渡躊らったが、思いきってうたに這入った。女は怪訝そうに信作の顔をみたが、すぐもとにかえり、しどろもどになった服部の酔態に笑いこけた。

始めのうちは自分の声が、あまりに明瞭りきこえ、それが気後れとなった。が三節目頃から信作の声は段々高くなり、それと共に泣くような金切声になっていった。彼の声は決して聞く者に快い印象を与えるものではなかった。不自然に高かったり低かったりする調子外れの顫え声は、恰で自棄になって奴鳴りつけている神経質な女のようで、鋭く坐った眼と、青筋の浮いた額や顳顬の辺には怒気が漲り、引釣るように細く動く唇は蛭を思わせて不気味だった。

信作は片手に杯を持ち、それをコツコツと軽く卓子に打ちつけながらうたっているうちに、いつしか四囲に対する危惧不安の念は流れ去り、浩然となることが出来た。彼はうたっている自分自身の姿すら思い浮べなかった。うたってやろうという心の緊張は、うたえたという充足になり、それもやがて淡れ、信作は只うたっているという快い安定と忘我の中に溺れていった。

信作の瞼は軽く閉じられていた。詞はなんの意味もなく唇から流れ出る。それが快い顫律となって耳朶に響いてくる。——その循環する輪の流れの中で、信作の意識はバラバラに分散し、透明になり、そして膨れあがっていった。

服部はうたに疲れ、ぐったり腰をおろした。そして信作を眺めた。肴核の既に尽きた狼藉たる卓上に、両手をしっかと構え眼をとじ、やや仰向いた信作の表情は不気味にも俊厳なものだった。が服部の酔眼はそれへの凝視に耐えず、ごろりと椅子の上に横たわるなり、忽ち睡魔に囚えられ、グウグウと鼻を立てはじめた。

其の時、傍の卓子にどっと挙った喊声に、信作はぴたっとうたいやめた。そしてきょろきょろあたりを見まわした。その眼には何か重大な過失を犯した者のような濃い畏怖と絶望の色が宿っていた。そして危うく避ける幾人もの視線に突きあたると脅えたように腰を落し、周章てて帽子をかぶろうとしたが、帽子はその置いた所とは位置を変えていたので、なかなか見当らず、まごまごして、やっと探し出すと、今度は、女が持って来ておいた卓上のコップを取りあげ、透明な液体を息もつかず飲み乾した。一杯の水は彼を落ちつかせた。彼はゆっくり立ちあがり、服部に近づき、その肩をゆすった。

服部は、悉皆参っていた。抱きかかえるようにして表に出たが、その腕の中で、又眠り痴けてしまう有様だった。

思う存分好きな酒を飲み、いい気持になれば騒ぎたいだけ騒ぎ、そして、安心して眠ってしまう服部が、信作には羨ましくも又いまいましかった。やっと空車を拾い、階下の内儀さんにまで手伝わせて、二階につれ上げ、布団を引きずり出し、その中に服のまま転げ込んだ。服部は唇から涎れをたらしたなり、何か二言三言ぶつぶつ呟いたが、そのままいぎたなく眠ってしまった。

「どうもお騒せして……。」

「ほんとに、御苦労さんでした。」

表に出ると、緊張したせいか、酔は薄ぎ、ただ頭のどこかがきりきり疼いていた。夜更の裏街は閑静そのままに、ひっそりしている。所々に点々と灯る暗い外燈の陰を、信作はポケットに両手をつっこみ、頸を垂れて歩いた。彼は時々思い出したように四囲を見た。産婆の広告燈が、眼に泌む赤さで、ポツンと宙に浮いている。仕舞い遅れた薬舗の電燈が白い帯のように通りに流れ出している。小さな物音が、いくつも寄り合って深い静寂を醸し出していた。建付けの悪い雨戸を洩れる黄色い光は徒らにもの佗しい。

げき寂とした駅の構内に、轟音と共に走り込んで来た電車のヘッド・ライトは、爛々たる光鉾の中に、一一瞬信作の姿を白金の明るさに照り出して通り過ぎた――。

その晩、信作は家に帰らず、淫売宿で一夜を明した。堅い女の皮膚に、悔恨と寂寥を噛みしめながら。

翌る朝は、小雨が降っていた。濡れた舗道を信作は傘もなく、帰った。幹子は不安と、それの杞憂であることへの期待に、身を硬くさせて、彼を迎えた。

「昨晩は、どうなさいました……。」

「服部の家。」と咄嗟に嘘が浮んだが、急に強く思いかえし、

「淫売宿で宿ったよ。」

そう言い放つと、何かさっぱりした気持になったが、

「嘘！　ね、何処？　服部さんの所？」

「くどいな。夕は気がくさくさしたんで、淫売を買ってみたんだ。莫迦〳〵しい。」

事実信作は、莫迦〳〵しかったし、またそんな所へ吐け口を持っていったことが、忌々しくもあった。

「頭が痛むんだ、布団を出してくれ。」

幹子は少焉、疑念と畏怖のからみあった混惑のまま、彼を見戍っていたが、やがて信作の言葉が事実となって彼女の胸に喰い込んでゆくや、その恐ろしさに耐えられなくなり、布団を引き出し、服を脱ぎにかかっている信作の腕に、我武者羅にしがみついていった。信作はその手を強く払いのけた。が幹子は蹣跚きながら、又かじりついた。そして牛のように彼の胸に頭を押しつけて、哭いた。

「あなたは……。あなたは……。」

その姿体に信作は、強い憎悪と汚穢なものを感じ、荒々しく突きのけ、襯衣のまま布団にもぐり込んだ。ぺたんと俯伏したまま嘘唏いている幹子の声が、刺すように耳殻をうつ。信作はぐっと眼を閉じた。どきど

きと脈うつ高い慟悸に全身を硬直させ、拳を握りしめた。幹子の声は絶え絶えに、いつまでも続いた。

「煩さいなッ——なにをいつまでも泣いているんだ。少しは眠らせてくれ。夕はちっともねやしない。」

「そんなこと知りません。勝手ですわ。」

幹子は信作の声に、きっと起き直り、瞋恚に燃える眼を凝っと信作に注いだ。信作は黙って布団に顔を埋めた——。

深い寂寥感がどっと突きあがってきた。誰が悪いのだ。俺か、幹子か、それとも二人共にか。否。否。誰も悪くはない。何も悪くはない。啻みんなが淋しいのだ。不幸なのだ。それを匿しあっている。欺きあっている——。

信作は又眼を閉じた。ふと泣けそうな気がした。眼をしばたたいてみたが、瞼はかさかさに乾き切っている。涙など一向に出そうにない。

被っている布団に息苦しさを感じ、彼は頭を投げた。幹子は簞笥の前に佇ち、何か調べているらしい。時々片手で鬢のほつれを掻きあげるその襟頸が白く透いて見え、憎々しいほど綺麗だ。先刻の取り乱した容子は微塵もない。彼の脱ぎ捨てた服はきちんと衣紋竹に吊されて、長押に懸っている。彼は狭い部屋の中を見まわした。何もかもが整然とその場所を得て形付いている。鏡台、花瓶、人形、其れらは無言のうちに幹子を反映して、彼を威圧していた。「これだ。これが俺を窒息させるのだ。」

信作は布団を撥ねのけ、

「おい、着物を出してくれッ。」

振り向いた幹子の顔は、瞬間動揺したが、すぐ堅く立ち直り、素直に乱れ籠の中から畳んだ普段着をとり出し、羽織を重ね、彼の後にまわった。信作はその手から帯をひったくり、ぐるぐると巻きつけたが、さてそれからどうするという見当のつかぬ苛立たしさに、佇ったまま幹子の顔を見おろしていた。

幹子は冷たく、その視線をそらし、

「なにをそんなに、私の顔ばかり見ていらっしゃるの。それよか、頭の痛いの、もういいのですか。」

信作はその言葉に、剔るような残忍な憫笑と、侮蔑とを感じ、ぶるぶると全身をおののかせたが、むっと耐え、腰をおろし莨に火をつけ、一服喫んで——顔を顰めた。まだ顳顬のあたりはずきずきと疼き、後頭部は割れるように重い。

「痛いんでしょう。ねていらっしゃればいいのに、起きたって用もないんでしょう。」

幹子の冷静な諦観のうちに、動物的な強い生活力が秘められており、それを意識的に糊塗する幹子のよそよそしい態度は、信作の神経には耐えられぬ刺戟であった。

癩——その一線で、信作と幹子とは同体だった。それへの共通な恐怖が、今まで彼を長い間、怯懦の因とし、甘えさせていた。弱い自己、寂しい自己、儚ない自己、惨めな自己、それら凡ての貧困感を、その中に覆い匿して来た。而し、幹子にとって肉体的な疾病である癩は、信作にとって、精神的疾病であったのだ。何処に住もうが、何のような生活に居ろうが、癩は彼の中に到底消すことの出来ない烙印となって残っている。それから救われるには、啻彼が、もう一度人間として新らしい自覚に到達しなければならない。癩を畏れてはならない。癩に甘えてはならない。新たな生命を自覚し得た時、癩は癩として、そのまま消滅するに違いない。そうなるには、その境地に到達するには、——

「あなた、もうお休みにならないんですか。頭が痛いんでしょう。お休みなさいな。………お休みにならないんなら、布団をたたみますよ。」

「うるさい。」

彼は突然、振り向きざま、幹子の頬を撲りつけた。あっと小さく呼んで蹣跚めく、頭といわず、顔といわず夢中で撲りつづけた。拳の両を避けて俯伏したまま、それでも凝っと耐えている幹子の剛情に、信作は堪らなくなり、傍にあった灰皿を取るなり、力一杯投げつけた。皿は幹子の頭にあたり、鈍い音とともに微塵に砕け散った。周章ておさえた白い指の間から、やがて真赤な血がにじみ出してきた。それは徐々に指間を伝わり、甲に赤い線を引いて、滴りおちた。幹子は凝っと痛みを耐えているのか、動かない。信作は後悔した。がすぐに後悔した自分に腹が立って来た。信作は大きく腕をふって戸外に出た。

雨は止み、白く乾いた舗道には、黄色の薄陽が射していた。自転車に乗った小僧が、黙って、一直線に疾走っていった。

信作は歩いた。が時々歩くことが厭になった。そういう時は立ち停った。が立っていても仕方がないので、又歩き出した。どの店にも客らしい人の姿は見えない。

突然、紙をめくるように、日が陰った。街衢の相貌は一シンにして、暗欝となり、湿気を含んだ風が、颯と襟をかすめた。

信作は、ゆっくりと歩きつづけた。物佗しい四囲の風光は、彼に昨晩宿った淫売宿を思い出させた。サイタ、サイタ、サクラガ、サイタ。黄色くくすんだ穢い壁に、幼い字でそんな文句が楽書してあった。子供の字か、それとも子供と別れた無学な母親の手か。そんなことを、彼は夜っぴて考えていた——。ふと、その時、横手の露地からまぐれ出た一匹の犬に眼が留った。

犬は尾を垂れ、何か物欲しそうな恰好で、下水板に鼻をこすりつけてくんくん嗅ぎながら、暫らく信作を同じ方向に跟いて来たが、何を思ったか、急に車道の中にふらふらとまがりこんでいった。が五六尺出たかと思う時、突然起ったけたたましい自動車の警笛に、憐れなほど吃驚仰天したかの犬は、尾をまるめ、ひらたくなって逃げ戻ったかと思うと、とある露地に、つと、その姿を匿してしまった。

錆

細田龍彦

「金やんが、銭亡くしたって!!」

聞くともなくそんな話声が、がや〳〵と戻って来た子供等の口の端から、おしもの耳に伝わって来た。

「なに、銭を亡くしたって、いくら程だや。」

通り掛かりの子供に何気なく尋ねてみた。

「なんでもね、おばやん、五円とか六円とか亡くしたんだって……いまみんなして大さわぎしているよ。」

「そうか、それは何とも気の毒になあ。」

それっきりおしもは別に気にも留めず、額の汗を拭う暇も惜しんで稗を干す手入れに余念がなかった。

多忙な秋の収穫も終り、自山の落葉も搔きつくし、さし迫って、後は国有林の払下げ落葉の共同搔きが目の前にぶらさがっていた。山里とは云いながら、山は年々黒木とかわっていくので、この辺の農家の唯一の厩肥の原料となる落葉さえ思う様に取れないのだった。だから部落民は農作の原動力となる、この落葉を得る為、挙って国有林の落葉を払下げては個々の経済を満たしているのだった。

この共同搔きがはじまるとお互一葉でも多く自分の家に持って来たいという心から、自然競争的になるので、おしもには一日だってその手間が欲しかった。

今日は学校が日曜だし、幸い天気もよかったので、日短かと寒さに向って、かねて気懸りにしていた稗蒸しを早朝から思いきってやりだしたのだった。

稗は仲々厄介な穀物で、米や麦の様にその儘では搗くことが出来ない。二斗位ずつ大釜にて蒸し、それを直ぐ陽にて乾かしてからでないと精米機に掛けることが出来ないのであった。

昔は何処の家でも飢饉に備え、貯蔵が利くのでこの稗を沢山培ったそうだが、現在では贅沢になったのか、いや耕地整理が出来て、二荒の山をきよめ、男体の雄姿に湧き出た鬼怒川の水に、見る間に畑は水田と化して、耕地が尠くなったせいだろう殆んど培る者がなくなり、僅かに数える程の者が、三俵か四俵収穫る程度の作付けで、それを平常白飯を食うと云うことに耐えられず、所謂百姓根性と云う奴で、一日の食料に一抄いずつも混合しては、祖父の代からの稗飯の伝統を続けているのだった。

庭一面に展げた筵の上に、もう〳〵と湯気を吐く蒸し稗――香ばしい稗特有の臭が庭一杯に発散し、予期していた温とい太陽がやわらかな湯気と融和して、其処に醸し出された小春日和の様な雰囲気に包まれ、おしもは上気しながら、今日中に乾かしてしまわないと、夜凍てて不美くなる気念があるので、あっちこっちと、その手入れに余念がなかった。

どうやら一通りの手入れも終って、おしもが（やれやれ……）とばかり腰を伸ばし、掌にこびりついている稗粒を筵の上に叩き落していると不意に背後へ人の気配がしたので振り向いたら、其処に金やんの親父の熊造が突立っていた。

「今日は、稗蒸しかね」ぶっきら棒な挨拶だ、「ええ、きょうは子供等が学校休みだし、お天気がいいもんでね……あの、金やんが昨夜帰って来たってね、おれもいま伺って見ようと思っているんだが、こんなこと初めて手離せないもんで――」

「いや」と、何かいいたそうに逡巡している熊造の様子に、何かの無心にでも来たかと咄嗟に思ったおしもは、態と、素知らぬ振りをして外らした視線に、筵の上の豊富な餌を見つけた雄鶏が、他の雌鶏を呼ぶのに、クククククク………と、稗粒を啄んでは吐き、吐き落しては又啄み、せわしい声を張り上げて鮮紅な頭冠を頻りに動かしているのを見止め、「叱っ、叱っ、ほれ畜生め――」と大手を振って追い払った。

「実はおしもさん、ほかでもないが、今朝金の野郎が蟇口をなくしてなえ………」

「そうだってね、いまおれも通りすがりの子供等に聞いたんだが、まあとんだことをしたね――どうだね、判らないかね。」

「何うもそれが随分探して見たんだが判らないいんだなえ。」

「沢山這入っていたのかね。」おしもは先程子供等から聞いて、大方知ってはいたが、あまりに仰々しく騒ぎ立っている様子に女ながらも一種の軽蔑を其所に秘めて口にした言葉だった。

「いや大したことはないんだが、五円札一枚と五十銭銀貨が二枚、後は細かいのが少し這入っていたらしく、なんでも六円と五六十銭あったらしいだがなえ、金の野郎が云うのには、今朝起きて家の子供等に拾銭ずつ小使を呉れ、その時縕袍着の懐中に入れたまでは覚えているんだが、それから別に何処へも行かず炉端に坐ったきりで皆と話していた。処へ豆腐屋の野郎が来て前に借りていた銭の催促をしやがったんで、金の野郎が払ってやろうとして懐中に手を突っ込んだところが蟇口がない――そんな訳で騒ぎだし、諸処探してみたんだが見当らない。」

「なる程ね………」

「ところで金の野郎、その間に一度小便しに戸外へ出たと云うから、多分その時でも落したと思うんだが、なんでも金の野郎の話では、小便して家に這入る時、入口に寝転んでいたピスの畜生が突然戯れ付いて来やがったんで、野郎も暫らく其処で相手になっていたというから、その時でも入口に落したんだろうというんだがなえ。」

「ふん……」おしもはその時不図何時か見掛けた、ピスが何処からか古い蟇口を喰わえて来て戯れ廻っていたのを想い出して、つるりとその時、金やんの懐中を滑り落ちたその蟇口も、やはりそのピスがあの如く喰わえて持って行ったのではないか、という懸念が直感的におしもの心を領していた。

「ところが、家の子供等の語るには、なんでもその時ピスは鎖で繋がれていたったと云うし……尤も騒ぎだした頃は繋がれてはいなかったが――」

それでこの場合、人を疑うと云うさもしい気持が先に立った熊造一家は、そこにはあいまいなところがあるにもかかわらず絶対に犬は鎖で繋がれていたものとして、あの人この人と、その時出入りした人々の姿を蟇口と連想して疑いだしたのだった。

その結果、おしもの娘あき子が、二三の子等と一緒に子守をして金やんを見に行き、その頃其処の入口で、覗いていたったというところから、あき子に唯一の嫌疑が懸けられたらしく、斯うして熊造自身が態々やって来て、おしもの口から拾わなかったか、どうかを訊いて呉れと云うのだった。

丁度前の土蔵倉の庇の下の陽向に、今日の日曜を三つ子の子守に、近所の幼ない子供達も集めて、飯ごとに時を過しているあき子の姿を見止め、勝気なおしもはそんなつまらぬ尻を持って来られたのが癪に障って、遂癇高い声を立てて呼び付けた。

「あーい」何事かとあき子は直ぐ飛んで来たが、何時もと違った、母の険しい気配を感じたらしくはっとして立止まった。

「なに、母さん——」

「お前今朝金やん家へ行ったのか。」

「あい、行ったよ。」

「お前は其の時、何か拾わなかったかえ………」

「拾わないよ。」

「蟇口を知らなかったか………」

「あい、知らない。」

「ほんとか、あき子、匿すんでないぞ。」おしもは気色ばんで、高飛車に問い詰めた。

「あい、おれ知らない。」あき子も只おどおどするばかり……。

「ほんとだな、ほんとだな。」

「あい………」あき子は頷き頷き泣き声になってしまった。

おしもは熊造に注ぐ鬱憤を、偶然彼の目前で、邪慳に吾が子の上に散らしているのに気付き、もっと〳〵狂気のごとく責めたてたい衝動を凝っと耐え、俯向いてしまったあき子のいたいけな肩を眺め、断髪の下にかくれた瞳を溢れるらしい露の玉がその丸い頬を伝っているいじらしさを見て、それ以上責めることが出来なかった。

「そうか、それじゃよし、遊んできな………」

いゝゝ、こっくり小さな掌で、目頭を拭き駈け去って行くあき子の姿を見送りながら、おしもはきっぱりと云い切った。

「熊さん、あき子はあの通り拾ってはいないと云うんだからね。」

「そうかい、それはどうも気の毒をしたなーまあおしもさん悪くは思わないで――」

流石の熊造も二の句がつけず、不貞不貞しい気持をそこに投げて帰って行った。

悪くは思わないで、と云われたって、そんなつまらぬ尻を持ち込まれて決して良くは思えなかった。

さあこの事があって、一軒置いて隣り合った両家の間に必然生じた低気圧は、ひとのこころと口とを織って、無気味な風潮を醸しつつ、忽ち単調な部落一杯に拡がって行った。

熊造の妻はつは、まるで手柄話のように、おしもの身寄の目のないところでは誰彼の見定めもなく、茶飲み話に、山の行き来に、あき子が拾ったように色をつけて話したからたまらない。それからそれと、話に話が咲き噂は噂となって乱れとんだ。

「ほんとにおしもさん家の、あき子が拾っているというんだがな……」

「いや、どうも俺ぁそんなことはなかんべと思うな…」

「併しな、熊さん家の話に依ると、あき子が飯ごとをやっていた時、そこにいた他の子供等に何か黙ってろ、黙ってろと云ったそうだぞ。」

「でもあんな五つ六つの子供等が云うことなど信じる訳にはいかねえぞ、いくら子供は正直だと云ったたって訊き様じゃなんとでも云うからな。」

「それはそうだな……ところがお前さん、熊さんがな昨日態々町のよ、ほれあのー山の神様な、あの神様にみて貰って来たそうだぞ、そしたらなんでもその神様が云うには、その蟇口は女の手に渡ったから一寸出て来ないだろうと云ったそうだぞ、してみりゃあき子がやっぱり拾ったんではないだろうか……」

「でも、その山の神様ってのも甚だ信用ができんじゃないか、どんなことをおがんでわかるのか知らねいが、俺らには一寸考えられないな、そんな迷信のようなことは……それにあき子が拾ったものとしたら、拾銭や弐拾銭の銭と違うんだもの家の親達に判らないことはあるめえ。それにお前さん、こんなこと云っては俺が馬鹿に片っ方へ肩を持つ様だか知らねえが、そう人を疑うなら自分の家の者だって疑う余地があると思うがね……」

「うん、それはそうだな。」

「あき子が只、あそびに行って、その時居合したと云う理由だけで、そこには何の証拠という証拠もないのに疑われている始末だろう。そこへきてあそこの子供等だってやはり出入りしていたんだろう。疑えばきりのないことだが、あそこの子供等こそ評判が良くねえぞ、してみりゃあ一応疑えば疑えないこともあるめえ。」

「全くそれはそうだな、あそこの者と、こちらの者では、これまですべてのやり方があべこべだからな。まずとんだ事が出来たもんさ………」

「俺が熊さんだったらなんだなあ、五円や六円の端た金じゃこんな騒ぎはしねえがなあー………性分って仕方がないもんさ、ワハハハハハ。」

こんな会話は、あちこちで男の仲にも私語かれ、自然おしも一家の耳にも這入って来るのだった。

斯うした朝だった。

学校へ行くので、あき子は何時もの通り元気良く家を出たが、間もなく泣き癪りながら引き返して来た、おしもが尋ねると斯うだった。あき子より一級上の熊造の娘が登校の道で、他の子供等に一々、耳元に口を寄せてはこそこそと、あき子の顔を視つめながら私語いたと思ったら（あきちゃんは蟇口を拾ったんだって――）と一斉に変な眼つきで見るので、あき子はくやしくて泣きながら帰って来たのだというのだった。

さあ、それを聞くとおしもは耐らなかった。つまらぬ噂を聞く度に、むら〳〵腹が立って仕方がなかったが、その都度、夫清一に叱られ、――まあ黙っていろ、自身に疚しいことがなく正しい道を踏んでさえ居れば何と云われたって構うことはないじゃないか、世間の者が知っているんだからな――と、抑えられていたのだが、あき子が斯う泣いて帰って来たのを見ては、もう腹の虫がおさまらなかった。夫は仕事に出て居なかったので、おしもは腹立ちまぎれに前後の見境もなく、熊造の家を指して飛んで行った……。

太陽が西の峰に落ちる頃から、陽当りの良い傾斜地ではあったが、高原山吹き颪しの冷めたい風が、山肌をなめだして、山の気温は莫迦に降って来た。清一は三本足の木馬の様な切り台の前に、切り散らかした炭木を、一本一本丁寧な棚に積み重ねだした。早いところ片付けて帰るつもりだろう。

春の植付けから、秋の収穫に掛けて、怖れていた病勢が募って心身共に清一の健康は蝕ばれていた、そうした中にも、あれやこれやと窃かな治療に多少の期待を添わせつつ、狂乱する心を凝っと耐え、彼の人柄は恒に、生きている裡は人間として働ける限り働かねば、天道様に申訳がないという、人生道義に則り、一方いくらでも気持を紛らわす為に、秋の収穫が済んでからは斯うして人目に触れない山に来ては、気任せに働いているのだった。

指先は既に病み出し、眉毛は先の方からぼろ〳〵と落ちて来はじめた。斯うして手袋をはめて炭木を積み重ねている間にも何時かその自由は利かなくなっていった。思えば情無いやら癪に触るやらで、何度となくその手先を木に叩き付けては、尚も叩き付け叩き付け体ごと叩き付けてしまいたい様な、烈しい衝動に駆られては、むやみに出て来る鼻汁を忙しく啜りながら尚も仕事をつづけるのだった。（達者な頃は一日二間半棚位、楽に切れたもんだが――。）積み重ね終った一間棚の炭木に現在の自分を哀れみ、道具を背に負うた清一は、彼方の谷間からもくもくと上る噴烟に交りて流れ来る、長閑な山唄を耳にし、

ハアー　山は　百万石
　木萱の　波がヨー

その唄を辿って、其処に文字通り真黒くなって働いている、彼より二十も年嵩の竃主の元気な姿を寂しく眺めながら、てくてくと山を降りていった。

冬の山路は淋しかった。

かさこそ、かさこそと、折り重なって、逃げ得はせない季節の戯れに梢を離れた落葉を、孤独の心に踏み分けつつ、今泌々と、この世に残して来た四十余年の生涯を省みて、自分というものの悲哀を味った。

（俺の親達の方には、どちらにも断じてこんな病になった者はないと云うのだが、するとやはり伝染なのだな………今考えて見れば家が悪かったんだ、近所の人の話では、家に居た前の家族の中に斯うした病の者が居たというから——何も知らなかったとはいい、消毒もしないで、居抜きの儘の後に住うとは全く親達も非常識だった。それがいけなかったんだ、病菌の散在した家庭に、何も知らず育っている裡に、俺はこの病菌に取り付かれてしまったんだ………）

清一はこの呪われた病気を自身に意識してからは、自分の痛手たるこの地獄の針で覆われた秘密に触れる恐ろしさを意識しながら、一寸はそうした方の、知識も書物から得ていたので、自分の発病に就いていままでは斯うした決論を持っているのだった。

清一は、小学校に通い出した頃、ここから七八里西南に在る町端から両親に連れられて移住して来たのだった。家屋敷を居抜きの儘で、それに附属した水田一町近くと畑五六反歩と云う好条件に、百姓の子として宿命の根を降ろされたのだった。蔬菜培りの本場から来ただけに彼の父親は、この辺であまりやらない蔬菜培りに力を入れて、それを近所にある鉱山に売り捌いては、青物屋という土地の名称まで得て家運はとん

〈〵調子良く行き、忽ち村でも押しも押されもしない大百姓として、土地も求めていった。

斯うした境遇に、健実な思想を持って生長していた清一は、土地の農学校を二年ばかりで止し、あまり丈夫でない父に変って鍬を把り、母を扶け、下男を相手にして作付けやら何やらと、若き熱意を打込んで二ケ年の教科を実地に生かすということに大いなる興味を覚えていた。

父親はそれをいいことにし、百姓仕事の方は彼等に任せきって、調子の波にのったというか、魔がさしたというのか、清一や母親のつよい反対も押し切って、千だ万だと、あっちこっちに山を買って山師をはじめた。それが不幸のはじまりで、烈しい時勢の波に、次から次と失敗は失敗を生み、事業の失敗は、心の失敗となり、やぶれかぶれのその揚句は、家へもあまり寄りつかず、それを気に病みつつ胃癌を患って死んでしまった。さあ父の亡くなったその後には、清一の知らない沢山の負債が彼の手に残された。

清一は結婚したばかりの妻と心を合して、それから二三年というもの真黒になって働いたが、負債は一向減るどころか、その利子稼ぎだけにも大童の形だった。これではいけないと、清一は意を決し、伯父を後楯として負債整理に乗り出し、約一ケ年を費して整理を断行した。

その結果は、面目を一新し心の重荷は降りたが、併し彼が人生の舞台として子孫繁栄の為に心血を注いできた、多くの田や畑は、其処に実った汗の結晶としての稲や麦と共に、負債の代償として、むざ〈〵人手に渡さなければならなかった。

併し今日の、この断腸の念を、生きてゆく明日への足溜りとして奮起した彼は、妻の手を握りしめて、堅く堅く更生を誓ったのだった。

それから苦闘の幾年かは続いた。清一と共におしもの健気な姿は何時も彼の影の形に添うごとくそこに見受けられた。そしてその報は、汗の結晶として次から次と実っていった。

折りからの不況の風は、農村をより深刻に吹き荒んだ。農産物価は崩落する。賃金は安くなる、従って銭の値打が出て来る、こんな時、銭の値打ちの無い時した借金でもあったら大変なことだ。近所の者がこの為に歳暮になって悲鳴を上げているのを聞く度に、彼は泌々と負債を整理したことを悦ぶと共に、よくあの頃自分は気が狂わなかったなと、其の頃を顧りみては微苦笑を禁じ得なかった。

夕暮れて野良から帰って来ても、直ぐに家の中に這入れない。人の話声でもするものなら一応戸の隙間から覗いてからでないと這入らない。併し、そんなことも皆過去の話題で、吹き寄せた不況の風は、却って彼を部落一の裕福な家庭の主として仕上げていった。

一家が培われてゆくだけの田圃や畑を買い戻し、立派に更生の実を結ぶことが出来たと共に、そこに得た、農村の中堅人としての彼の信用は大きかった。おしもとの間には四五人の子宝にも恵まれていたし、いよいよこれからと云うところで、この怖ろしい運命の掟に悄然として跪いてしまった。

清一は、そんな渦巻く追想を取り止めもなく冷たい空虚に描き乍ら、指先の疵の痛みに、かるいチンバをひきながら家路を辿った。家が間近かくなるに連れて、彼はふと今度の事件を思い出すともなく頭に浮かべ、不愉快な幕が胸一杯に充満して来た。

清一の家からは親の代から散々世話になってきていながら、その恩を忘却し、剰さえその弱身につけこんでそれを仇で返すというのが、熊造の今度の仕打ちだった。

貧乏の棒を、訝しな振り方をしている熊造一家に、情に脆い彼がさし伸べて来た厚意は大きかった。現に三四枚の負債の証文が眼前にぶらさがっているが、彼は熊造の家計を思えばこそ、強いて催促もせず、利子も取らずにしているのを彼等は当然として平気でいる。もう貸してやらないと思っても、熊造の妻が笊をさげて来て、今夜食べる米がないと云って泣き付かれては倉を開けてまで貸してやるのが常だった。

また少しばかりしか百姓をやらない癖に、籾種が足らぬから貸して呉れ、いや麦種を貸して呉れ、やれ芋種がない等とその都度面倒を見てやっていたのに…………。ということがあるが、それをあまりにも剝き出しにするが為、借りる時の恵比寿顔、返す時の閻魔顔……。それを知っている者は、仮令手許に有っても貸すのを大辺に嫌った。

併し、この頃では子供等も大きくなって、熊造が馬喰うしている他、三人も四人もして銭取りしているから以前の様なこともなく、暮しも楽になった筈なのに、借金など一向返す気振りがない。

こんな風だから懐中具合が少しでも豊かになれば、熊造の妻はつなど、ろくすっぽ仕事もせず、銭が取れれば取れた様に、美味い物を食い、こざっぱりした物を着け、その云い草がよかった。（昔しから借金じゃ命を取られた例がないからな、いくらけじけじしたって、死んでしまえばそれまでだ、おら生きている中に食べたいものは食ってやってゆくんだ……）と――。

そんな風だから催促をすると、家中してその人の悪口を云うし、一寸でも強い催促をすれば、熊造は酒に酔って来てはその家の前を怒罵り歩くというのだから手が付けられなかった。

大家族なので自分の家で収穫た米は、小作料を払うと、僅か三月か四月位喰うだけしかない。他の家では稗がなければ麦飯を食い芋飯を食ってまで穀を伸ばそうとしているのに、彼等は米飯ばかりを食っている。それどころか、その米のある裡は、一升二升とはつは魚屋が来れば魚と、菓子売りが来れば菓子と、取り替えて喰うのだから手がつけられない。また味噌まで百姓をしていて買って食っているのだから大概そのやりくりは知れる。

清一はそこまで追究した時、結局人を泣かしては良い生計は出来るものではないとの結論を得て、今度の事件に就いても、自分の方にさえ疚しいことがなければ、天道様が見ているし世間の者が知っているから構うことはないという。強いて自慰の気持ちを湧かすのであったが、その影に潜んでいた偽れない彼の良心は、これも皆自分がこんな病になったが為、その弱身に衝け込まれて莫迦にされるのだと思うと、悲憤の中に役に立つようになった子供等の顔や、妻の顔をしっかりと擁して、（俺はかったいぼうだなりんぼうだ――）そうした逃げ得はせない観念が、気狂の様に彼の生命の幕に向って烈しいメスを振うのであった。

併し、何時もと変らぬ温かな夕餉は、子供等の無邪気な声と共に清一を待ち受けていた。おしもは帰って来た彼に、直ぐ風呂へ這入れと薦めるのだが、彼は一番最後に這入ると云って、バケツに一杯湯を汲み出して足を洗い、納屋の隅へ行っては足指にある疵の手当をこっそりやるのだった。家の者には怪我をしたのだと云って、いやな臭のしない様に石炭酸で消毒して薬を塗り、繃帯をするのであったが、疵は仲々に治らなかった。

おしもは、とうに夫の病気に就いて、気付いてもいたし、この頃実家の親達からも随分注意されていたが、今更夫を離れるにも忍びず、親を説き、只管一家の面倒を見てゆこうと覚悟しているのだった。そして彼の病気に就いては、一言も口にしたことがなかった。

それだけに彼はまた日夜悶々として、烈しい自責の念に駆られているのだった。

その晩だった。

がらりと彼の家の潜戸を開けて這入って来たのは熊造だった。

（酔っているな）咄嗟に清一はそう思った。燃えしきる炉に踏込んで腰を降した熊造は、顔を上気させ、酒臭い息を吐き乍ら煙管をやけに炉縁へ叩きつつ喧嘩腰だった。

「実は他でもないが、今日ここのおっ母あが来て呉れたそうで………。今度の事じゃ俺もなくしたのが災難で、まあ騒がないつもりでいたが、おしもさんが今朝、家のあき子が拾っていると思うなら、何処までも磨いて貰うと云って来たそうだから、今度は俺も出る所へ出て、その磨くつもりだから——ここには気の毒だがそのつもりでいて貰いたい。」

「ああ、そうかなえ、それはよござんす。俺は今朝山へ出て家の奴が何を言って行ったか知らないが、今度の事では俺も、又家の奴等も随分あき子を叱ったり、すかしたりして見たんだが、全然本人は拾わないと云うんだし、俺も随分注意して素振りに気を付けているんだが、俺の目からはそんな気振りは見えず、そうかと云って俺としてもこれ以上責める訳にもいかないから、何うしてもあき子が拾っていると思われちゃ、それこそ俺の家では迷惑だし、本人の為にもなることだし、磨いて呉れるなら、それこそ願ったり叶ったりなんで、俺としては結構なことだからなえ、頼みます——」

清一の口調は穏かだった。

これでは喧嘩にならない。酒の上の調子にのった熊造はそれからあき子の素行が良くない等と、自分のことは棚に上げて、三四年も前、何処の家のほろ〳〵鶏の卵を盗ったとか、親の財布から無断で銭を持ち出したとか、また此の間は、何処のおっ母さんが買い物から帰って来て、財布を上り框に置き、一寸用事をしている中にその財布が亡くなってしまった。ところが二三日過ぎてその財布が空になって鶏小屋の前に投げてあった。その時もあき子等が其処に遊んでいたと、まるであき子が盗ったと云わんばかりの口調だった。

そしておしもが磨いて貰いたいと云ってきたに依って、明日警察に届けるから、そのつもりでいて貰いたいと念を押して熊造はひき上げて行った。

（——なんだ、他人の子の批判どころじゃあるめえ……大したものだ、あそこの子供等はみんな素行がいいからな——）

おしもは、自分の子が三年も前にどうだの斯うだのと云われたのが忌々敷く、女らしい感情の烈しい渦巻く坩堝に、ふとその心を癒やすがごとく投げ込まれ、繰り展げられて来た。誰知らぬ者のない程の、熊造の子供等の盗癖の絵巻きだった。

隣り家の人達が昼食の隙を窺って、抜き足――差し足――鶏の巣に忍び行き、白い卵を盗り去る子の姿、下駄を脱ぎ捨てた男の子が、いま笹垣を押し分けて彼の瓜畑に這込まんとする血走った瞳……。小鳥に食わせる餌がなくなっては、夕暗迫る頃巧みに、他家の軒端に積み重ねてある、稗や粟俵の小口を破って摑みだした稗穂や粟穂に懐中を大きくしてゆく子供など、それからそれと浮かんで来るばかりでなく、転々として来て落付けなかった子供等の奉公先での悪い盗癖の噂などまで、おしもの耳には沢山入っている。

人の噂も四十九日と――、気まずい思いの中にも、明け暮れは、両家の上に流れ、そこには色々と仲に這入って奔走した人があり、結局この事件は無かったことになり、表沙汰にもならず円満な解決を見て、部落の口の端に上らなくなったのもそれから間もなくのことだった。

そしてこの蟇口事件は有邪無邪の中に葬られ、ただ各自の記憶と相俟って、各自の胸にそれぞれ解決の鍵をもって蔵われて行った。

両家の交際はまた、いままで通りになったが、それは表面だけで、一旦設けられた感情の暗い溝は仲々に埋れ去らなかった。

斯うした中にも、季節の訪れは少しも躊躇わず、その偉大なる手を差し伸べて、地頭に冬眠るもののこころを覚まし、新しい世紀の春への歓喜を謳歌しているのに、清一の生きてゆく苦悩は、日々に進行しゆく病勢と共に募りゆくばかりだった。

この苦痛の中に彼は種々考えあぐんだ末、床に就き、家人の眼を盗んで手許にあった強烈な農薬品を呷ったらしく、それが原因で間もなく死んでいった。

清一が死んで丁度初七日供養の時だった。この供養の為、近所の主婦達は昼過ぎてからおしもの家に寄って来て、手打ちウドンをつくるやら米の団子をつくるやらして手伝っていた。熊造の妻はつも一緒だった。

一同一通りの仕事も片付いたので、茶を啜りながら炉を囲んで、人の良かった故人の話に、心から清一の亡き霊に同情の涙を注いでいる時だった。

ばた〳〵と、突然庭先に乱れた足音がしたかと思ったら、がらりと戸が音をして、ひょっこり入口に顔を出したのは、熊造の子の栄と、つづいておしもの子の正だった。

「おっ母やん。」栄は家の中に、はつの顔を求めて烈しく息使いをしている。

「なんだや、栄は――」何事かと驚いて振り向いたはつの顔に、栄のはずんだ声が打つかった。

「おっ母やん、これこれ蟇口が、蟇口があった。」

「な、なに、蟇口――」

一瞬はつの顔は色を失い、立上がるが早いか下駄を突っかけて戸口に走り行き、栄の手から黒皮の蟇口をひったくって、物も云わず錆び付いた口金をあけて中を覗き見た。

座を立って其処に集まって来た他の女達の視線も、その蟇口の上に無言で注がれていたが、その中の一人が――

「この蟇口、何処にあったや、栄さん。」

「あのね、おばやん、おれとここの正やんと二人で、裏山へ正やんの仏さんに上げるのに、椿の花取りに行ったんだ。そしたら椿の木の下の所に落ちていておれが見つけて正やんが拾ったんだ――」

栄は得意顔に語るのだった。

はつは早速く皆の視線を離れて、家への足取りの中に、再び蟇口の中を調べ乍ら、あまり騒ぎが大きくなったので、それを恐れたおしもの家の者が、こっそり裏山に持って来て捨てて置いたのではないだろうか……と、蟇口が出て来たことに就いてそんな邪推を逞しゅうしていたが、ふとその時変色した蟇口の隅に傷付いている、犬の歯跡を見つけて愕然とした。

そしてその驚愕の中に、凝っと蟇口の口金に生じた錆を心に止めて、はつの姿を見て小躍りして飛んで来た、ピスの鼻面をいやという程蹴っとばした。

梨

山岡　響

　信敏が野良着をぬいで昼飯に室内へはいった時は弟の健作をつれて三里ばかり道のりのあるG町の病院へ弟の診察を乞いに行った母がもう帰っていて、その外出着のまま昼飯の仕度している処だった。信敏はその母の蒼ざめた顔を一目見た時、自分の心にこの半年間ばかり何かの予感の様に重く覆い被さっていた或不安が不幸にもあたっている事を知って、何かほっとしたものを覚えると共にくら〳〵と心が暗み、たまらない様な孤独感を覚えるのだった。どうしよう……とも思った。いろり辺に坐った信敏と父の顔を見るなり母は「――健はやっぱり悪い病気なんだった。癩病だって、療養所とやらへやらなければならないんだって」と云い乍ら黒紫色の前掛けで顔を覆い泣き崩れて了った。弟はと見ると煤けた大黒柱によりかかって何時も堅く結んで居る唇をゆがんだ様にほぐして見張っている様に見える大きな眼からは丸い涙をこぼし時々手の甲でそれを払い乍らしく〳〵泣き続けていた。滅多に泣かない勝気な弟の泣顔を見ると信敏はたまらなくなって、「健！」と云って思わず弟の傍ににじり寄り、弟の肩に手を掛けるのだったがその顔が知らず知らずのうちにゆがんでゆくのを自覚した。「兄さん俺あ癩病ってええらい病気だって…」弟は信敏につかませて居る肩をゆすり上げる様にしてまた泣き続けるのだった。

信敏が弟の尻に銭大の白い斑点を見出したのは木々の芽が水々と芽吹き初めた四月の下旬だった。山間の貧農の常として一家揃って朝早くから薄暮の頃まで野良で働いた。今年学校を卒えた健作は信敏のいい野良相手だった。北方の黒姫山に夕霧が降る頃野良から帰って土臭い汗臭い体に一風呂浴びるのが信敏達にとって何よりの慰安となっていた。薪や焚木に不自由のない信敏の家では四人の小家族には勿体ない—と思う事もあるのだが、必要なものを使い惜しむと云う様な事の嫌いな父は「要るものは勿体なくはねえ」と云って毎晩の様に風呂を焚かした。

信敏の一家は皆風呂が好きだったがとりわけ信敏と健作は風呂を好んだ。夕方野良から帰って来ると「母さん、風呂の加減見て来るよ…」と云って真先に入って。信敏は弟と十分も二十分も風呂で話し合っている事がよくあった。両方で洗いっこをやる為に何時も二人で這入った。それは信敏と健作が気の良く合った兄弟だからでもあった。

その日も先に背を流して貰った信敏が今度は弟の背を流し初めたのだが、その時今までは気付かなかったが弟の健作の尻に湯で上気した膚に囲まれて丁度何かに打たれた様に白い五拾銭位の大きさの斑点を見出したのだった。信敏はその斑点を見出した時思わず胸にどきんとした鼓動を覚え、暗い予感がずーんと冷たく背筋を走った。何かに追いつめられた様に、血、血と頭の中で繰り返していた。弟の背を流して居た信敏の手が何時までも一処に止っていて動かないので不思議に思った弟の「兄さん、何やって居るんだー、あれー、兄さん何考えているんだ、呆んやりした顔をして…」と云う声に初めて吾れに返り、「健此処痛くはないか」信敏は其の白い斑点を指で指した。「痛くはないや、そんなとこ、それより兄さんさっきから何考えているんだ。」と云う弟の声にそんな馬鹿な事が、…でもひょっとしたら……ひょっとしたら……と信敏は寒々とした気持ちになって行くのを何うする事も出来なかった。

それはある青年雑誌で「恐ろしい話」と云うグロテスクな見出で書いてある記事で読んだ癩の初期の徴候の幾つかが弟のその斑点を発見した時生々しく信敏の脳裏に甦って来たからである。初め信敏は其の記事の見出に青年らしい好奇心を覚えて読み初めたのだったが、ずる〳〵と何かに引かれる様にその記事を読み終って了ってから言い様のない不快な感情を与えられ、たまらない様な後悔めいたものを覚えて自分でも知らないうちにその部分だけをびり〳〵と引割いて了って居た。それには癩は世間では遺伝と云い伝えられ、血統と云い伝えられているが決してそうではなく極めて伝染力が弱いので、そう信じられているので癩菌による明かなる伝染病である——と云う書出しから癩を血統と信じた事によって起った悲劇等が書いてあり特に癩の初期の徴候が細々と書いてあったのだった。その記事によって何時か路傍で見た、顔のくずれた手足の萎えていた人の病気が癩であることを知り、癩と云う病気のある事を初めて知った信敏はその記事の事がそれ以来どうしても頭から離れないのだった。

その斑点の事があってから弟に対して信敏は妙に神経質になって了っていた。六月の田植の頃には農家はせわしく苗取りや田植などは大抵信敏が主になってやらなければならなかったので、それに近所の手伝い等へも行く日が続いたので、そんな事は自然信敏の脳裏からも忘れ去られる様になっていた。健作も此頃からは何うやら百姓が板についたと云った風で、今までは手力だけで鍬等もぶっきら棒に使っていたが、体で調子をとり大分こなれて来たと云う様に信敏にも見えて来たので唯農作と云う事だけが信敏の頭を浸し切っていた。

それは丁度田植も漸く済んだある雨の日だった。村の風習として田植の済んだ日はそれを祝福う意味から朴の広葉に包んだおはぎを隣近所へ配り家でも手伝いに来てくれた人達を招いて朴の葉のかんばしい食慾を起させる匂いに満ちたおはぎに腹をみたすのだった。夕餉が終ると暫くは田植の話で賑うのだったが手伝人も一人帰り二人帰りして家族ばかりが残ると久し振りで何となくゆったりとした気持になって「ああ、これで田植も済んだ…何だか急に疲れちゃった」と伸びをした信敏の眼が丁度向い側に坐っていた弟の眉毛の処に注がれたのだった。それは極めて偶然の事だったので信敏は思わずはっとし、

「健―お前の眉何うかしたんじゃないか。」

となじる様に云い弟の顔に強い視線を向けて了った。

濃い眉毛がぐんとやや直線に伸びて居たその弟の眉が目立つ程薄くなり、張りがなくなっていたからである。信敏のその声に引かれる様に、

「ほんに―少し薄くなった様だね…健!どうかしたんじゃないかいお前。」

母も眉を寄せて言葉をつけ足した。暫くは母と信敏の顔を見比べてから、

「何うもしないんだ―だけど此頃何だかかゆくて仕方がないんだ―でも何でもないよ…」と何気ない風で言い乍らも眉毛を平手で撫でて居る弟を見守り乍らまだ斑点が消えずに残っている事をふと思出し、信敏は顔が次第に蒼ざめて行く自分を自覚し乍らも、それ以上その事にこだわって母に心配をかけるのが心苦しかったので、その儘其の時も深くは追求しなかった。

信敏の実母は信敏が五才の冬肺炎で一週間ばかりの間に亡くなって了ったのだった。従って信敏の脳裏には彼の実母の俤は薄く刻まれているだけでおぼろかなものだった。それから五年ばかりの間その頃はまだ信敏の祖父母が達者で生きて居たので父は百姓をし乍ら男手で信敏を育てて居たのだったが。そのうちに祖父母共に相ついで世を去り、男やもめの暮しにようやく味気ない不自由さを感じたらしく信敏の第二の母即ち

今の母を迎えたのは信敏が十一歳の頃だった。

人の噂に聞いた母の前の夫と云う人はよく酒を呑み、酒癖がよくない為に様々と母を苦めたのだったがその酒が元でとうとう自分の命をも取られて了ったのだった。母の実家は信敏の家の近所だったが、母が前に嫁して居た家は信敏の村から一里ばかり離れた戸数が二百近くあるN村だった。

K町に親戚の振舞いがあって招かれて行った母の前の夫はすすめられる儘に根が酒好きな為に大酒を呑みどろ〳〵に酔った揚句「それでは危い……今夜は泊って行け…」と云うのを「べらぼうめ、酒に酔った位で帰れぬ俺ではねえ…気は確かなもんだ」と云ってはだけた胸をたたいて見せ、振切る様にしてその親戚を出たのだった。初秋の事とて霧が深く一寸先も見えない様な暗い夜だった。

何か黒い物体がよろ〳〵とよろけ乍ら横から車体にぶっかかる様に出たのが霧の為に光を散らされたヘッドライトの光りにさらされたので、運転手ははっとしてほとんど車が揺れ返る程急なブレーキをかけたのだったがその時はもう間に合わなかった。

急報によってかけつけた母の眼に映ったのは蝦蟇の様に地にたたきつけられ常時から丁度瀬戸ものの人形の様に冷たく白く笑う時に何うした訳か頰から唇にかけてひきつり、ゆがんで居る様に見えたその唇からはどす黒い血の糸を流し一種の鬼気をさえ醸して居る夫の姿だった。土産物に提げて来たらしい折づめがひしゃ型につぶされ血に染まっていた。此処二三年何故か浮かない顔をしていた人だったので自殺ではないかなどと噂を立てる人もあった。その時まだ三才だった健作を抱え女手一つでは何うしても食って行けず実家へ帰って居たのだがその実家と信敏の家同志が交際もし合って居、隣近所のよしみから自然に親しくなり、仲に入る人もあって健作を連れ子として信敏の家へ後添として来たのはそれから二年ばかり経った信敏が十一歳の秋だった。

信敏の父がその当時一番大きな悩みとしていたのはその時十一歳で物事も大分解りかけて来た年頃のまた人一倍弱気で、寂しがり家な孤独な性質を持っている信敏が第二の母を迎えると云う事によっての感情の悪化と云う事だった。が、信敏としては小さい時に母を亡い、兄弟と云う様なものもなく、父親や祖父母の何かざら〳〵した感じのする生活に物足りないものを感じ初めた頃だったので第二の母を迎えると云う事は相当心に泌みるものがあった。信敏は運命がさせた自分の孤独な心身を子供心にも寂しいと思い、「自分にも兄弟があったらいいだろうなあ…」と泌々思う事があるのだった。近所の子供が兄弟で睦まじく遊んで居るのを見ると「兄弟っていいもんだなあ」と思う事がよくあった。「自分にも一人の弟が欲しい、そうしたら随分可愛がってやるんだけれど」とも思うのだった。実際その当時の生活には信敏も「うらぶれた」と云う様な感じを与えられていたのだった。

継母――そんな不安も心の何処かをかすめないでもなかったが、そんな当時の信敏としては、それに近所の事とて時々遊びにも行って居、何か人間的に親しみを覚えて居た人だったので、その人を自分の母として迎えると云う事は兎に角嬉しい事だった。母の人間的な良さ―と云った様なものが信敏をその新しい母に親しませた原因かも知れないが、初めは何かぎこちない感じを受けないと云う訳には行かなかったが、日が経つにつれ信敏はこの第二の母に心からの「母子」の親しみを覚えるのだった。母も信敏の性質に細々と注意し暖かい母性の愛情を示して呉れるのだった。

信敏は夕方遊びから帰って来ると母が野良を早終いして家で夕餉を焚いている姿を見るのが何か珍らしく、「頼もしい」と云った様な嬉しさ？　を与えられるのだった。

新しく弟となった五つの健作は信敏には可愛ゆかった。小さな顔には大きすぎる様な健作の眼を信敏は好きになった。「この健作もたった独りぼっちなのだ」と思うと子供心にも自分に似た運命を持って居る弟に自分が味って来た孤独な寂しい気持を味わさせたくない、これから兄となる自分はこの弟に愛を、幸福を与えてやらなければいけない。自分の肉血を分けた弟と思い込まなくてはいけないと泌々思うのだった。健作が大きくなるにつれ信敏が大人びるに従って信敏の心にこんな思いが深まるのだった。学校でその日教わって来た国語等を健作を相手に読んで居る信敏の姿を見て父と母が微笑んで居る事があった。

信敏がそんな風だったから健作も学校へ上る様になっても信敏を実の兄と思い「兄さん」「兄さん」と信敏が近所の友達と陣取りやメンコ遊びをする時等も腰ぎんちゃくの様に従いて歩いた。長ずるに従って人の噂等でうっすらと自分の過去に気付いたらしかったが、兄の信敏の前ではそんな身振りも見せず、信敏もそんな事は打忘れた様に健作には実の兄として振舞って来たのだった。それは内気な引込み思案な自分に比べて、はき〳〵したよい性質をもち、しっかりした気質を持っている健作に信敏は羨しいと思う美点を見出していたからでもあった。

百姓と云ってもその日の食に困る訳でもなかったのだが遊ばせて置いてはろくな人間にならないと云う教育方針をもっとうとしている父は信敏にも小さい時から野良仕事をさせたが、健作もまた学校へ上る頃からは畑の草取りや豆蒔きの手伝いなどさせられた。山や丘が多いので豆を蒔く様な地は大抵急な傾斜を帯びて居るので、その傾斜に初め鍬の穂先きで豆を蒔く穴をうがち、豆をひねり、灰の肥料を入れ、最後に下側からけずりならして行くのだが信敏が豆を蒔く穴をうがち、健作が豆をひねり母が肥料を入れ、父が後をならして行くのだったが、そんな時信敏は一家揃って働く事の楽しみ、喜びに満たされ、泌々と感謝したい気持になるのだった。こんな風にして現在まで—九年余りの年月を信敏の一家は小人数乍ら波風の立たない暮しをして来たのだった。

松蟬が終え油蟬が庭の欅や裏山の落葉松でむせつく様に鳴く様になった。昼休みの時間など健作は友達とさそい合って毎日の様に村外れの谷川に水浴みやはや釣り等に出かけた。それは健作が水浴みが上手だったせいもあったが、この夏は健作は妙に暑がった。体がたゆいとも云った。信敏はこの夏にかぎって妙に暑がる健作の健康が気がかりでならなかった。その暑さのせいでもあったろうが、信敏の眼には健作の外貌が少しずつではあるが変化を生ずる様にすら見えた。水浴みから帰った弟の顔が妙にてら〳〵と油光りしているのが信敏には嫌な感じがしてならなかった。それが終いには弟に対する言い知れぬ嫌悪となって日増に深んで行くのを何うする事も出来なかった。それは信敏の心に何うしても払いのけられない、弟に対する「不安」があったからである。

　信敏は今まで十年近くの年月の間覚えた事のない、肉親として、弟として愛しみいつくしんで来たその弟に急に寝返りでも打たれた様なうら寂しさが苦痛となって自分の心を覆うのを覚えるようになった。そんな時それと何かのつながりの様に母の事を思うのだった。『自分の心から何うしても消えずにわだかまっている「不安」がもし現実となった場合、母が何んなに蒼ざめ、悶えるだろう。弟と自分に対する母の愛は少しも変りなく表現されているが何と云っても弟は母の血を引く、腹を痛めた子であるのだから——母の老後は自分に頼っているとしても、心は弟にかかっているのが事実だろうから——』こう思って来ると母の姿が妙に寂しいものに見え。自分の一家が暗いどん底へ落ちて了うのではないかと思った。そんな馬鹿な事がと—思うまいとすればする程、そんな事にかかわって行く自分を信敏は何うする事も出来なかった。

「G町まで行っていい医師に診て貰ってはっきりした方がいいかも知れない」と漠然と考える事があったが「もし弟の病気がそうだったとしたら、いや弟がそうだったとしたら」とそんな場合の自分のみじめさ—また弟がたまらなく不幸なものに見え、兄の口から弟の不幸をあばき出す様に思われて「そのうちには何うにかなるだろう」信敏は自分で自分に信じさせるより、そう思わせるより仕方なかった。

前から口数の少なかった信敏がめっきり此頃は口をきかなくなった事は弟の健作にも兄の身を不思議に思わせ、心配になったらしく「兄さん何うしたんだ、此の頃兄さん孤りで何か考えてばかり居るからつまらん」と信敏の顔をまじ〳〵と見る事があった。

父はそんな此頃の信敏を自分でも経験し且つ味わって来た「若い日の悩み」と云ったものと思って居るらしくあまり気にもとめなかった。それは父母の前での信敏の少なからぬ心づかいもあったからだ。何うにかして此のわずらわしさから抜け出したいと信敏は昼の間は田の草取りや畑仕事等で汗を流して働いた。何も彼も打棄てて置いて農作に力を注ぐのがせめてもの憂さ晴らしになり楽しみともなるのだった。

昼間何も彼も打ち忘れて働けば働く程、その反応として一日の仕事が終った夜になると信敏は身も心もほと〳〵に疲れを覚えぐったりとなるのだった。今まで楽しかった一家揃っての夜のくつろぎもそんな信敏には憂鬱な時間と変り、濃かった眉毛が目立って薄くなり、不健康な色で包まれる様になった弟の健作の顔を見乍ら信敏の疲れた頭脳は思うと云う事なしに、血―血―と何かにきざみつけてでも居る様に、呟く様に繰り返すのだった。それは信敏が自分でも意識して居ない程の淡いものだった。――この弟は自分と血肉を異にして生を受けて来たのだ―と今更の様な事を思うのだった。

繊細な母性の感情が日がたつに従って変化を見せる。それは少しずつではあるが、健作の健康に気付かない筈はなかった。母も時々「健…お前此の頃何処かが悪くはないかい。顔色が悪い様だね」と健作の顔を見乍ら云う様になり、村の医者にも診て貰ったのだがはっきりした返事を聞く事も出来ず「薬をあげましょう」と云って鉛色をした金属の塊の様なものをといた水薬を呉れるだけだった。「何うって事はないんだけど、ただ体がたゆくて」と云うだけで、野良の仕事もし、元気で友達等と遊ぶ健作には母も何うする事も出来ず、ずる〳〵と日が経って了うのだった。心臓が悪いんだ、等と云う風説を聞いて来てそんな手当もして見るのだった。「そうであって呉れればいい」と母の口からそれ等の事を聞き乍ら信敏は強いて安堵を求め様とするのだった。悩みが濃ければ濃い程それからのがれ様とする卑屈な感情が弱い信敏の性格にぐん〳〵覆いかぶさるのだった。「弟がもし自分が思っている様な病気なら、それで母に自分の意見を打明けはっきりした医者に今のうちに診て貰うのが弟に対する兄の真実の愛ではなかろうか、一家の為ではなかろうか、弟の健康に嫌悪を感じているのは弟が可愛いいから、その弟と自分の間に何うにもならない『へだて』を知る事を自分は恐れているのではなかろうか、それも兄の一つの真実の愛には相異ないが、それは卑屈な事ではなかろうか、そんな感情を振切って了うのが母に弟に対する愛であり返礼ではなかろうか——信敏のこんな悩みは母にも父にも当るわけには行かず自然に自分を陰鬱にし、外面に向ってそんな鬱屈した感情の吐け処を求めた。村の若者は夜になると三々五々と群をなして村中をねり歩き、遠くはG町まで遊びに出掛け十一時十二時と深更になって各々の家の門をくぐり入るのが習慣になっていた。信敏は一定の夜業の繩をない終えてからほんの交際程度にそれ等の群に加わるのだったが、それがこの夏になって十一時十二時と夜更けまで遊び廻る様になり、こればかりはと、つつしんで居た酒も何時の間にか口にする様になって了った。信敏はそんな自分を恐ろしい気持で凝視め乍らも何うする事も出来ない自分の感情がたまらなくいじらしかった。初めのうちは若いんだから、と大目に見ていた父も信敏のそんな行動が自然昼の仕事にも影響し夜業等も碌々手をつけなくなったので「まあ若い時は少し位の夜遊びもいいが…お前も少しは考えて呉れ、こんな事で今まで築いて来た一家の愛情が崩れるといけないから…健作にも影響もしようし」と信敏を前に呼んで細い眼を沈痛に沈ませ乍ら何時もの渋い口調で小言を云う様になった。それにも増して酒の味を覚える様になってからは何故か神経が敏感に信敏の上に注がれ初めた母の視線に合うのが辛かった。夜更けて家に帰ると、母がまだ眠らずに居る気配を二階になっている自分の寝室へ行く梯子段を踏み乍らふと感じる様な夜もあった。冷たい理性が「済まない」と云う感情になって信敏の心を鞭うつのだった。

それはある日、青年会の祝賀会のあった夜だった。知らず〳〵のうちに呑み過ぎた信敏がだら〳〵に酔って家に帰ったのだったが、その夜は何うした訳か母がまだ起きて夜業の縄をなって居た。「これはしまった事になった。」と俯向き勝ちに鈍い足どりで這入って行った信敏の姿を見、一瞬さっと蒼ざめた表情をまた何時もの柔かい微笑に変えて、「信…さん、こんな事は云いたくはないんだけれど、酒だけは深く呑まないで――後生だから、まだあんたは若いんだから――何と云っても体が大事だからそれに―。あんたが夜遊位するのはとめないけれど―」と泌々した口調で夜業の縄をくって傍に置き乍ら、信敏に云うのだった。微笑って居る筈の母の眼に泪が光っているのを見た信敏はひし〳〵と胸がつまり、俯向いて佇んで居るのだった――。

野には女郎花が咲き竹煮草の穂がさら〳〵と侘し気な音を立てる様になった。取入れがだん〳〵近づいて来た――。

黄金色に熟した稲の穂面を見ていると総てのものを忘れてさや〳〵した爽快味を感ずるのが百姓の若者としての信敏には常だったが、その取入れが来ても信敏の心は暗かった。稲を刈り乍らも心からその爽快味を味う事が出来なかった。稲を刈り乍らもじっと澄んだ空に眼を注いで居る事が度々だった。猫の手も必要な取入れは別に働く事にさしつかえない健作にも仕事の分担を与えた。信敏等が刈った稲束を馬の通れる畦道まで負い出すのが健作の務となっていた。此頃の健作の顔は幾分むくみさえ帯びて来て顔色がよくなかった。働くことの好きな健作は「気分が悪い様だったら無理をしない様にのう―」と云う母の言葉を押切って「何うって事はないんだから、遊んでいても仕方がないから」と一心に働いた。その心根が信敏にはたまらなくいじらしかった。せわしくなればなる程一人でも健康をかいて居れば一家は自然にしめっぽくなり、そのものに一家の注意が動くのが農家の常だった。一家が集っていろ〳〵と健作の事を相談し合う様になった。父と母がむっつりと黙りこくって稲を刈って居る姿を見るのが信敏には何故か辛かった。「困ったもんだ、どうした事だろう…」と云って溜息を吐いた。「顔色が悪いだけで何うって事はないんだから」と云って考えに沈んだ。「あれの父親があまり酒を呑んだからその毒かも知れない」等と父と母が夜の寝間でひそ〳〵語っているのを洩聞きして信敏は寒い感じを与えられる事もあった。「銭がかかるけれど取入れでも了えたらG町まで連れて行って博士さんに見て貰って来なければなるまい」父が独り言の様に云う事もあった。信敏は父や母のそんな言葉を頭の中で繰り返し乍ら夜更まで考え込んだ、隣夜具の健作の寝顔を見ていると何となく弟と別れなければならないと云う様な侘しさが湧いて来るのだった。

漸く取入れも済んだ或日、兎に角も—と云う事になって近郷では確かな医者として信頼のあるG町の××病院へ母が附添って行って直接院長に診て貰う事になったのだった。

母の話によると博士は細々と健作の体を診察し、尻の斑点を見出すと何かはっとしたらしく一瞬眉を動かしたがまた元のむっつりした顔になり、今度は健作の顔をまじ〳〵と眺め、細々調べてから「一寸こちらへ」と母に声を掛け別室へ這入って行くと母に椅子をすすめ、医者らしい繊細な神経の感じられる唇を重く動かし乍ら「お気の毒ですが、癩と診ました、しかも急に出た様ですから、なるべく早くこういう病者ばかり居る療養所がありますから、其処へ息子さんをおやりになったら……。それならば私が然るべき手続をとってあげますから、なるべく早くおやりになった方が息子さんの幸福になるでしょう…」と蒼ざめて伏目になって聞いて居る母に療養所の施設、生活、慰安等を語って聞かせるのだった。病院を出ると母の顔色から自分の病気の容易ならぬ病気である事を知った弟は、きっと唇を結んで街道を歩き乍ら流れ落ち様とする涙をこらえて来たが家に這入るなり泣き崩れて了ったのだった。

母が語るのを聞き乍ら信敏は何うにもならない処まで来て了ったと思うと、自分が春以来悶え続けてきたものが後はかもなく消え失せ自分が真逆さまに崖からでも飛び落ちた様な気持になるのを覚えた。水の流れの様に流れる処まで流れ着いてしまった安けさが深い悲しみに濡れ乍らも、これではいけないと云う力をじゅん〳〵と湧き上らせた。弟に対する嫌悪も何も総ての感情が消え失せ、唯弟を抱きしめてやりたい様な愛情が湧くのだった。それと共に自分の身辺に漠々とした空虚を感じない訳には行かなかった。涙ぐんでいる母の額に横たわって居る皺を初めて知った様に信敏は悲しく眺めた。黙って聞いていた父はむっつり口を開いて「健やのう、お前療養所へ行って呉れんか、皆んなだってお前を家へ置きたいのは山々だけれど伝染病気であって見れば、それに家へ居れば居る程お前の病気が悪くなるんだから、七八年もしたら癒って帰るだろうから」と云って健作に療養所行きをすすめた。母も「それがいい…その方がお前も助かるし家も助かるんだから」と行ってまた涙ぐんだ。涙も出なくなった健作の顔に重い決心の色が次第に浮んで来るのを見ると、信敏は堪え難い気持になって庭へ走り出た。健作が植えたコスモスが庭を畑の様にして乱れ咲いて居た。その花を乱して「ああ！」と深い溜息を吐き乍ら信敏は倒れる様に花の中に臥して泣いた。呆然とした気持だった。

いよ〳〵健作が入院する事になったのはそれから十日ばかり経った変質的にむし暑い日だった。信敏一家はその日健作の為にささやかな別意を表すべく一日野良を休み野菜ばかりの別宴をはかった。一家の心が久し振りに一つに解合った睦ましい夕餉だった。「暑いのう、こんな日はまたあの水を呑みたいのう」と父が呟やいた。それは信敏の家の裏山のだんだら坂を登って行くと、蕗が群立っている窪地に湧いて居る村でも一二と云われている冷たく味のある泉の事だった。暑い夏の夕等健作に一升瓶で汲みにやって皆で飲んだものだった。「そうだ、健もうしばらくあの水も汲んで貰えんから今日は汲んで来て呉れんか」信敏は出来るだけ弟に接して居たい気持になって言った。「ああ行って来る」嬉しそうに一升瓶をさげて行った健作が汲んで来た水を皆が湯呑に一杯ずつ呑んだ。「相変らず美味いのう」父が感嘆した。信敏は別れて行く弟との水盃だと思うとしんみりと舌に泌みる泉の味が心憎かった。

汽車はG町まで行かなければならなかった。別れ際に「向うへ行っても、医者様の言う事聞いて体を大事にするんだぞ、それからお前位の人がうんと居るそうだから仲良くするんだぞ」と眼をしばたたき乍ら健作に云う母の言葉は信敏の胸に一つ〳〵くい入って広がるのだった。「うんおっかあ心配しないで…」其処まで言った健作の言葉は後が続かなかった。父が病院まで健作に附添って行く予定だったが、強いて頼んで信敏が行く事になり父はG町で別れる事になった。汽車がG町のプラットホームを発ったのは夕方の六時頃だった。車窓に寄った父が「健大事になあ」と言い乍ら「これ二人で食え」と云って信敏に梨の包を持たせた。

昼の暑さは何処かへ去って越後平野を吹く風はうそ寒かった。車室は特別買切で県庁の人、信敏、健作の三人切りでがらんとして居た。汽車が走り出すと彷彿として信敏の眼前に母の姿が浮んで来た。これからのお母さんはぐーんと齢を取って了うんではないか——と信敏は思った。弟の居ない自分の一家は何か漠とした寂しさに襲われるんでは——か——。信敏は自分の心の中に一家の中に弟と云うぞんざいが深く々々食い入って居るのを知り、血も何も乗切った絆が自分と健作とを結んで居るのではないかと思い、弟の斑点を初めて発見した時の暗い予感が自分の心に暗くそれ以来心に蟠ついて居たのが現実となって表れたのも不思議ではないと思った。

汽車は闇をひた走りに走り、泣いて居ない弟の顔は悲しい現実に堪え様とする意志で引しまって居た。その眼は闇の越後平野に凝っと注がれて居た。信敏はふと別れ際に父が呉れた梨を思出し一つ取出し皮をむいて健作にすすめた。「兄さんは」と云うので自分も食うべく不器用な手つきで梨の皮をむき初めた。梨の皮は細くなり太くなりして不器用に下がり梨は凸凹を作り乍ら皮をむかれて行った。その信敏の不馴な手つきを見て居る健作の顔が泣きたい様な笑顔になり、自分の梨をもう一度見直してからぽそり〳〵食い初めた。信敏は梨の皮をむき乍らこれ程兄らしい愛情が弟に対して湧いた事があるだろうかと泌々思った。未知の地へゆく弟がたまらなく可愛ゆく、弟の居ないこれからの一家を思い、弟が療養所で味う苦痛はやはり故郷に居る自分が味い乍ら生きて行くのではないかと泌々思うのだった。

風と花

松井秀夜

一

「おい謙、あれを見てどう思う。」

生野が指差した前方、二十米《メートル》程、十四五歳頃の少女達が三人、先刻から仲良さそうに肩を組んで歩いていた。紅色や緑色の模様の美しく交錯した簡単着や単衣を着飾っていて、樹葉の間から洩れたまだ強い太陽の光線がぱっと肩から背を流れて落ち、明るく照出されたその瞬間にほのぼのとした光が浮び上る気触が感じられた。その少女達は陽気に流行歌を合唱していた。一見それは微笑ましい風景であった。然し謙はその少女達に対し、妙に気持が沈んで来る思いがするのだった。派手なその着物の色模様よりも、可憐なその姿よりももっと深く謙の眼に衝いて来る感動は、病症によってぶらぶらと内飜馬足する足首の動きや頭髪が薄れて土色の皮膚の覗いている頭部の半面や曲折した指の悲惨な相だった。そうした癩児童の病症を見るのは痛ましく淋しかった。そしてその淋しさは自分自身の憐れさを呼起して来るのだった。謙は結局苦笑してしまうより仕方なかった。

「笑いたくなるね。」

「笑いたくなるって、滑稽でかね。」

「あまりにも痛々しくてさ、可憐であれば、可憐であるほど痛々しく思うね、何も知らずにああして無心にいま歌を歌っているけれどあの子達の将来や人生を考えて見たら実際、たまらない気がするよ、俺達の過去もあんな風だったかと思うと、あの女の子達が全く可哀相でならない……そう君は思わないか。」

「それで、どうして笑いたくなるんだい。」

「いいかね、あの子達を憐む事は結局自分自身を憐れんでいる事だよ、その自分を憐むことがまともに出来るかい、……苦笑してしまうより仕方がないじゃないか。」

「泣き笑いって奴かな。」

「そうかも知れないねぇ……」


謙が肯くと生野は歪んだ口をひきつって薄笑いを浮べた。水々しい夕べの空気が単衣を徹して身の内に泌込んで来た。其処は療院を囲んで連っている柊の垣根の道で移行して並んでいる松の木の枝々に傾きかけた西陽が燃え、その松の葉の間には細かいぶよの群が陽炎のように飛んでいた。療院の早い夕飯を食終ってから暗くなるまでにはかなりの時間があって謙はよく夕飯後、散歩に出掛けた。その散歩のコースもきまってこの柊の垣根の道だった。そして今も生野を誘って出て来たのであった。何処を見ても強烈な太陽の直射に喘いでいた昼間の風景も夕べになると清々しく息付く気触が気持よく、黝んだ青葉に水々しい新鮮な色が蘇っていたり、白い煙のような雲が水に沈んだ氷片のように変っていてそんな感覚に浸っていると、懶く焦しかった気持に静かな落ちつきが湧いて来て、救われる思いがするのだった。又、その一つには、今度八年ぶりで会いに来ると言う母や妹の事や醜くなった現在の自分の身を静かに考えてみたいという感慨もまじっていた。母は逞しく成長した姿を見たいという希いから来るのに相違なかった。そんな気持を抱いている母だったら会わない方がいい、泣きに来るんだろう断ろうと一度はそう決めてはみたが矢張、それでは何故か充ちたりない淋しさが心をせつなくするのだった。妹の雪子がどんな風に変ったか母がどんな風に変ったか見たいと思った。八年振りで来るという故里の匂いが今になってたまらないほど慕わしく心に甦って来るのであった。そうした戸惑の焦しい気持を落ちつかせるものはこの夕べの静かな一刻だった――。

肩を組んでいた手が離れると少女達は互いに向き合って右手を差出し、明るく笑合った。何をするのかと見ていると肩まで揺って「ジャンケンポン」とやり出した。「ジャンケンポン、アイコレショウ」そしてもう一度、どっと笑いこけると「みーちゃん十、たっちゃん二十よ、わたし七ツ、つまらないわー」と中の一人が叫んだ。笑っていた他の二人はくるりと体をむきなおすと一、二、三、と言いながら駈けて行った。明るい陽光が二人の背にぱっと明滅した。見送りながら雪子も――と謙は思った。着物を翻えして元気よく駈けてゆくその少女達の後姿を見ていると謙の心に八年前別れたきりの幼い雪子の姿がふいと浮んで来るのだった。雪子もよくあんな遊びをやって跳廻った。自転車に衝突して血を流したこともあったと思った。そんな追憶は何故となく謙の心に微笑を覚えさせた。

「あれ、俺達もよくやったものだね。」

「紙が二十で拳が十で鋏が七ツか、早く目的地へ着いた者が勝つて奴だろう。」

「うん、子供は無邪気でいいなあ、自分達の人生がどんなものか、あの子達にゃどうでもいいんだからなあ、俺達もあの頃が一番楽しかったね、謙、そら憶えているだろう少年舎から神宮まで剣戟ごっこしながら参拝したことがあったじゃないか……」

そう生野から云われると謙もその頃のことが種々懐しく思い出されて来た。うんうんと肯いていると一つ一つの出来事が胸を熱く沸立たせて来るのだった。その思い出の中でも謙の脳裏に深く刻み込まれているのは収容当時の生野の幼い姿だった。円顔で眼の澄んだその可憐な姿はいまでもありありと脳裏に浮ぶのである。

　生野は十三歳の時に収容された。国はどこか、歳は幾つかと尋ねてもその時の生野は只首を振ってめそめそと泣いてばかりいた。みんなは泣虫だと囃立てたが十四歳だった謙は同じように笑いながらもその生野が憐れになって、兄さんらしい気持で色々慰めてやったものだった。所が夜になって泣き疲れた生野が風呂敷の中から筍の皮で包まれた握飯を取出してむしゃむしゃと頰張ってるのを見ると謙も急にはげしい郷愁を覚え始めた。真白い米粒の色に謙はふいと母の面影や雪子や故里の匂いを思い出したのである。暫く忘れていたのだが、その夜は謙も深い孤独感と郷愁の念に堪えられなくなって布団を頭から冠ると泣出してしまった。薄暗い部屋の一隅で泣ていた。その淋しい生野の姿と真白い握飯の色と、その時湧上って来た自分の哀愁は寒々とした冬の夕空のようにいまでも深い印象として脳裏に残っているのだった。

「君の来た当時だったね、たしかにあれは……あの頃がいまでも一番懐しいね、それも、いま自分がこんな体になってるんで尚更そう思うねぇ。」

「うん……」生野の表情を見て、此の気持は自分と生野だけが共通するんだと思った。そう思うと何となく淋しかった。

　野菜畑を抱いていた垣根の道は未開墾地の青草原の中を巡っていた。其処に出ると叢を揺すって爽やかな涼風が走っていて先刻の少女達の姿がその草原の彼方の遠くを蝶のようにひらひらと舞っていた。太陽が何時か森の中へ隠れて空が一段と水色に澄んだようだった。遠く隔てて療舎の白い屋根が樹の中に玩具のように列んでいたし、鍬を担いだ人の白い服が灌木の間を流れていた。この十万坪の中で自分はもう八年も暮したと謙はふと驚きを覚えて、何か不思議な気さえするのだった。八年前と云えば此の辺はまだ、療院外で櫟や欅や松の雑林が昼間でも仄暗いほど密生していた所だった。——そしてその頃自分はまだ可憐な少年だった——。

草原の真中に赫土が六尺ほどもり上っていた。側の配水濠を掘った土だった。

「おい、あそこへ行こう。」

そう言って生野は深い叢の中へ入って行った。「カチカチカチ」とその足元からバッタが飛んだ。謙も黙って草を踏んだ。

「此処の療院の三原山だ、煙は出ないけど。」

躓いている謙を離して生野はそう言って赫土の上に駈上った。単衣の裾が風に飜っていた。人の話で聞いたのだが或人が此の濠の水に飛込で自殺したということだった。

「俺も一つ飛込もうかな、生きていたってどうせ俺達の生涯は決っているんだ。」

見ると生野は其処にあった小石を拾上げて濠の中へ投込んでいた。一寸の間を置て、ごぼん、ごぼんという重い無気味な音が地に湧いた。嫌な音だと謙は思った。赫土の上に上ると風が気持良かった。叢をなびかせて渡って来る風足がよく分った。

「どうせ、やるなら死体の分らない方がいいね、自殺してもあの中ではすぐに見つかるからね。」

「そうだね、醜い死体を人眼に曝したくないな、じゃあどうしたらいいだろう。」

「さあ!」

そう答えて何気なくそこにあった小石をぽんと蹴ると下駄も一緒に足を離れて転った。

「足が悪くなった」と弁解すると生野は只笑って「だんだん悪い所が広がって来るね」と言った。泣いているような生野の笑顔を見ていると謙も口元に微笑が湧いた。その微笑も苦しく胸が只訳もなく絞めつけられて来るような絶望の笑いだった。

二

謙は雪子へ手紙を書いた。

「ごめん下さい。御手紙を差出すのを遂怠ってしまい申訳ありません。療院の早い夕飯を食終って只今散歩から帰ったばかりです。夕暮の清々しい空気に触れて来ると凋んでいた気持も活々と甦って来ました。暫く忘れていたそちらの事がいまふいと思出され、気の向くままにペンを握ってみました。

あまり長い御無沙汰なので何から書いてよいのか見当がつきません、静かな夕空をいま北窓から仰ぎながらとにかく心に浮んだ事を次に書いてみましょう。先ず第一に浮んで来るのは雪ちゃんの姿です。近く会える雪ちゃんの姿をいま懐しさ一ぱいで描いています。雪ちゃんと別れたのは八年前の昔でしたね、あの時の雪ちゃんはまだ可愛い少女でしたね。手玉遊びや縄飛に夢中になっていた時だからたしか私が十三で雪ちゃんが十一の時だったと思います。あれから早くも八年の歳月が過ぎてしまいました。今雪ちゃんはどんなに生長し立派な姿になったか、考えただけでも何となく胸がわくわくするようです。

母も随分、変ったことでしょう。その母や雪ちゃんと会える日を期待しています。……」

万年筆を休めて北窓から外を覗くと生垣に咲いていた芍薬の花が何時か凋んで吹く風に落ちそうになっていた。

「—兄ちゃんが居なくなってさびしいワ、夜になってから母さんと二人きりで兄ちゃんのことをはなしています。早くよくなってかえってきて下さいね。」

収容当時、まずい字でそう言ってよこした雪子だったが、此頃では「兄様、兄上様」等と自分を呼ぶ。そう敬称されるのは何となく嫌で謙は昔のように「兄ちゃん」と呼んで貰いたくて不満だった。八年も流れているのだから雪子が大人になっているのは間違いの無い事ではあろうが、謙は昔のように雪子が何時までも可憐な少女でほしかった。面会に来るという母や雪子に対し一つにはその幻滅を恐れる気持もあった。そんな気持は一体どこから生れるのか、——はっきりと意識は出来ないが、時間の恐怖から起るのに相違なかった。——雪子は変っている立派な一人の婦人になったぞ——とそう肯定しながら心の一隅で謙は必死になって否定した。実際に考えただけで胸がわくわくとするのだった。

謙は路を歩いた。灰色の雲が重く頭上に蓋をして、気持が焦しく押せまっていた。黝んだ青葉に風が鳴って、午後だった。

医局へ通ずる道に連って南向の療舎が列んでいた。石道に謙は駒下駄を鳴らした。その石道は盲人の為に敷いてあるもので、治療日には此の石道に盲人達は「カチカチ」と杖を鳴らした。その石の音を頼って医局へ通うのだった。

黝んだ禿頭に大きな絆創膏を貼った男が近づいて来たと思うと濁った眼でぎろっと一瞥した。そしてそのまま円い鼻を鳴らすと単衣を足に絡ませてすたすたと擦違って行った。謙は瞬間絶望だと心に思った。あの男の頭に貼った絆創膏を剝げば悪臭に充ちた癩の血膿が流出る。あの男の身体の内部全体にはその血膿が充満している。魂の価値がどこにあるのか、ぎろっと見詰めた眼の色は痩せた野犬のように、幸福に飢えていた。それは将来の自分の姿ではないかと思った。——こうした感情は医局等へ行った時もよく起った。薬品の匂いで充ちた廊下を寝台車に横たわって通る病人、手探りで歩いて来る盲人、醜く崩れはてたその人達の容貌を見る度に謙の気持は絶望を感じて曇った。

「生きている権利が無い。」

幼時から療院に居る自分には人間としての価値が在る筈がないと思った。

そうした気持をわざとまぎらす為に謙は空を見上げた。雲は雨を充して流れていた。

人々が望郷台と呼んでいる築山の裾へ来るとその傾斜に植えてある芝生の色が眼醒めるばかりに青々と息づいていた。その青さは謙の心を驚かせ深く捉えた。凋がれた気持がその濃い緑の色彩に溶込んでゆくような気がするのだった。深い魅力と切ないまでの憧憬を覚えて謙はその望郷台に登った。

起伏した黝い木立やその間に点々と浮いている白い寮舎の屋根、煙突の黒煙が生物のように遠くまでなびいていた。展けたそんな風景を眺めると幾分か気持がゆったりと広がって来るのを覚えた。――誰も居ないと思っていた頂へ登りつめると謙は其処の丸太椅子に腰掛けている十二三歳頃の少年を見かけた。ゴム靴を穿いている両足をぶらぶら揺すっていたが謙が思わず顔を見合して微笑するとその少年も顔を円めてにっこりとあどけない笑いを浮べた。謙はその愛らしい少年がすぐ気に入った。

「君は少年舎にいるんだね」と尋ねてみると

「うん、あそこ……」とすぐ眼の前の少年寮舎を指差した。

「何時、来たの、此の療院へ。」

「もう、二月もなるよ。」

「家、恋しくない？」

その答えには只、にっこり笑っただけだった。

「家、遠いの？　どこから来たの……」

「あっち」指差したのは、晴れた日、秩父嶺の背が浮び上る方向だった。

「元気よく暮すんだね。」

「うん。」

首を振って大きく肯くと少年はもう一度、晴れやかな微笑を浮べた。

「さっきね、家の方の山が見えていたんだよ。」

「そう、懐しかったろ。それで一人で居たんだね。」

「うん、だけどもう見えなくなっちゃった。」

謙はその少年がすっかり好きになった。少年舎に居た頃が懐しく心に甦って来た。この少年のように自分もよく此の望郷台へ登って遠い故郷の姿を憧憬したものだった。謙はつと立上るとその幼い気持に還って灰色の雲で覆われた空を眺めた。自分が此の少年のように幼かった過去の時代に現在が還ってしまえば良いと思った。風が足元から駈上って来た。

三

図書館へ行って新聞を読んで来るつもりで出掛けたのだがその途中に湧上って来た気持の変更から謙は長い時間をぶらぶらと歩廻った末、その新聞も見ずに舎へ帰って来た。舎の畳に尻をつくと一時に激しい疲労を感じて吐息がひとりでに出た。部屋には何か重々しい圧迫が漲っていて、欠伸をすると咽喉がつまりそうだった。部屋の中に雑然と転がっている雑誌や茶罐やその他衣類や火鉢等に謙はそれとなく眼を見張った。

火鉢に掛けてある鉄瓶は音を立てて静かに滾っていた。同部屋の仲間は明るい北窓に寄った方で将棋を囲んで時々笑合ったり饒舌ったりしていた。周囲はそんな閑かな情景なのに、只空が曇り部屋に居るというだけで此程に気が沈んで来るのはどうしたことか、謙は畳の上に腹匍いになってそう思った。じっとしていると全身が皺寄るような焦しさが絶間なく胸に震えた。こうしていても何かしなくてはならないことがまだたくさん残っているような気がし、大事なものが急に刻々と自分から失われてゆくような不安さが増して来るのだった。埃臭い畳の匂いが押しつけた鼻孔に感じられ謙は重たい頭をもたげた。

「やあ、すごい雲が、降って来るぞ。」

外の方で誰かのそんな声が聞えた。立上って廊下に佇み、見上げると西空一ぱいに墨汁のような重たい雲が犇々と頭上にのし上っていて、その黒灰色の中に、ぎらぎらとものすごいほど木立が輝いていた。遠雷の響が空気を揺って伝わって来た。此の療院の中で後何年暮さねばならないだろうと、ふと謙は思った。

思い出して足の傷の綳帯交換をしていると、生野が部屋に帰って来て、謙の側へごろりと寝転がった。その生野に謙は顔を振向けて声を掛けた。

「どこへ行って来たんだい。」

伏せていた瞼を開いて生野はじろりと謙を懶そうに仰いだ。

「そこいら中、歩き廻って来た。部屋の中は気が憂鬱になって仕方がないから。」

「俺もいま歩いて帰って来たばかりなんだ。」

「でも十万坪じゃ、歩いたって同じ事だな、まるで檻の中の猿みたいでつまらない。」

「うん、自由気儘な旅がしたいねぇ。そうしたら幾分か気持も紛れて来るんだがね。」

「死ぬのが一番、簡単だよ。」

「自殺かい。」

謙が聞ただすと生野は只肯いてにやりと曲んだ口元に微笑を浮べた。その生野の顔には真摯な相が漂っていて、斜めに射込んで来る光線がその顔に濃い翳影を刻んでいた。暫く黙ったまま謙は傷口の赤い肉の色を放心したように眺めていた。その傷は結節が崩れて出来たものだった。平らな皮膚の上にその傷はまるで赤子の唇のように開いていて、黄灰色の膿が滲出ていた。謙は今更自分の現身が嫌れて来た。生野は此頃、妙に自殺することばかり呟いている。やるならやれ、生きていても自分達は只苦しむばかりだ、そう思ってみて謙の心は次第に高鳴って来るのだった。

「俺達は世の中から捨てられた人間なんだね、そうじゃないかね。」

少し経ってから又生野はそんな事を呟いた。

「癩者は此の世に用が無いということか。」

「まあ、そうだろうね、特にわれわれはその方なんだろうね、まるで癩病になる為に生れて来たようなもんだものね、こんな事なら一層雀にでも生れて来た方が余程幸福だったかも知れない………」

生野のそんな言葉に耳傾けていると謙は何故となくその言葉に答える気力が起らなかった。幼い過去の時代から現在に到るまで全然、家庭的な愛情も苦楽も知らない一生を癩の虜にされた自分が哀れだった。よく同部屋の人達は一般社会の四方山話に熱を上げる時があったが、そんな場合、謙は只黙しているより仕方がなかった。一般社会の相貌を知らない自分一人仲間はずれにされているような淋しさが謙の気持を暗くさせた。先日も人々が兵営生活の思出を語って笑合っていたが、謙はそんな話に妙に自嘲心を覚えた。生野を誘って外へ出ると二人は思わず顔を見合した。「せめて一月でも兵隊生活がやって来たかったね」その生野の言葉は謙の心を強く肯かせるのだった。そんなことを思出し繃帯を足首に巻きながら謙の気持は次第に陰惨な底の方へ堕ちこんでゆくのだった。

稲妻の鋭い光が一瞬閃くと雷鳴が空全体に轟いて硝子窓がビリビリと震えた。吹いていた風が死んで空気が圧縮された。将棋を差している連中は部屋の薄暗い一隅で眼を凝らしていた。――謙は外科の繃帯交換を終えると窓辺に肘頭をついた。裏庭は松や銀杏の樹が深い蔭翳を刻んで立っていた。その葉の青さは黝ずんでいて、毒々しいほどの色だった。凝視めていると、垣の向側をふと一人の女の姿がすうっと流れて行った。二十歳頃だと思った。

明るい浴衣の色彩とつやつやした明るい顔の皮膚の色は疲労した謙の気持を一瞬深くひきとめた、見送っていると、ふと謙は雪子の事を思出した。いまの雪子はあれくらいになっているかも知れない。そう思ってみて一寸どきまぎと心が狼狽した。視界からその女の姿が去った後も謙の脳裏にはひらひらと幻影が舞っていた。――世の中のすべてのものは自分一人を捨ててだんだん遠ざかってしまう。雪子はもう自分の妹でも何んでもない。そして母も、自分とは別個の存在である。世界はあの時と現在とは違う。そんな観念が次第に胸中に食込んで来るのを感じた。植込の根元にひょろひょろとのびあがっている一茎の草を謙はぼんやりとした虚しい気持で何時までも眺めているのだった。

入梅が後戻りしたかと思れるほど、毎日鬱陶しい日が続いた。重厚な灰色の雲層は幾日も頭上に低迷し、空気が泥のように濁っていた。そんな日々、謙の気持も暗く憂鬱だった。それに蒸々と息づまるような暑さが胸を圧迫して苦しかった。

その朝、生野の顔は蒼白だった。どうかしたのではないかと尋ねると生野は眼を苦しそうに凋めて喘ぐように答えた。

「何だか体全体がだるくて熱っぽい………」

「寝冷えでもしたんじゃないか。」

「別に……然しね、変だよ。」

その後は、はあーと吐息を吐いて惰そうに頸垂れてしまうのだった。苦しそうなそんな生野の姿を凝視めていると謙も何故となく不安になった。布団を敷いて寝た方が良いとすすめると生野は顔を上げ精気のない声で、そうするかねぇと肯いた。そして朝飯を漸く茶碗の半分程食べるとすぐ横になった。見ると掛布団が息苦しそうに波打っていた。

作業に出てゆく人達でいつものように一寸部屋が騒がしくなったが、それもやがて出払ってしまうと静かな午前の一刻が訪れた。残された謙は畳に寝転ったまま、手元にあった雑誌を拡げてみたが読む気は全く起らなかった。その雑誌を枕にすると謙は眼をつむった。目標の無いこんな生活が何時まで続くだろうか、そう思ってみて謙は何故となく慄然とした。

気持が疲労している故か、暫く経って何時の間にか謙はうつらうつらと眠込んで行った。——謙はふと、朦朧とした意識の中に自分の名を呼ぶ声を聞いた。その声は弱々しく、喘ぐようにそれでいて、力一ぱいの声を絞って叫んでいた。朦朧とした視界の中に浮んだのは、灰色の髪をふりみだし、皺寄った眼を吃っと開いて、すごいほどの形相をした母の顔だった。よく見るとその母の背後には黒装束の奇怪な姿をした魔物が気味悪い嘲けりの笑いを浮べて立っていた。母はその魔物にしっかりと抱きすくめられているのだった。謙は一瞬、全身が冷たく硬直して来るのを感じて立ちすくんでしまった。母はその魔物の手から逃れんとして精一ぱいの力をふりしぼっているのだった。骨格の露わに突出た両手を振り血脈をひきつって——謙ようー——謙ようー——と喘ぐように叫んでいた。むらむらと心の中にその時、謙ははげしい意欲を感じた。救い出さねばならぬ。だが幾等走っても謙の体は動いていなかった。それはまるで宙に浮いているようだった。畜生!! と謙は歯ぎしりを感じた。謙は手を振った、体をくねらせた。首を差出して懸命に務めてみた。然しすべてが無意味だった。はげしい意欲心が焦躁に変った。謙はそれでも必死だった——おっ母さんー、おっ母さんー、と何時か謙も叫んでいた。涙がぽろぽろと落ちた。だが幾等謙がそんな風に焦っても母は次第にずるずると遠ざかって行った――謙ようー――謙ようー、と呼ぶ母の声も次第に細まり悶えている母の姿も次第に朦朧としたけむりの中にぼやけて行った。行っちゃあ嫌だよ、行っちゃあ、嫌だよう。――と謙は次第に消去ってゆく母の姿を哀しく眼で追いながら力一ぱいの声をしぼって叫んだ、謙は幼子のように泣き喚いていた……。

ふと、謙は眼醒めた。周囲は午前の静けさが漲っていた。その静けさの中に鉄瓶が只鳴っていた。謙はとぼけた気持で半身起上った。部屋の中を見廻しても別に異常はなかった。さては夢だったのか、それにしても妙な夢を見たものだと訝しく思ったその時、謙はどきっとした。

「謙よ、……謙よ、……」

幻夢の中で聞いたと思ったその声は生野の声だった。息苦しそうに喘ぎながら生野はそれでも力一ぱいの声で呼んでいるのだった。心の中に暗く湧上って来る予感を覚えながら謙はつと立上った。急足で洗面所へ出て見ると謙は其処に俯伏せになっている生野を認めた。洗面器の中には黝んだ血の塊が広がっているのだった。

「おい、どうしたんだ、おい。」

よろよろとする生野を抱えながら謙は思わずそう叫んだ、蒼白になった顔を苦しそうに引きつって生野は只一言「やった」と答えた。その口元には糊のような血がべったりと粘りついていた。背を擦ってやると生野は又少量の血啖を苦しそうに嘔いた。

「大丈夫だ、しっかりしろ、生野、生野。」

そう元気づけていると謙は何となく胸がせまって来て、涙が溢れ出そうになった。悔恨とも絶望とも知れない感動が謙の心一ぱいに湧上った。清水を汲んで来て含嗽をさせると生野はほっとした面持で謙の顔を見返した。

「とうとう、ここまでやって来た……」

「元気を出すんだ、生野。」

「ううん、……」

「さあ、休もう、医師を呼んで来て上げるからね、元気を出して……」

　一度に憔悴した生野の体を持ちそえて、元の布団へ寝かすと謙はそそくさと下駄をつっ掛けて外へ出た。

　空は無気味に曇ったままで風がほとんど死んでいた。桜並木の鬱々と茂った仄暗い道を謙は小走に歩いていた。肌が何時かしっとりと汗ばんで来た。医局までの距離が普段よりも長いような気がして謙は苛立しかった。ふと謙は先刻の夢の中の自分を思出した。どうした加減であんな嫌な夢を見たのか、もう母の余命は少ないと言う或る暗示だろうか、いやそんなことがあってはならない。だがそれよりも生野は一体どうしたのだ。少年舎から今迄、ずっと一緒に住んでいたが生野が胸を犯されているとは意外だった。これは一体どうしたことか、――そんな考えが謙の心に混乱したまま哀しく浮び上った。一寸躓いたかと思うと下駄が足から離れて側の叢の中に飛んだ。謙はそのまま、叢の中へごろりと寝転ってしまいたかった。

　医師は診察した結果、只、安静にしていなさいと言っただけで病名を明らかに話さなかった。生野の胸には氷嚢が乗せられ息をする度にこちょこちょと水が揺れていた。黙したまま暫くの間生野は眼をつむっていた。その表情には何か弱々しい寂れた色が漂っていた。凝視めていた謙の気持に妙に淋しい感慨を覚えさせるのだった。夢の中で母を呼んだと同じ気持で死んではならない。と謙は心の奥で叫んでいた。

四

　生野の病臥は謙の気持を哀ませた。自分達の体内に脈搏っている生命が次第に死色を帯びて来る有様をいま眼前に見るような心地がするのだった。それは癩院に育った子供の末路ではないか、いやそうであってはならないと謙は首を振った。首を振りながら深い感動の湧き上って来るのを覚えた。部屋の一隅に臥している生野の寝顔を謙はそれとなく窺ってみるのだった。

「生野、苦しいか……」

　やつれた瞼を開いた生野は謙をじっと凝視めた。

「ねぇ。」

「うん、どうした。」

「癩院で育つ子は可愛想だねぇ。」

「………」

「世の中の事も何んの生甲斐もなくこのまま死んでしまうんだものねぇ。」

「うん、だけど生野元気を出すんだ、そうあってはならないからねぇ。」

「全く可愛想だねぇ、ああ、一度東京が見たい。エスカレーターに乗ってみたい。まだ何んにも見た事が無いんだものねぇ、東京の博物館へも行ってみたいなあ、……」

「病気を早く恢復させて一度行って来るんだね。」

「所が駄目だよ、こんな醜い体じゃねぇ、それに何んだかもう自分はすぐに死ぬような気がして仕方がないんだよ、ああたった一時間でもいいから健康者になりたいねぇ。」

そして生野はがっかりした風に吐息した。謙はその後、何も言えなかった。生野のそんな感慨は矢張、謙の気持と同じだった。もう自分達に何もかも与えられない、そう思ってみて謙も思わず、深い溜息をついてしまうのだった――。

その日、謙は雪子から葉書を受取った。愈々、来る時が来たと思うと謙の気持は急に狼狽を覚えた。

「兄上様、御元気ですか、母上も私も相変らずですから御安心なさって下さいね、兄上様、参上の事母上と種々相談したところ、此度、やっと休暇が出来ましたので早速、御伺い致すことにしました。来週の火曜日、夜汽車にて行きますから懐しい兄上様の御顔を拝見するのはその翌日の朝です。もう八年も顔を見ないのですから兄上様もどんなに変っていることでしょうか。母上と色々想像しています。では右御知らせまで

雪子より」

来週の火曜日と言えば今日は土曜日だから二日後である。断ろうと思えばまだ書信で間に合うかも知れない。一思いに断ってしまった方が良いかも知れない。そう思いながら謙は鏡を取り出して自分の顔を覗いた。眉のない結節の浮き上った醜い此の自分の顔を母や雪子は恐らく想像してはいないだろう。此の自分の顔を母や雪子が知ったならどんなに驚くかも知れない。又、いま自分の脳裏に描いている母や雪子は現実、どんな姿をしているか、恐らく自分も想像出来ない姿だろう。あの八年前の可愛い無邪気な雪子の姿は何時までも脳裏に蔵して置きたいのだ。只対面という事実で今後、どんな深い破綻が生ずるか、それは分りきっている。矢張りどちらも会わない方がいい、会わない方が賢明なのだ。そう肯くと謙は机に向った。便箋を広げて万年筆を持ってから謙はその書出しにふと戸惑を覚えた。何んと書いたら良いものか、何を書けば良いのか矢張り何か嘘を言う他はないと思った。然し、それではあまりにも惨酷過ぎるではないか、何故もっと自分はそうならそうと早くから断らなかったか、眼の前に近付いてから――それはあまりにも惨酷だ、暫くの

間謙の気持はそこに立怯んだままペンを投捨てるより仕方がなかった。

　謙はふと生野に相談してみようかと思った。近づいてこんな具合だと声を掛けると生野は少しにやりと微笑してから、

「会うのが正当だろうね」と小さく言った。

「どうして、生野。」

「親はそんなことちゃんと理解していてくれるよ、」

「でも、何かこう本当の母や妹を見ると今までのなんでもなかった母と自分の間が何んだか遠く離れてしまうような気がするんだ。」

「そりゃ確かに今までの気持で居られなくなるよ、然しね、俺達は何時どんな風になるか、わからないんだよ、社会人の十年は俺達の一年ぐらいだからね、会えるうちに会って置くのがまあ正当だろうねぇ。」

「でも、此の気持を壊したくない。」

「君は気持の事ばかり気に掛けているけれど俺達の生命や宿命も考えて見るんだね。」

「うん。」

「そうしたら一刻も早く会いたい気がしないかい。俺は此頃つくづくそう思うね、もう自分の醜さや病気の事等問題外だよ。」

　仰向に臥している生野の胸は大きく揺れていた。肋骨の浮上ったその胸の皮膚の色は血の気を失っていて謙の眼に淋しく映じた。生野のそんな言葉を聞くと謙は何故となく肯いてしまうのだった。

「正雄も死んだし、虎公も死んだし、自分ももうすぐ死ぬような気がしてならんよ、でもその前にもう一度、おっ母さんの顔が見たくてねぇ……」

正雄、虎公とは少年舎に居た頃の僚友だった。

「俺もおっ母さんに手紙出して来て貰うかなあ、来てくれればいいけど遠いからね……」

羨しげに生野は只一人そんな事を云っていた。

八年振りで会いに来るという母や妹なのだ、そして自分も八年振りで会えるという母や妹なのだ、今後の自分達の悲惨な将来は分りきっている。今、会わなかったら恐らく会う日はないかも知れない、とにかく会ってみようか、そう言えば此の場合会うのが何よりも正当であり真実のような気がする。会った後の破綻は又その時の話だ、そう決心すると謙は立上った。会ってみよう、とにかくそれからだ、もう一度心に叫ぶと謙は障子を開けた。午後の太陽はまぶしいほどの光線をそそいでいて青葉が逞しい色に揺れていた。縁側に佇んでいるとその青葉に波打って流れて来た風が全身に爽々しく溢れて単衣の裾を飜した。ふと庭先を見ると謙の視界に真白いダリヤの花房が一点揺れた。何か秘密でも発見したような驚きが謙の心に湧いた。

「おい生野、見ろ、ダリヤが咲いたぞ。」

と部屋の中に振返って叫ぶと生野は首をのばして謙の指差した方向を凝視めた。

「美しいなあ、風に揺れてる所がいいねぇ。」

そのダリアは今年の春、或る友人から生野が球根を貰って来て植えたものだった。

「白い花だねぇ、うん、白い花がいいよ。」

謙は何んとなく微笑を覚えながら、白色は純心で神聖だと思った。その思の中に雪子が浮んだ。

「白で良かったねぇ、白はどんな色彩よりも美しい。」と懸命な気持で謙は言った。

猫

辻　辰磨

見つかった奴は、この後のボールを分ける仲間に入れてやらないからな。と、年量の兵吉が云った言葉を思い出し乍ら、順太はポケットの中に一杯ふくらんでいる蜜柑をそっと撫でて見た。蜜柑の肌はいくらか温もっていて、じっとさわっている手先に、しっとりとした湿りがついて来るようで、そうしていると、――お父っさんにだけわからない様に部屋に持ちこめたら、夜になって、布団の中へすっぽり入りこんで、この甘い冷たい汁を吸うのは、どんなに楽しいことだろう――などと、これから先の蜜柑のことがいろいろと楽しみになった。だがそれはうまくいった時の事で、若し見つかってしまったら、お父っさんには叱られるし叱られた後で蜜柑をどこからもって来たと云われるだろうし、その上にあの人達から皆でもらって分け合ったと云ったら、俺ばかりではなく皆が叱られるし、また其の後は、それこそ兵吉や三公や弁三にどんなに辛くされるか。だからこれからがうまくやらんと駄目なんだと、そんなことを考えながら、順太はごくりと生唾をのみこんで、歩いて行く道の前方を見たり、後ろを振り返ったりしたが、そこにはもう兵吉達の姿は見えず、順太一人が残されていた。

冬近い昏れの陽が、ほかよりも僅かに高い望郷台の頂きに淀んでいて、寮舎の屋根はみんな蔭っていた。

そこ迄来ると、少年寮は直だったので順太は急ぎ足になって、広い校庭を横ぎったが、自分の寮の垣根に沿って門口まで来ると、順太の心は何時にない緊張を覚えて、自分の顔まで変ってしまった様に思われた。

こんなに、泥棒猫が忍んで歩く様に歩いていることは、正直な順太にとってはとても嫌だったが、何時も薄野呂だとか、低能だとか仲間から云われているので、今度のことだって余程うまくやらなければ、此の後、皆への顔むけも恥しいし、その汚名に一層輪をかける様になるので、これはどうしても今日だけは失敗してはならぬと思った。然し、何故今日のように人から物をもらって皆で分け合ったと云う事が、それ程悪い事なのかと思うと、それを呉れた時のあの人達の朗らかな笑い顔と、自分達の嬉しかった事等が、順太の頭の中をちらちらとかすめていった。

玄関を入る時は、お父っさんの部屋の方を見ぬ様にしてと思って来たものの、さてそうして玄関に入ってみると、靴の紐を解く僅かな間も、ポケットの蜜柑と、お父っさんの事が気になって、時々ちらっとそちらを覗いたりしたが、漸く靴の仕末を終えて立上った時、お父っさんの部屋の障子が開く音がしたので、逃げるように二号の自分の部屋に入ろうとした順太の背後から、河田あーと、お父っさんの声が追っかけてきた。しまったと順太はそう思ったが、これを隠し終ってからと、はいと生返事をした儘、自分の部屋へ入って障子を固くしめると、急いでポケットの蜜柑を机の中へしまいこもうとしたが、そうしていても気ばかりあせって、蜜柑を固く握ってしまった手は仲々ポケットの中から出なかった。そうした順太のあわてたさまの背後へ、お父っさんの足音が近づいて来たので、順太は一層あわててしまった。不思議なことには、その時は仲間の少年達は誰一人として部屋中にいなかったが、せいていた順太はそんな事を少しも気にとめていなくて、唯、お父っさんと、蜜柑とのことが、頭の中に一杯こびりついていたのだった。で順太は、その時もうこれは駄目だと思ったが、最初の一摑みを机の抽斗にほうりこむと、すぐ後ろを振り向いて障子をあけ、まぶしそうにお父っさんの顔を仰いだ。若いお父っさんは、細いけれどきつい目を順太の足許にちらっと伸ばしたが、ふと、瞳をぱっと一つまばたいてから、

「佐吉のお母さんがなくなったから、お前も八号病室へ行ってみな――」と云って、そのまま静かな足どりで、自分の部屋の方へ帰っていった。

「よかった！」と、ほっとした気安さが順太の胸を風のように過ぎていったが、ふと、そういう中から、佐吉のお母あが死んだと云う事の、何と云う事もない空ろさが、いまさっきの張りつめていた気分をどこかへもっていったような心の後に来て、どかっと坐ってしまったようで、順太は一瞬呆けたように、部屋の中に立っていた。そうした順太の心の隅へ今度は、何時かの夜、佐吉にさそわれていった八号病室の佐吉の母の病み呆けた蒼白い顔がぽかっと浮んで消えたが、その顔の下に、小さく泣きべそをかいた佐吉の白い細面の顔が重なって来て、それがやがて、もう三年も見ぬ故郷の母の、頬のふくらんだ顔に変っても来た。

　順太は立上ると、今度はしずかに蜜柑を一つ一つ取りだし、机の中へ並べると、そっと抽斗をしめてから、少年団の服をぬぎすて、くるくると丸めると机の下に押しこんで、夕飯もたべずに寮を飛び出し、八号の方へ走っていった。

　桜の木の梢に夕風が鳴っているうすら寒さに、順太は体をそっとちぢめ乍ら、石道を横に切れて、おくりの人の大勢寄っている八号の表をさけて、裏口から室内に入っていった。佐吉の死んだ母は、病室の一番西隅のベットに寝かされていたが、もうすぐ安置室へおくられるのか、其の枕下にはお坊さんが三四人と、佐吉の小さい白い顔とが、暗い電燈の下にぽっと浮いていた。順太はそっと近づくと、けんどんの上にのっている線香箱から、三本ばかり取った線香に火をつけ、線香立に立てて、小さい手を併せ、目をつむって、ぺこんと頭をさげた。そうして退いて、佐吉の側に来て、小さい声で佐吉の耳にささやいた。

にして、その死顔に瞳を落した。

「んー」そう云う佐吉は泣いて居なかった。そしてずかずかと、母の枕許に寄ってゆくと、白く覆われている母親の面の上の白布をとって、順太の顔をちらっと見た。順太はずっと佐吉へ寄りそうと、伸び上るようにして、その死顔に瞳を落した。

死人の額は一寸ばかり禿げ上っていた。瞳がちらけた白い眼のふちに二重の黒い輪が重ってい、生前から左につっていた唇が小さく開いていて、歯のない口中に白いように蒼い舌が、気味悪い虫のように動かなかった。見ていると、順太にはその口が今にも何か云い出しそうに思われた。そして死ぬと、これからどうするんだろうと云う考えが、足の下から冷たく上って来るのだった。

「もう、おくっても良いでしょうな、遅くなるし」ふと、そんな声がして、順太は吾にかえると、何時の間にか自分の背後にお父っさんの顔があるのを見出して、あわてたように死人の顔に白布をかけた。

夜風がどこかで鳴りだし、松や、桜の梢に散らばった星屑が時々揺れる。石道だけが暗の中に白く透って見える中を、順太達は安置室へ、佐吉の母をおくって帰って来る途中だった。お父っさんや外の大人達がまだ後の方だったので、誰云うともなく、子供達の口からは昼間の蜜柑のことが云い出されたが、兵吉は、いきなり、

「おい、順太、お前見つかりはしなかったろうな」と後ろからついて来る彼に念を押した。順太はさっきから、病室から安置室へおくられて、そこでそのまま冷たく横になっているであろう佐吉の母の事を考えていたが、この兵吉の言葉に、はっ！と胸をつかれたように、お父っさんに見られはしなかったろうかと、あの時の事が思い出された。それで順太は、兵吉に向って「うん、大丈夫」と答えたつもりだったが、何と云う事もなく、自分のそうやっている事のどれもこれもが不安で、やっと小さい声で、「うん」と声を出した。

そうして帰って来た寮の部屋で、順太たちが遅い夕食を済ました後、お父っさんが煙草を喫って帰ってゆくと、子供たちも二号の自分の部屋に帰って、銘々が、戸棚の中や、机の抽斗から、蜜柑を取り出して、食べ始めた。順太も机の中に入れて置いたのを出そうと思って抽斗を開けると、何時の間に誰が入れたのか、そこには、河田順太様と書いた、故郷の母からの手紙が、赤く光った蜜柑の上に載っていた。

もう二月近くずっと音信を絶っていた母親の便りが、今頃どうしてこんな所にあるのだろうか、またどうして誰が置いたのだろうと、順太はもう蜜柑を食べる事も忘れた様に、母の手紙を取り出したが、ふとその時、これをここに入れたのは、もしやお父っさんでは無いか！と云う考えが頭をかすめていった。そうだとすると、お父っさんは、これを入れたら蜜柑の事もみんな知ってしまったのでは無いかと云う不安がきて、順太は、手紙の封を切るでもなく、兵吉たちの方へ瞳を向けて、

「ねえ、俺らの机の中へ、誰か手紙を入れて置いたの——」と云った。

「なあに、手紙？」順太の突然の問いに、灯の下に集まってがやがや騒いでいた彼等は、今迄の楽しそうな話声をひたと止めると、一斉に順太の方へ向き直ったが、順太の手に持たれている手紙を見ると、思い兼ねたように瞳を見合してから、先ず年量の兵吉が、順太の方へ立って来た。

「誰からなんだい。お母ちゃん。俺は知らなかったんけど——」

「そう、じゃ、やっぱり、お父っさんかな」順太は困ったようにそう言ったが、ふと、今の中だったら、自分が失敗しても云い訳が立つような証拠が皆に向って示せると思って、兵吉に向って、小さく声をひそめ乍ら、云い出した。

「おっ母あからの手紙なんだけんど、さっき俺ら一人遅く帰ってね、蜜柑、ここへ入れてそのまま病室へ行ったけに、そしたら今、ここへ、この手紙入っていたんのや、みんな、入れんちゅと、これ入れたの、きっ

とお父っあんだから、この蜜柑も見られたかと思うんけどねぇ、兵ちゃん！」

順太はそう云い乍ら、自分の顔がだんだん蒼白く変って来るのを覚えたが、その向っている兵吉の顔が一寸暗くかげって来ると、やはり又失敗したと思った。すると、兵吉の後ろの方から、弁三の声が順太に向って飛んだ。

「机の中へ入れる馬鹿があるか、押入れの奥へ入れろって、始めから教えたんじゃないか、順、若しな、お父っさんに叱られたら貴様猫の泣声百遍するんだぞー」

「そう、そう、今からだって良いや、順の猫なら、今から、二十ばか啼いておけや」

少年達はそう云うと、又灯の下に集った。

皆の瞳が離れると、順太はほっとしたが、今度は自分も蜜柑を二つ摑むと机の前にごろりと横になって、冷たい手触りの赤いみかんの皮に爪を立て乍ら、母の手紙を封の中から取り出した。一体どんな事が書いてあるのだろう。ここへ来てからおっ母あが寄こした便りは、これで六度目だが、この前のも、その前のも、秋子も私も変りないが、お前も早く帰って来るようにと云う事だった。と、そんな事を思い乍ら、一房のみかんをそのまま口に入れると、順太の瞳は細かく便りの書かれた便箋の上に落ちていった。

——お正月が近くなった。お前もきっと元気でおることと、お母さんも秋子もそう思っている。それから、お前の便りをもう二度受取っていたが、お母さんが一寸体が悪かったので、返事も出せなかった。今はもうすっかり良くなっているが、今度は、秋子が風邪をひいてずっと寝たままなので、お母さんもいろ〳〵忙しい。秋子のように、お前がそちらで風邪でも引くとお母さんはどうして良いかわからなくなるから、どうか体だけは大事にして下さるよう——。

母のこんなたどたどしい文面を見てゆくと、順太はもうみかんの事などすっかりどこかへ飛んでしまった。

そして、それを読み返していると、自分がここへ連れられて来た時の朝の事が、昨日の様に思い出されて来るのであった。

お父が死んだのが七ツの時だったから、その時の様子は順太も全く覚えがなかったし、妹の秋子はやっと三つになったばかりで、母の背できんきんと疳の張った声を立てていた。それから五年の月日の、石の鞭でたたかれるようなおっ母の苦労が、幼い順太の心にもきざみつけられて来た。おっ母の朝起きるのを、且つて一度も知らなかった順太も、秋子がやっと小学校へ通うようになった頃には、やっと母親と一緒に起き出して、秋子の世話も出来るようになったが、その時はもう、順太の顔は蝦蟇のようにふくらんで来ていた。

そして順太は、おっ母の怒る様な哀しみの中から、ここへおくられて来た。

それは、霧の深い朝の事だった。村はずれの県道にかかった、コンクリートの橋の上に立っている順太と、おっ母と、秋子と、順太を病院に連れてゆくおっ母あの弟にあたる叔父の四人の姿が、寒々しい十月末の霧の中に消えたり、現われたりしていた。恰度、旧暦の十六日で、西の山の上に丸い大きい月がかかって、すっかり刈りとられた田面の溜り水にきら〳〵と映えていた。霧が、その田面を幾度も越えて、流れて来た。そして霧の中から、村の駐在を乗せた自動車が現われて来たのは、それから間もなくの事だったが、順太と叔父が乗り込んだその車が走りかけても、おっ母あは手を離さなかった。そして、走り出した車を霧がすっかりつつんだ時、順太の眼には、始めて玉の様な涙がぼろぼろと頰を伝わって流れ落ちていた。濃い霧は幾度も自動車の正面の硝子をふかせた。順太には、その霧が、どこまでいっても晴れぬ様な気がしていた。そうして町の停車場へついた時始めて、俺らには、おっ母あが恋しくなったけ——。

「兵ちゃん、お父っさんが皆で来いっていてー」

順太は、そんな声にふと思いを破られた。

「なに、お父っさんが来いって、皆にかい」

「うん、あのね、ほら、あれがみんな知れちゃったらしいんだよ――」一号の小さい子はそう云い乍ら、もう仕方がないと云う様に、お父っさんの部屋の方へ帰っていった。

「なんだ、もう解ったんか、やっぱり順太の奴、駄目だな、おい順、百啼くの良いか」

弁三はそう云い乍ら、蜜柑の皮をぽんとはじいて、是も諦めたと云う様に立ち上った。その後につづいて仲間の少年達がそそくさと立ち上ると、順太はもうすっかり解ったんだと云う思いが、あの日暮方のわくわくしていた心もちを、今はすっかり味気ないものにし、どうせわかってしまったのなら、何もかも話してしまおうと思う気持が、晴れ〴〵として来、それと共にあの人達からもらった蜜柑が、今は馬鹿に美味かった様に考えられて来た。そして、順太は、母親の手紙を机の抽斗に入れると皆の後について立上った。

四畳半のお父っさんの部屋は、狭いせいなのであろうか、電燈が明るく、また今夜の順太たちには妙にまぶしかった。子供達の頭がどれもこれも同じように、灯の下に並んでいるのを、お父っさんは眼を細めて見ていたが、しばらくの沈黙が続いたのち、兵吉の方に向って、一寸きつい視線をなげた。兵吉はその瞳に逢うとおどおどして、小さい声で話し始めた。

「僕達は始め、いらないと断ったんです。すると兵隊さんたちが、わざ〳〵君達の為にこうして持って来たんだから、受取って、みんなでわけ合い給えって云うんです……」

「で、お前達、それをもらったんだね、そして、先生や、指導員にやって、わけてもらったんだね――」

「いいえ、先生には黙って、俺達だけで、百合や、松のものには……」

「やらなかった――の」

「え？」

「ふうん、で兵吉は、それを悪いと思わなかったんだね」

お父っさんのそう云う言葉に、兵吉は黙って頭をさげた。順太はさっきから、兵吉の説明している事を聞いていると、叱られているのは、兵吉一人だけ、と云う気がして、自分の心が軽く、そして、そんな二人の話の連想から、今も、その時の様子がはっきりと思い描かれてくるのだった。

先週の木曜日だっけ。少年団の奉仕になっている一万坪の雑木林《きやま》開墾に、先生につれられていった時、そこから柊の垣一重をへだてた社会の、雑木林をすかして見える兵隊さん達の病院の方から、威勢の良い唄声がして来て、それがだんだん近づいて来ると、恰度一休みしていた兵吉たちの組の垣外へ近づき、みんな元気が良いんだねと、青い髭のあとのある兵隊さんがそう云い出した。其の日は空が晴れて小春の様に暖かだったんで、すっかり気持よくなっていた子供達が、人怖じしないで垣根まで寄ってゆくと、兵隊さん達は、この中の様子などいろいろときき、病気でも土の仕事が出来る君達は倖せだね、とさも羨しそうに云った。そして帰り際に、今度はまた来週の木曜なんだね、よし、その日は、小父さん達が君達の為に蜜柑とボールをもって来てあげよう。うんと働いて、体を丈夫にして呉れなと云って帰っていった。

そして、今日だった。やっぱり嘘じゃなかった。小父さん達は、前の様に近づいてきて垣根の隙から、蜜柑とボールの箱を差し出し、みんなで分けなって云った。そして兵隊さんは、おい君達、そのお礼には、後でな、そこへ畑が出来て、トマトでも稔ったら、俺等にもわけてくれよ、ハッハッハと大声で笑った。そして兵隊さん達が帰ってゆくと、さあそのもらった品は一体、先生に云ったらいいのか、それ共黙っていたらいいのか、困ってしまったが、恰度、その時先生が女の子をつれて、薪取りにいった後だったし、また大きい人達は畑の側でキャッチボールに夢中になっていたし、もらったのを識っているのは、そこにいた、兵吉達の舎の者だけだったので、先生にも、外の子供にも内緒で、分けてしまえと云う事になったのだった。そしてそれを枯草の中へ隠して、作業がすんで開礼になってから、兵吉たちにわけてもらったのだが、その時の約束は、五六日のうちは決してこの事を喋ってならぬことと、今日蜜柑を食べるのに見つからぬこと、の二つだった。が、その時順太は、どうして俺らだけでわけて、皆でわけ合わないのだい！と云うと、白痴《こけ》、一つより二つの方が良いじゃないか！それに、蜜柑はいいが、ボールの方は先生に上げてしまったら、俺たちのじゃ無くなっちまうんだいーと弁三が大きく目をむいて順太をにらみつけたのだった。

――だから、今、弁三も兵吉もあんなにしょげて、小さくなっているのだ。それに、あの時も、俺らは考えた事なんだが、兵隊さんからあれをいただいた事は、決して悪い事じゃないって、ただ、先生に云わない事や、外の人に黙っていた事だけが悪い事なのだ――そう思うと、順太は兵吉や弁三の小さくなって怖じているのが、おかしくてたまらなかったので、お父っさんの顔をちょっと盗み視、横をむいてにやっと笑った。がその時、順太は弁三のけわしい瞳に合って、思わず首をひそめた。

「で、お前たちは、悪い事をしたと後悔しているんだね、蜜柑はもう別けて食べてしまったじゃ仕方がないが、ボールは、どうしたの、あったらここへもって来なさい」

お父っさんのそう云う言葉に、兵吉が立っていってボールの箱をもって来た。

「じゃ、これから、お父っさんは先生の所へいって来るから―、これからは、こんな事があったら先生や、お父っさんに云うんだ。ではもう良い――」

そうして、お父っさんがボールの箱をかかえて立つと、子供達もどやどやと自分達の部屋へ帰って来た。

お父っさんの跫が闇の中へ遠のいてしまうと、子供達は思い合したように元気になって来た。今度はもう、残っている蜜柑も隠したりして喰べなくても良いと云う気が、誰もの胸にあって、兵吉や弁三は又どこからか、赤く光っている稔りの良い蜜柑を三つ四つ持出して来たが、そうして灯の下へ持って来て、どっかりと坐ると、考えこむ様に蜜柑の美しい肌を眺めたりした。そして、突然、兵吉はおかしそうにハハハハと笑い出したが、皆なが驚いてそちらを見ると、今度は、弁三の方へ向き直って、こう云った。

「一体、どこから、こんなに早くわかってしまったんじゃ、ねぇ弁ちゃん！」

「うん、俺らも、わからねいが、順の奴ね、さっき、おめいが叱られた時、お父っさんの顔を見ては、笑っていたんだよ！」

「ふうん、順太が、おい順太、順公——お前何もかも、お父っさんに話したんか！」

順太は、さっきのお父っさんの部屋で、自分の笑いが弁三の瞳と逢ってしまったことを、悪いなあと思っていた矢先なので兵吉からこう云われると、突差に返答も出なかった。それで黙って、首を振ると、弁三がぐっと目をむいて、順太をにらんだ。

「嘘、云え、お前、さっき笑ってたぞ、兵ちゃんや、俺らが、ああやって叱られているのに、ひとりで、しゃあ〳〵していて、お前が云わんで、お父っさんにどうして解る」

「だって俺ら、何にも云わねいよ」

「お前、後から一人で帰ったんだろ。そんな時見られたんだろ——」

「ん、俺ら、知らねい、何とも云わないよ」

それじゃ、誰かい——弁三はそう言って、部屋の少年達を一人々々尋ねたが、彼等は誰も知らん、俺じゃ無いと云う丈けで、それでは、一号の細《こま》い奴らだろうと云うので、わざわざそちらへ出かけていったが、もう皆布団の中へ入ってしまったんだか、誰も、今夜は蜜柑をたべないし、蜜柑は皆、押入れの荷物の下へ隠したから、見つかったり、話したりした者は一人もいないよ、と云われて帰って来た。そして、その仕末は、

やっぱり順太の所へ集って来た。弁三は、先ず兵吉に向って、

「ね、やっぱり、順の奴なんだよ、順が云わんと言うんだから、ほら、手紙を机の中へ入れたのは、あれは、お父っさんなんだよ！」

「ん、そうかな、まあ仕方がないや。ボールは損しちゃったがね」兵吉はそう云ってごろりと横になった。

「だがね、見つかった奴は、順なのだから、何か罰をしようや、ほんの軽い、ね！」

「うん、猫かい――」兵吉は、仰向いて蜜柑を顔の上から畳へと、何度も〳〵転ばしていたが、

「じゃあ、順太、百啼くのは少し大変だから、二十で我慢してやろう。啼けよ、お父っさんが帰る迄に、今のうち啼いてしまえよ――」と順太にむかって云うのだった。

「嫌だよ、俺らは本当に知らないんだもの」

「知らんて云ったって、手紙を入れられたのはお前だけなんだい、啼かんと承知しないぞ、皆んなで廻し叩きをやるぞ」弁三がそう云うと、子供達が一斉にはやしたてた。そして、もう順太が啼くのを待たずに、隅の方で、ニャオン…と小さく啼く少年もいたので、皆がくすくす笑い出してしまった。

「誰だい、代りに啼いた奴は、下手だなあ、しお辛でもなめたようじゃないかい。順太のはもっといいぞ、おい順太、今夜のうちに泣けよ」弁三は、そう云い乍ら、押入から布団をとり出した。

何時の間にか、皆布団の中へ入っていた。夜のうす暗い電燈の光りが、頭をむき合って並んだ八つの小さい布団の上に白く輝いていた。時々誰ともなく、ニャオンと云ってから順太早う啼けと云った。

順太は黙っていた。誰が何と云っても、俺らは知らない事なんだから、俺はいやだ。決して啼きまねなぞするもんかと、布団の中へ首を入れると、無理に今日来た母親の便りの方へ心をもってゆこうとした。だが、さっき、お父っさんの部屋では、弁三や兵吉が叱られている中で、自分一人が笑ってすましていたが、今度

は、自分一人がこうして皆にからかわれている、と云う事が、何と云う事もなく無性に腹が立ってならなかった。それで、何だい、お父っさんの前ではぺこぺこして、弱い奴の所ではすぐ強がり云う、兵吉や弁三の云う事なんか、今夜は絶体にきかん。決して啼くもんかと思った。

「おい、順太、早く啼かんけ、布団めくるぞ」弁三はそう声をかけたが、順太が黙っているので、ずか〳〵と起上って来て、順太の布団をくるっと引めくった。そのはずみに順太の体が、ころころと布団の外へころび出て、すぐ隣の三公の布団へところがりこんだ。

順太は黙って又自分の布団へもどったが、今度は布団をすっぽりと頭からかむって、その中でしがみつくように丸く、固くなり、瞳をつむった。すると、又誰かが、ニャオンと啼き声をたてて、くすくすと笑った。

「順太、お父っさん帰って来るぞ、早う啼け、こんや啼かんと後でひどいぞ――」今度は、兵吉のそう云う声がして、順太の布団の上に蜜柑の皮がぽつんと飛んで来た。

俺ら、嫌だい――と人から啼けと云われると、どうしても啼きたくない反抗心が、順太の心の中でぶつぶつと動いていたがどうしたものか、時々外の少年達が鳴く声をきいていると、その反抗の心の底で、順太の心はその鳴声が懐しくなってくるのだった。

それは順太が、もう病気で顔がこんなにふくれて、丸っこい、背の低い、小人のようになってしまって、其の上、立居や、仕事などにも人から、鈍間だとか、遅いとか云われているうちで、不思議なことには、獣の鳴声や、赤児の泣声が上手だったからだ。小さい時から、小鳥や、猫の声が好きだったが、家では飼うことが出来ないから、よく近所の小猫の鳴声や、山の小鳥の囀りにじっと耳をすましていると、その声が自然に自分の口からついて出るのだった。少し馴れて来て、順太が鳴くと、小猫はころ〳〵と走って来たりして、順太はすっかり嬉しくなってしまい、秋子が機嫌でも悪くしてむずかしい顔をしていると、物陰にひそんで、猫の鳴声をして、いろ〳〵となだめたりした。

あの時は、よく鳴いたっけ。秋子と二人で、おっ母あの帰りをまって、夕方のうす暗い家の中にいると、鼠の奴が天井裏でがたがた云わせて暴れた。秋子は怖いと云って、母の居ぬ淋しさも手伝って泣き出す。そのときニャオン、ニャオン、ゴロン、ゴロン、と俺らが鳴き出すと、鼠の暴れがぴったり止まり、秋子が驚いたように辺りを見まわす。秋子が向うをむくと、又おいらが鳴く。そしてしまいには、俺らが鳴くんだって、秋子にもわかって、もっと、もっと、と何度も、せがまれた。俺らは嬉しかった。瞳を細くして、背を丸くして鳴いていると、俺らはもう何もかも、苦しい事も忘れちゃったっけ。そして、それを秋子も真似しだしたが――、順太はふと、こんな廻想が頭に浮んで来ると、今はもう、弁三や、兵吉の強要も、そんなことどうでも良かった。そして、布団の中が、自分の体温でぬくもって来て、夢心地を覚えると、順太の口からも、丸く、なめらかに、猫の声がころび出ていた。

「ニャオン、ニャオン」

「ニャオン、ゴロン、ゴロン、ニャオン」

啼いていると、順太は自分が猫になったようだった。そして、啼き声の隙に、ちらりっと、母の顔や、秋子の顔や、佐吉の死んだ母の顔や、兵隊さん達の顔が浮んで来て、すぐ又消えた。そうして順太は、いつか猫の声の中に入ってしまったが、ふと気がついて、布団の中から頭を出して、部屋中を見まわすと、皆なの瞳が、すっかり自分の声にきき入ったように、順太の方にむけられていた。

「おい、まだ、十一鳴いたきりだぞ」

誰かが、そう云った。順太は布団の中へもぐりこむと、又鳴き出していた。

「ニャオン、ニャオン」

順太の心が、すっかり猫の声の中へ入ると、順太の心はいつか和やかになり、何にも忘れてしまったようだったが、その時二号の部屋の前で、突然、

「猫なぞ、持ちこんでは、いけないぞ！」と云う、お父っさんの声がきこえた。それも、知らずに鳴きつづける順太に、くすくす、と少年達の笑い声が、布団の中から洩れていた。

南へ

林　八郎

週三回と定められた大風子油注射が、午后の二時頃からはじまるというので、まず文撰の連中がインキだらけの指を洗って、ひとかたまりとなってでてゆく。植字台と睨めっこしていた組版係がつづく。そうするとあとへ残されるのは、色の黒い器械係と紙さし係の少年と、朱筆をにぎって校正室にがんばっていた東の三人となる。そのうちに少年があわてて出て行ってしまうと、うすぐらい蔵の中のような感じのする印刷工場は、しいんと静まってしまった。西窓の近くにある六号ケースに明るい陽があたっている。

「あんた、注射、ゆきませんか」

校正室から上履下駄を鳴らせながら、南窓の近くに据えられている平版印刷機のほうをながめると、器械係の青年がぼんやり煙草を吸っている。ふと、東は声をかけてみたくなった。

「たまには、くさりどめ、やりませんか」

東はそう言いながら、中央の九Ｐケースの間を通りぬけてせまい玄関のほうへ歩いて行った。

「いや、私は失礼しますよ。もうこのままで結構なんです。あなた、いってらっしゃいよ」

東はその返事をきいたときに、玄関の石段を降り切って、跛をひきながら歩きだしていたが、自分が注射《くさりどめ》だなどと言いだして相手をめんくらわせたことを、自分ながらおかしくなって笑いだしてしまった。

注射場へむかう石道のうえで、東は（今年になって何本目かな）と考えた。今年になってからというよりも、五月にはいってから幾本目かな——といったほうがてっとり早い。四月までは一本もやらなかったからである。冬さきには散り（吸収率のこと）がわるいといわれているために、三月一杯までは休むことになっている。しかし、暖かくなるにつれて、病友達はまた思い出したように、黄色い油を体内に満すことに懸命となる。癒やすために、病気を落つかせるために、——東はその後のほうの目的で、今月になってから三本やった。きょうで四本目であるが、注射日ごとに一本ずつ約束したように受けるというのは、東にはここ数年来かつてないことだった。

元帝室博物館事務所を改造した注射場の、東側の入口からは、四列の長い人帯がのびていた。行列の最後の一人から数えて建物の入口まで一列五十人とみて、約二百人、そのほかにうすぐらい注射場内に百人いるとすると、三百人からの患者が蝟集して、順番を待っているのだ。

東は、また小一時間かかるなと思った。早くても三十分近く待たないと、半本の注射をうけることができない。一二年来の、きわだった現象である。七八年前には、大風子注射を進んでうける患者がなく、一年を通じて真面目に注射した者には、特別に賞をあたえまでして奨励しても、なかなか好結果が得られなかったというのに。まったくかわればかわるものだ。

東は列のなかへはいると、すぐにあたりを見廻した。いつものクセであるが、自分の列の三四人さきに二人、隣りの右側にぽつんぽつんとはさまって十人ばかり、左側に四人ばかりの顔馴染がいるのみだ。あとは、たくましい体つきをした青年や、すっかり病気の落ついた老人や、口を尖らせて喋る少年、このなかの女達とはどこそこかわった髪かたちの女、サンダルを上手にはく少女、それらがみんな新患者なのである。

東は、視力のとどくところから順々に、ヒイ、フウ、ミイと数えだした。自分よりも重症《ごねた》のが何人いるかな。ということを考えだしたのである。白い丸が東の頭のなかへ沢山うかんできた。黒い丸はほんのわずかしかいない。

「東さん」

すぐうしろで呼ぶ声がすると、東は救われたようにそちらへ眼をやった。

小内が笑いながら立っていた。右手の二の腕を左指でおさえながら、

「めずらしいですね」と言うとき、白い歯が豊かな頬からのびた唇の間で光った。

「何本目？」

「三本目」

小内はささやくようにいって笑った。

その笑顔でふと東が思いだしたことがある。まだ話足らぬように、濃い眉毛のあたりをこちらへむけていたのへ、背をかえしたのもそれがためだった。あのときも、この顔をして笑やがった！

小内が園内の小さな活版印刷所へはいってきたのは、かれこれ一年ばかりまえのことである。どちらかというと人づきあいがわるく、喋るときには底ぬけさわぎするが、また一日中押しだまっているといった東とは、むろん親しくはなれなかった。一年の歳月を以てしてもであったから、あと何年つきあっていても、これ以上の親交は結べそうにない、いわば路傍の人の一人である。しかし、東には、この青年の印象が異様に強烈だった。まあこれほど軽症な癩患者はいまいと思われた初印象からしてがそうだった。

あのことがあってからは別な意味においてである。

出版部（印刷部）員はみんな三十まえの男ばかりがそろっている。東一人が三十の坂を越えている。そん

な連中が多かったので、仕事の暇をお茶などのんで雑談するときには、女の話や戦争の話、それでなければ病気の話か人の噂話がはじまる。そして、まれには死や人生やらが話題にのぼることがあったが、そんなときには大抵東一郎縦横談ということになる。骨のある二三人の部員はすばやく逃げてしまうが、残った連中は渋茶をすすりながら東の冗舌をきいた。歳かさという意味もあったろう。

しかし、その日だけは、小内が首をあげて東の顔を見あげた。話は病気の話だった。東が発病して自宅に蟄居生活を送っていたころ、妹が学校から泣いて帰って来た日のこと、来客があるたびに押入のなかへのがれ、井戸水を汲みにゆくところを見つけられて、共同井戸の使用を断られた話、ここからはじまって故郷をあとにし、いくつかの私立病院を転々と浮浪した当時の思出——結局、

「きみたちは、俺こそ、癩の苦痛を人一倍味ってきたなどと口先で言って喜んでいるが、本当の癩患者の苦悩は、まだ君達にはわからんな。ぼくの姉はね、三度嫁いで、三度離婚されてきているんだよ。しかもいま失明しかけている。母はまずしいし、一人の妹は肺を病んでいるんだよ」そういった愚痴におちこみそうになった。

ところがそのおりだった。座布団をならべて座っていた数人の部員のなかから、

「癩の苦痛なんて、俺は知らんな。そういうものがあるってことも信じないな」

小内だった。

東はその小内の唐突な言葉をきくと、とっさに顔の血がひいてゆく思いだった。おまえ達は癩の苦悩だなどといっぱし利いたふうのことを言いたがるが、本当の癩の苦しみというのはそんななまやさしいものではない。おまえたちには味いきれないものなのだ。とまあそういった意味をこめていた矢先へ、

「俺は、癩病にかかったということが自分でも信じられないんだよ。診断された三日目にはここへはいって

来た。勿論、母も姉も信じてやしないよ。きっと誤診だと思っている。だから俺に、癩の苦悶などきかせても無駄だなあ。俺は、今年の冬には軽快退園するんだから…」

　小内はそう言い終ってからにやりと笑った。

「しかし、きみ、癩をそう甘く見くびるのは考えものだよ。十中八九までは再発する」

「再発して本当に癩の苦痛をなめさせられるようになったら俺なら、生きていないな。まあ、そんなことはどうだっていいさ。ただ、俺は癩にかかったがために、あたらしい苦しみを味わないというのだ。俺は一歩病院《こ》を出れば《こ》、当分のうちは癩患者じゃないんだぜ」

　東はだまって首を垂れた。小内の微笑した顔が両膝のうえに浮んでみえた。

　東が二瓦《グラム》ばかり注射してもらって、西側の出口のところへ来ると、小内は三本目の注射をすませて、出版部へ戻るところだった。肩をならべて歩いていると、小内は急に眼を光らせて喋りだした。

「ああ、忘れていたが、今晩六時から、出版部詰所で詩謡会をひらくって、戸刈が言ってた。たのむよ。それから、詩稿があったら持って来てくれって」

「うん」

　いつの間にか東は、小内より数歩遅れている。彼はまた思いだしていた。

(俺は癩の苦痛を知らない…診断されて三日目にここへはいってきた…今年の冬には退園する…)

ちかごろ、東が感ずるのは、注射場でもそうだが、その癩の苦痛を味ったことのない新患者がふえているということだった。集会などへ出席すると、かえってこちらがはずかしいくらいである、俺のほうが新患者みたいだなと思うことがある。それればかりか、まったくここ二年ばかりのうちに、病院の全般の空気はすっかり味の変ったものとなってしまっている。はいってくる連中とほぼ同数の重症者が死ぬ。それに、長い間ここに住みついた男のうちの十数人が、軽快退園して行った。

最初に出て行った大工は、病院のなかに残して行った女房に会うために、月に一二回ずつ面会に来ては、社会（病院の外のこと）の人手不足やら、うまい金儲口の話を置土産にして行った。

「頭髪をかってやったらな、ぽんと一円置いて行ったよ。社会は景気がいいんだなあ。ここの十日分の慰労金だよ。一円といえば…」

東も人づてにその話をきかされて口惜しいように自分の顔を鏡にうつしだしたことがある。

眉がうすくなった年の春に富士山麓にあるカトリック系の私立病院へはいった。そこで十月たつうちに口がゆがみ、右肢が萎え、そこを出て半年ばかり故郷へ戻っているうちに頬の肉がおち、右手の指の節々が石のようにかたくなって伸びないので、東京市内にある日本基督系の私立病院へはいったが、そこではますます顔面の痲痺が募り、表情を失ってしまった。そこに二年。それから身延の山のなかの癩病院にうつって一年後、武蔵野の公立の病院にはいってきたのであるがそれから三年になる。膿血は吹きださないが、小さな骨ばった体の、丸い鬼眼にかわった顔が、その半分をぬけあがった額に、あとの四分の一ずつを頬と顎にわけ、いつもあんぐりと唇をひらいたまま十年になるのである。老癩。そういった感じである。

だから、すぐ自分の身近から、旧い病友がとびたつように出てしまうと、貧乏籤をひいたぞ——と苦笑させられる。

同じ印刷所で働いている戸刈とそれについて談じこんだことがあった。戸刈は顔ばかりは立派だが、手足をすっかりやられてしまっている。しかも右足は義足だった。

「貧乏籤をひいたぞ。俺達は最下級の忠節で満足せんけりゃならないんだからな」

元陸軍の将官で、現在は歌人としてまた評論家として有名な齊田瀏氏が来園して、慰問講演をして行った日の夜のことだった。戸刈と二人で病院のまわりの柊道を歩いてみた。そうでもしなくてはとてもやりきれぬ気持だった。

齊田氏は言う。あなたたちがここにこうして病を養って居られることも、これも、君に対し奉って忠節をつくしているのである。あなたたちの血も、九軍神の血もひとしく日本人の血である。不幸にして時と所を得なかったにすぎぬ。

「そういった、きまりきったことを言われて、はじめはちょっとホッとしたが、すぐに思ったな、俺は——忠義、忠道にも幾段階があるってことをね」

戸刈は義足をギチギチ鳴らしながら歩いていた。歩きどまってずばりと言った。

「ここにこうしていることは最下級の忠節か。たまらんなあ、癒えたいなあ」と、東が答えた。

「兵隊になりたいんだよ。そうしたら簡単に死ねるぞ。といってここにいては、三年や五年では死ねそうにないな」

「このままの体でさ。癩患者が、癩患者のまま、第一級の御奉公ができないものかな。癒えない、死ねない、レプラ患者としてあと三十年も生きられそうなんだよ。俺も…な。戸刈なにかないかい。なにか、直接お役にたつような仕事は……」

東はそう言いきってから、太い息を吐いた。

「貧乏籤をひいちゃった、処置なしさ」

戸刈もそういって舌を鳴らしたが、つぎにはどちらがさきともなしに大声をあげて笑いだしてしまった。

「しかし、たったひとつ、あるにはある」
やがて東は力をこめて言った。
「いまは言えないが、俺は、その日がくることを信じているんだ。いま、詩にしているから、今度のときに発表しよう。題は…題も未定だが、すばらしい詩だぞ」

注射場から戻ってきて三十分ほど校正机に向っていると、三時半になった。夕食が配給される時刻である。東はお櫃と四角な食器をかかえこんだままぼんやり歩いた。月に一回ずつ開かれる詩謡会には、各自が自作詩を持ちよって、お互にたたきあいをすることになっている。会員は若い青年が十五名ほどいたが、毎月やってくるのはほんの数名だった。なかに小内も戸刈も加わっていた。

舎へついて食事がはじまってからも、東は考えこんでいた。実は晩の詩謡会に持参する詩稿ができていないのである。しかし、主題だけははっきり摑んでいる。

「御歌」海を渡る日——である。

東がこの詩想をあたため出したのは、小内に「癩の苦痛を味ったことはない」と言われた日からである。齊田瀏氏の慰問講演をきいた日の戸刈との散策の途上では、それがますますはっきりと固まってきた。

小内ばかりではない、近頃入園してくる患者達は、ふたたび癩患者でなしに再起することを望み、それが叶えられているのに、自分だけが癒えないとは、どこへ持って行ようもなくいらだたしい。戸刈が言ったように、東も兵隊になりたい。齊田氏の言をかりるなら、時と場所を得たかった。けれどもそれらはすべて東に叶えられぬことだった。勿論、病院のなかにあって、悪疾を他へ伝染させなかったり、ここを理想的な楽土と化するために努力することは尊い。けれども、東は正直役不足だった。もっと至難な、そしてやり甲斐のある第一級の忠節を尽したかった。

南へ――

そのとき東の頭のなかへうかぶのはその二字である。

日本の一万五千人の癩患者のなかからえらばれた病友等が日本の癩療養所と同じように、平和な「村」を南の島につくり南の同胞に、

つれづれの友となりても慰めよ　行くこと難き我にかわりて　皇太后陛下の「御歌」の心をもって臨み、悪疾を絶滅するために、小さな船に日の丸の旗をおしたてて海を渡る。御歌が海を征く……。

東には近い将来、その日が来なければならないと思われた。その日が来たときのことを考えると嬉しかった。まず、血書の志願書を提出し、最後の想い出に一度帰省する。そして父の墓のまえで、日本の選ばれた癩者として、南へゆくことを告げ、失明した姉と老いた母にむかってはこういう。

「いままでは、何百里かはなれてはいても、この土の続きにお母さんがい、父や妹が眠っていると考えることひとつで、かろうじて生きながらえてきましたが、こんどこそは一生のお別れです。もう地続きではありません。むろん、日本の癩者は一人残らずあちらで死ぬでしょう。異境の、御歌碑の近くで永遠に憩うことになるでしょう。でも、日本の男として、こういった好機を逃したくはありません。私は、「東方の太陽」とともに「御歌」とともに南へゆきます。勿論あちらへ行って楽をするつもりではありません。同じ病にかかって苦しんでいる同胞の死水をとり、棺をつくりにゆくのです。「御歌」をひろめにゆくのです。日本の松の木も、この土も、たんぽぽも、こがね虫も、日本の春夏秋冬も、なんにもないところ、そのくせそれらを聯想させるなにかがきっとある島へ、私はくさった体のなかにもある、いまもなお厳としてある、日本人をみせに行くのですから、侍の子として見苦しいことはしないつもりです…」

東はその言葉を実際に唇から外へだしてみたこともある。くりかえしていると眼頭がほてってきた。なんという大きな世紀の夢であろうか。こんどの戦争は、その最も影響のすくない癩病院の一患者の自分の心に、そういった理想を描かせた。このままの体で、第一級の御奉公ができるのだ。

東はその想いにせきたてられるようにして、入手できる範囲内の文献や統計をしらべてみた。療養所関係のパンフレットには、まだ、大東亜の癩問題がとりあげられていなかったが、日章旗のあがった南の島々には、印度の百万をのぞいてもなお、無慮百万の癩患者が棲んでいることを知った。支那に百万、合すると、大東亜共栄圏内には三百万人の同病者がいる。

東はこれをとりいれて、一篇の詩をまとめあげようとした血書の志願書のまえの、血の詩である。けれども、そのことを考えると、きまって大きく胸がはずんでしまい、文字にあらわすさきに、空想のほうがぬけがけしてしまう。

いつ来るか知れない反攻にそなえて、あるいは銃をとらねばならぬ日がくるかもしれぬ。裁判所、発電所、漁業組合をつくり——東はつい先頃読んだ「廃者の花園」を描いている米西戦争に従軍中発病した米国兵のネッド、ラングフォード、その米をうちのめして勝った日本の癩者……。

東はそこまでゆくといつも、苦笑してペンをなげすてた。とても詩にはならない。詩以前のもの、詩以上のものである。

けれども、その日に限って東は、その詩が出来そうな気がした。小内は軽快退園してゆくという希望を持っている。戸刈は兵隊になりたかったと言う。俺は、この肉体で直接に御用にたつ日のことを詩わねばならない。

東は、食事が終るとすぐに、病棟の東側に附属した小さな書斎にはいって、古ぼけた小机のまえに座った。

割合にすらすらと詩えた。書き終ってからふと眼をあげて窓外をみると、夕焼雲の燃えている空が明るかった。もう、南から今年の燕が来るころの色となっていた。

暗い玄関先にぬぎ捨てられた下駄の数では、集っているのはやっぱり数人の常連らしく、なかには小内や戸刈もいるようだった。なにかぼそぼそと話しては区切りをつけるようにドッと大きく笑声をあげていた。詰所は十畳敷のきたない部屋で、その中央に小さな電燈がひとつ垂れさがっている。

「やあ、遅くなっちまって」

東は入口のところでそういった。北側の硝子窓をあけて、そこへ腰をおろしているのが二人ばかり、ねそべって煙草を吸っている者が三人、東を加えて六名である。

「東が来たからはじめようか。ほかの連中には近作なし。東のがあるってきいたから、それをきかせて貰おうってことになってるんだ。おい、座れ、みんな座れ」と、戸刈が言った。

車座になってからお茶がはいると、

「読めよ」と、また戸刈が言った。それぞれに光を持った眼が東のほうへ集ってきたが、一人は癩禿頭、一人は顔中にぶつぶつと結節を浮かせている。また別の一人は、赤や青の柄のついた繃帯を大きく右手に巻いて眼帯をかけていた。うす盲が一人。やっぱりそうしてながめていると、小内ひとりが人間らしい顔をしていた。彼のまわりだけには、電燈の光が明るくかがやいた。青い静脈の浮いたやわらかそうな白い手で、小内はみんなに一本ずつ、煙草に火をつけたのを手渡した。渡しながら、

「ちょっと、そのまえに…」と言った。

「これは私事だが、詩謡会の人達に言っておきたいことがあるんだよ。いろいろとお世話になったが、都合

で来月早々退園することになったんだよ。いままでかくしていたんだが医務課のほうから通知があったんだ」
小内の言葉からひとしきりみんなが喋るうち、東はだまってうつむいていた。いままで同列に並んで立たされていたのが、急に先を越され、しかもそれで悔いも不快もわかぬといった不思議な心理状態だった。
「そいつは、めでたいな。ひとつ、うんと働いてもらいたいな。それから、同じ人間にうまれながら、かりそめの病にために、十万坪の世界で生涯を終わらなくてはならない俺達のことを、ときどき思いだしてくれよ」
戸刈はしんみりとした調子で言って、東の方をふり返った。
「俺は、正直な話、軽快退園のできる奴の胸ぐらへとびついて、力一杯嚙みついてやりたい程口惜しい。そんな話をきくとな。自分で自分の咽喉を喰いちぎりたくなる。しかし、小内、怒るなよ。この俺の居ても起ってもおれぬ気持、わかってくれるだろう。な。癒える望みは絶対にない。しかし、癩患者としてならば思想も肉体も若くて健康なんだ。それにこの戦争だ。自分のやっていることが歯がゆくて、物足らなくてならないんだよ。俺が今日つくってきた詩も、そういう意味からきた夢なんだよ。その日が来ることを信じなくては生きてゆけない…そういうギリギリ一杯のところからうたったんだ。題は『御歌』海を渡る日。きいてくれ。癩者南へ――なんだ……」
東はすこし声をふるわせて言ったあと、座り直して原稿用紙をひろげた。
「御歌　海を渡る日
支那に百万
仏印に三万
泰国に五万

ビルマに十万
馬来に三千五百
比律賓一万
東印度諸島二万
しかして印度には百万の同胞がいる。

われらはいま
この尨大な数字をまえにしてなにを考え
なにを祈ればよいのか！

しかし　戦後のもうひとつの戦いは
われわれがひき受けた。
大東亜三百万の癩者は
おなじ血の
おなじ肉の
おなじ病の
俺たちにまかせてもらいたい」

東はそこでしばらく語気をととのえるために息をいれた。読んでいるうちに、東の頭のなかには小さな船が、広い海がそして母や姉の顔が浮かんできた。小内はと見ると、彼は両方の眼を軽く閉じて、心持首をまえに垂れていた。戸刈は落つかぬ眼をみひらいて、あたりをしきりと眺めまわしている。その両頬はめずらしく紅潮している。東は息を深く吸って朗読をつづけた。

「日章旗が海を渡って行った今
われわれは胸に一万五千の『日の丸』の
御旗をかざして
首をながくして待機している。
もし　命ぜられて　許されて
日本の癩者が海を渡る日が来たら
一万五千の一割を送ろう。

そいつらはなんでもできるぞ。
癩も軽症だぞ。
癩兵もいるぞ。
農事技師も
教員も
作家も
詩人もいるぞ。
あらゆる部門からの
よりすぐりの日本人ばかりだぞ。

日本の癩者に
南の
北の
海の向うの癩者を統べさせてくれるなら
腐った体のなかから
本当の日本人をひっぱりだせる奴ばかりだろ。

兵隊が強いだけじゃない。
銃後の備えが完全なばかりではない。
誇るべし
日本の癩者には
『御歌』があるのだ。
『御歌』を奉じ
『御歌』の精神を体した
一万五千の使徒達がいるのだ」

東は朗読しながら、それとは遠くへだたった現実を考えていた。日本には三万の癩者がいると言われている。その半数がやっと収容済になっただけである。大東亜の救癩、それはたしかに緊切な問題には相違ないが、それは日本の癩者が一人残らず収容されたあかつきでなくてはならぬ。それを、未だ神土に汚穢を残しているうちに南へ——とは。それはやはり東、おまえの夢だよ。勝ち戦に酔っているんだよ。そう言ってけなされそうな気がした。小内あたりがきっとそう衝いてくるだろう。そして、この砂のような詩を冷評して、さっさと病院を出て行ってしまうだろう。東はそんなことを考えながら、ときおり小内の白い顔を盗み見た。小内は同じ姿勢できき入っているようだった。

「ああ！
小さな船に
『日の丸』の旗をおしたてて
日本の癩者が海を渡る日は
そう遠くはあるまい。

ああ！　その日！
癩者海を征く日こそ
大東亜三百万の同胞が
東方の太陽を
『御歌』を拝する日なのだ！

世界の半数の同胞が
号泣する日なのだ。
ああ！　待ちどおしいぞ。

癲者海をゆく日！

『御歌』海を渡る日！」

声をひそめて「終り」と言った。しばらくの間沈黙がつづいた。誰かが身うごきした。東は眼を据えてみたが、誰なのかよくわからなかった。

「詩もわかるがな。東が、この南への夢を詩わずにはおれぬ気持もわかるな。ぼくは、それが尊いと思うよ。南へ…な」

小内はゆっくりとそう言ってから、すこし力をいれて、

「南へ——その夢をうたえるのは日本の、今の癲患者ばかりなんだからな」

なまあたたかい風が部屋のなかへと流れこんできた。南の風のはいってくる窓は、小内の背にあった。東のまむかいに。

静かなる情熱

――癩院通信――

森田竹次

友が戦場に征で立つ日
私は癩院に向った
戦場に赴くが如く
悲しみを越え
愛情を捨てた

今朝は素晴らしいいい天気です。二三日つづいた冬景色の灰色の空も晴れ荒涼とした西風も凪いで、静かな海が目映いばかりに朝の太陽に照り映えています。

昨夜は海が静かで晴れたからかすっかりよく眠れました。七時のニュースを聞いてから十一時に一寸隣りのベッドの人が当直の附添を起しているのに目を醒したばかりで、朝の五時までぐっすり眠ってしまいました。

夜眠れない日には何をするのも億劫で憂鬱です。風がひどいと硝子窓ががたがたと物凄い音を立て、おまけに波の音が地響いて来て昼間はちょっとも気にかからない小さな物音まで頭の芯にこたえて来ます。夜の世界はまるで生き物のようにすべての事物が動いて見えます。童話の文福茶釜がうごき出すように明るい光の中で死んでいるようにしている静物までが、急に生命を吹き込まれでもしたように物凄い形相を呈して、壁にかけた着物までがどうかすると人間に見えることさえあります。

しかし、今はもう滅多にそんなことはありません。体はずっといいし食慾はあるし熱もない。ただ右を下にして寝ると圧迫を感じて寝苦しい位です。長い病床生活で皮膚は青白くなって静脈が青くすけて見え、だんだん透明になって行くような気がします。蚕の上り前だよと云って笑ったことです。

病状には大して異状はありません。病気が内訌すると外面に出なくなるらしいのです。どっちにしたところでボロ自動車みたいなもので、修繕しても修繕してもこわれる部分が次々と出て来ます。それを一つ一つ丁寧になおしいたわりながら生きています。

それにしても今日の私の精神状態は非常に爽快です。窓越しに小豆島がくっきりと見え点々と漁船さえ出ています。ぼんやり遠くを眺めながら時々ペンを動かしています。

いつもかわらぬ友情を嬉しく思う、その友情に対してささやかな私の最近の生活をお知らせします。先日は君に送った雑誌の作品に対する五人の友の批評がやって来た。文学の友心の友、いい友人を持ったことの倖せと嬉しさに私の胸は小さく打顫えてさえいました。愛情を失った私の今の生活を潤いあらしめるものはただ親しき友の心ばかりです。

「いい友達を持って倖せですね。」

と、私の手紙を読んだ人は羨しがっていました。私も二三日は凧の糸の切れたようにすっかり上ってしまって空おそろしくなって、つづけて書く筈のものも書けなくなってしまいました。嬉しいにつけ悲しいにつけ、何かあるとすぐ感激してしまうことはいけないことです。少くともこの国の大人の習慣じゃありません。実際、あのときの私は戦場に赴く兵隊のように勇躍してやって来ました。癩病院へ勇躍してやって来るなんて正気の沙汰じゃありません。しかし私にして見れば、一つの世界を食い詰めてしまってどうにもこうにも居れなくなって、のがれ道がなくなって前進をはじめただけなのです。勇んで汽車に乗り船に移り島の癩病院の栈橋に上ったとき、塵や芥のように過去の生活を捨て去ったつもりでいました。

六月の太陽がじりじりと照りつけ、大地から上る熱気で顔がくわっくわっとほてって、全身ゆだるように汗していました。それでも悲しみの栈橋（または救いの栈橋とも云う）に上ってから爪先上りのだらだら坂をすたこらすたこら迎えの人達と共に歩いている間は吾ながら、さても元気だと感心した位です。

医局の前の広場で荷物の検査がはじまったとき、私は暑さを避けて一人離れて木陰からじっと見ていました。人々の顔はみんな疲れて不安におどおどしながら帯を解いたり風呂敷をひろげたりしています。何しろ荷物は山のようでどれが誰のやらわかったものではありません。大震災の避難民そっくりです。

そのとき私の頭にふっと浮かんだ疑問、自分はなぜこんなところへやって来ているのかと考えて見た。すると急にげらげらと笑いがこみ上げて来るのではありませんか、こんな場合笑い出すなんてたしかに妥当ではありません。なぜ可笑くなったのか私にもわかりません。笑い出してしまった私は、急にまた寒気がして思わずぶるっと身震いを覚えたのです。笑ったり震えたり、たしかに私のあのときの精神状態は均衡を得て平和ではありませんでした。

私の順番が来て行李は解かれ着物は一枚一枚あらためられて行くのです。トランクが引開けられると、そこにはガラクタの小刀や鋏や万年筆や原稿紙や、私の不自由な手の代理をするボタンかけやハンカチや一杯這入っているのです。行李やトランクの中には実に、私の私生活のあらゆるものが展開されているのです。

今までここの中を誰だってでんぐり返して見た者はない、その私の王国が今や見も知らぬ闖入者によって荒され行くのをじっと手を拱いて見ていると肉体的な痛さを覚えるのです。最後になって財布を見せて下さいと云われたとき何とも云えぬ怒りがむらむらと胸につかえたかと思うと、私の前に手を差し出している女を撲りつけてやりたくなったのです。しかし私は流石に撲りつけはしなかった。ただ便所をたずねて黙って財布を投げ込んだのです。

私の勇敢なるべき神経は、この時分からだんだん小刻みに震えはじめたのです。荷物は検査を終えるとホルマリン消毒をするために消毒場へ廻され、体は乳色に白濁した風呂に這入るのです。何故こんなことをするのか、それは新入者がどんな伝染病を持っているかも知れないから、その予防のためなのだそうです。だからこの島には蚤一匹虱一匹居ないし、レプラにつきものの疥癬もありません。

しかし、風呂から上ったとき私の神経は事態のただならぬ急テンポのためか、または未知の世界に対する不安と恐怖のためにか、すっかり脅え切ってしまっていました。ほんとに明るい世界から急に先の見えない洞穴に連れ込まれ、真暗闇で袋叩きに会ったように……。

こんな筈ではなかった。

私の神経は、精神は、戦場に於ける兵隊のごとく図太く大胆であった筈なのに、もしも私が健康に恵まれてでも居たら今頃は兵隊として戦場を馳駆していたであろうし、どんな勇敢な兵隊にだって劣らない働きをしていたにちがいない。或いは戦う暇もなくてあっけなく戦死していたかも知れない。近くに落ちた砲弾の砂を浴びたのに吃驚して一辺に気が狂ってげらげらと笑ってならないときに笑い出したり、戦場の厳粛な場面ではにわかに踊り出したりするキ印になっていたかも知れない。否そんなことはない。現に愛する弟は戦死しているし、今一人は戦場に在り、そしてまた親爺は退役軽重輸卒だという事実から推してもわかることです。もし疑うんだったらちょっと癩病を誰か代ってくれたら、私が勇敢か勇敢でないかわかろうと云うもんです。

ほんとに時々不人情な人間やわけのわからぬ奴に出会《でくわ》すとちょっと代って見ろと云いたくなります。とにかく運命の神はこの勇敢な私を兵隊たらしめずして癩病にしてしまった。何という不態腐れた神さまでしょう。いま少しは気の利いた役をふり当ててくれてもよかりそうなものに、こうなりゃ神様も糞もあったもんじゃありません。私は何と云う愚劣きわまることを書いてしまったことでしょう。私がいくらこんなことを書いたところで君は依然としてクリスチャンだからまた私の頭はこんぐらかってしまうのです。

運命の神が娑婆での役割を兵隊にしたって癩病にしたって勇敢という人間の本質にはかわりはない筈です。「俺は怖くないぞ、まかりまちがえば戦死することだって出来る人間なんだ。癩病だって人間の仲間じゃないか、まして俺もその仲間だ。咽喉切りがキッスしてくれと云うんだったら、咽喉管から飛び出す痰の塊を唇でちゅっちゅっと吸ってやることとさえ出来るんだ。」

勇敢で図太い私は、心の中でそんな呟きさえしていたのにどうでしょう、二日とたたないうちに噴火山上の灰のように粉微塵にふっとんでしまって、全く私の神経は青白くなって震え上ってしまったのです。

二三日するうち体の疲れも幾分恢復して心が落ち着き、はじめて周囲を見廻したものです。明るい世界から急にぶち込まれた闇の世界で、私の瞳孔は拡大され焦点が合うようになって己の身辺に横たわる物像を明確に認め得たわけです。

そのときまた例の、自分は今一体どこに居るのだろう、何故こんな処に寝転んでなぞいるのだろうかと云う疑問が浮かんで来て、何かまださめやらぬ夢心地です。私は時々こんな非論理的な疑惑に取憑かれることがあります。ああ、俺は癩病だった、そう思うと急に大声で、わあ俺は癩病だってみんな聞いてくれと云って笑い出したくて仕方がないのです。頭が少しキ印に近づいたかなとひとりでいろいろ考えて見たが何でも医者の話ではキ印も自分ひとりで対話をする分裂症になったらなかなか治らないとのことです。

熱のある日、一日内科へ診察に出かけて見たが人間の多いのには驚いた。氏神様の祭の境内のようだ。更に驚いたのには言葉の悪いことだ。診察している先生をつかまえてまるで自分の後輩にでも云うような口吻で、聞いていて何だか箒で頰を撲られているような不愉快さです。

一面識もない新入者をとらえて、

「おい、こらっ、何だい。」

と来るから目を廻します。

私も意味のない形式ばかりの美しい言葉なんてゲップの出るほど嫌いな人間ですが、さりとて人の心の明暗や陰影などてんから突き飛ばした荒っぽい言葉はどうにもやり切れない。言葉のわるい人が親切だと云うような一人一人のことでなくて、一般論としてわるいのです。

それに九州なまりの私達一行は、

「よかよか、よかばってん、よかたい。」

の連発でしょう。面白いのか小馬鹿にしているのか物真似をする奴も居ます。そんなものを見ていると怒りに近い不愉快さを覚えます。

収容所の中に居る或る朝、私はとてもひどい咳をして、つづいてべっと痰を吐いて見ると、ぶつぶつと小さい泡の立った真白い痰の中に糸屑のような赤い線があります。痰は間もなく水道の水に浮んで流れて行き、咽喉の奥が痒いのでまた咳をして痰を吐くと、今度も同じように赤い血の線があるじゃありませんか。

血を見るとすぐに喀血を思う。

こんなことはいけないことです。それでいて私は決して喀血を恐ろしいとは思わないのです。胸が生あたたかくなって、何か塊のようなものが咽喉の奥につかえたかと思うと、生理的な続けざまの咳と共に真赤な血が洗面器の中に火花のように飛散する、またたくうちに水はあけに染まってしまう、それまではいいのです。その後の血のなまくさい臭いはどうにもこうにもやり切れない。或る本の中に喀血をしながら泳いでいたという詩人のことが書いてあった。真赤な血の尾を引いて泳ぐなんて素晴らしいと思ったものですが、私だってやれないことはありません。癩に肺とは何と云う悲惨な運命でしょう。しかし、私の今は悲しみや苦しみに打ちひしがれてばかりは居ません、どうせのがれられないものなら、自分自身を賢くするほかはないと思っています。

空が晴れて海が青く澄むと、船が毎朝入江にやって来ました。妻が艪を漕ぎ夫が蛸壺をたぐっているのんびりした風景を見ていると、今まで忘れていたものが頭を擡げるのです。

愛情の中にのびのびと手足を延ばして寝そべって見たくなるのです。三十男のくだらない感傷でしょう。どこにそんな相手がいるのかと云われると、どっかに居そうな漠然たる想念です。

「落ち着いて巣でもつくりなさい。」

「今に戦死しますよ。蜜蜂みたいに討死しろと云うんですか。」

「それでも、お淋しいそうじゃないの。」

「そう見えますか。」

「ええ、ちゃんとわかるの。」

「弱ったなあ。」

ここでたった一人の知人M子との或る日の問答です。私の肉体はとても愛情生活に耐えそうもありませんし、肉体のない生活がどんなものか、雲の上の生活にも似ています。神さまのような雲の上の女も一人位は居てもよさそうですね。体が弱くなると脂濃いものは魅力よりも嫌悪を催すだけです。

とにかく神さまのような女が出現しない以上新しい生活は発足しません。それともピリピリと火花の飛ぶような恋でもやりますか、こんなことを書くと、君はきっと顔をぐしゃぐしゃにして吹き出すことでしょう。M子はなかなか親切です。御主人は目下そとで働いていますが、女なんて誰からか愛されるか、誰かを愛さずには生きていられないらしいね。M子もこの法則を出でませんから、彼女もときどき心の中で恋の散歩をはじめるのです。そのときの彼女は素晴らしく美しくなり、春の小鳥のように朗らかで楽しそうです。動作は自由でその瞳は天上を飛翔しているのです。それはその筈でしょう。動物の発情期でさえ毛並が艶々しくなり動作が生き生きして来ますからね。監察官の私もこの恋の散歩は大目に見るほかありません、ただし、こころの世界は私の手に負えないのですから……。

癩者の愛情生活もやはり夫婦が健康な間のような気がします。末路はおそろしい、と云うのも二人の病気が共にわるくなるんだったらいいのですが、片方は健康者のように軽症なのに、相手は見るも無慙な姿をしているというちぐはぐが愛情生活を悲劇に導くのです。

充たされない若い情熱は弱い相手のために歪んでしまう、そうなると死を待つか待たるるかどっちにしても相手の苦しみを苦しみ悲しみを悲しむひろい心が永久につづく筈はありそうに思えません。それがもしも二ケ月とか三ケ月とか先がわかってでもいたら救いもあろうが、いく年つづくかわからないし、生きる日の限りとなることさえざらにありましょう。

とにかく愛慾の世界に這入るには今の私はあまりにも心が冷やかで神経過敏です。神さまのような美しい精神の持主が出現するならどうか知りませんが、それよりもすぐれた心の友がどんなに私の寂寞を慰めてくれるかわかりません。私のささやかな生活の体験では、愛情生活も友情にまで昇華しなくてはならない、友情のない愛情生活は沙漠の如く淋しく地獄のように苦しいのです。育ちもちがえば性質も異なる二人がほのぼのとした友情にまで到達するにはおそらくは相当の年月を要することでしょう。それに癩者の愛情生活は精神の敗北を意味する場合が多いのではないのですか、精神の勝利としての愛情を私は肯定し強調したいのです。こんなことを考えるのも結局はやもめ暮しの負け惜しみかも知れないが、翼の弱い鳥は弱いほど空高く飛んでいなくちゃ墜落する恐れがあります。

血痰のつづく或る日、そちらに居たことがあると云うT氏が訪れてくれた。

「正直なことを云わんとわからんが、ここでは健康舎（軽症病棟）にちょっと無理かなあ、さりとて不自由舎には入れて貰えないという中途半端の病人が一番困る。はい、お這入りなさいとよろこんでくれない、つまり娘にしたら売れ口がないのです。あんたが何日も何日も収容所にばかり居て舎がきまらんというのもそう云うわけだ。そして入れてくれと云ってくると、その舎から健康やその人間の性質を見に来る、つまりその物になる玉かどうかをね。」

親切なT氏の話を聞いて、なるほどと肯いた。そしていくたびか出会った何かを探しているような目を思い出した。

売れそこないか、なるほど、この男売れそこないと背中一杯書いて全病舎を廻ってやろうかと不態腐れてみたりした。

しかし話を聞いた二三日後に病友に迎えられて舎に下った。売れた、売れた、売れ切れてしまったのです。

そして安堵と共に熱が出た。体温計の水銀柱が脇の下に挟むや否やピリピリと上るのです。三十八度七分、往診三回重病室入りだ。でこぼこのベッドの上で死を思う三十男の心境や悲壮きわまるものがあります。以

ら、来二ケ月と云うもの笑ったこともなければ、大きな声を出したこともありませんでした。少しよくなってか

「随分あの頃は深刻な顔つきをしていましたね。」

或る人は冷かした。死を思う心の表情がどんなものか想像して見て下さい。

もうこれで死ぬるかと思うと、君や私をこんな不幸な環境にぶちこんだ目に見えない力に対して一矢も酬《むく》い得ないで、このまま泣き寝入りして行かねばならない不甲斐なさ、残念さ、熱いものがとめどなく溢れて来るのをどうすることも出来ません。

しかも三十という若さで、私達と同時代の人生は祖国の興亡を一身に背負って、世界の半ばにも亘る戦線で戦っているのに、何もしないであとかたもなく消えてなくなるということが、日本人としてどんなに口惜しいか悲しくない筈はありません。氷嚢をひたいにしながらも、やはりうつろな意識の中で窓に展けた青い夏の空をじっと見上げ、唇をかみしめていたことは云うまでもありません。

私は少くとも餓鬼のようにいのちが惜しいのではありません。ただ何かをしたいために生きていたい、何もすることが出来ないならば、せめて人間として恥かしからぬ心でも持って死にたい、心だけでも世の何人にも劣らないほどの美しいものとしたいのです。

死の足音が身近かに迫ったと思ったとき、私は頭上を飛び去る弾丸をよける塹壕の中の兵隊のように、じっと頭を下げてその足音の通過するのを待った。

そしてあの指差せば指まで染りそうな青い空が高く晴れわたり、いつも霞んで見えなかった小豆島がくっきりと海に浮ぶようになった。秋が来た秋が来た。

そして嵐だ。

私の寝ているベッドから五六メートルで海です。そこには地上一メートル海水から七八メートル位の石垣の防波堤があります。いいお天気で風のない朝などそこまで歩いて行って海を見ていると、ふらふらと海に這入って見たくなるほど綺麗なんです。青い海の底に眠って見たいような誘惑が起るのです。

風は午前中は大したこともなく、午後になって雨を伴った風が東に廻ったが、雲行きのわるいこと、南に展けた入江の海は波がうねって白いしぶきを立て薄気味悪い形相はして来ましたが、私たちのところは恰度風向きを外れていますので嵐の前の静けさです。夜に這入って風の方向が南にかわったとき、電燈は消え波の音がだんだん物凄くなって防波堤を打ち越して来るしぶきがどうどうと病室の窓硝子にぶち当るのです。そのたびに地鳴りがしてかすかに家が揺れるのです。

恰も外は旧暦十四五日らしく月がありますが雲に覆れて真暗、時々する雷光でぱっと明るくなっては荒れ狂う海が闇の中から浮び出るのですが、山のような波浪が押し寄せて来るのをじっと起き出して眺めていました。

どっと石垣に当ってぶち越して来るしぶきと共に、ぱっと青い光が突き刺すように光る、光を受けたしぶきがまた青い火玉のように光っては窓硝子に散乱するのです。私は素晴らしい壮観だと思いました。

闇の病室は、誰一人として起きているものとてなく、いつもの人々の咳や嚊や息苦しそうな呼吸の音やは波の音に呑まれてしまって物音一つしない、触れれば破裂でもしそうな静寂なのです。私は荒れ狂う海と窓の外に左右に倒れるほどにゆれる松の木を見ていると、急に外へ走り出したくなって窓を少し開け半身を乗り出すと、もう全身びしょ濡れです。

「誰だそこを開ける奴は。」

誰かに怒鳴られて引込んだ。それでもやはりいつまでも荒れ狂う海を眺めていました。

「荒れろ、荒れろ、地球がひっくり返るように荒れて見ろ？……」

不思議な気持ちです。

嵐が通り過ぎて、海を渡って来る風が涼しくなると共に熱が去った。

この間、若い医官の好意と一群のナイチンゲール嬢達の親切が、死と生の境界線上を彷徨する私の生命を再び現実世界に引き戻したのです。生き返った私は何をして自分に対して示された好意や親切に酬いたらいいでしょうか、わからないと同時に出来そうにない。そうして頬かむりをして他人の好意や親切や同情を食って生きているしかないことが、人間としてどんなに残念だかわかってくれるでしょう。そして私達の生活に感激がないと云うのも実はここから生れているのです。他人から示された同情や好意や親切に感激したりよろこんだりするのは、示されたことに対して何かをして酬い、彼等のためになし得る何かがあるときに限るのです。何も出来ないとき私の心は重く憂鬱になるばかりです。こうしてやっと今日に至っています。

私の居る重病室にはベッドが全部で十一、その中の十個が重病人であと一つは軽症の附添の当直の人が寝るのです。

今朝十時頃私の真向いの柏本という四十になる男が逝《な》くなりましたが、恐ろしく勘のわるい盲で便所の行きかえり僅かに二十歩か三十歩のところを迷ってしまう、自分のベッドにかえりつくのにも、皆、はたの病人たちがそら右だもっと左だと云って教えなければならないのです。病気は湿性で随分重症なことは勿論で、見たところ彼には別に心配もなければこれと云う楽しみのあろう様にもありません。ただ茶と煙草だけは雨が降ろうと火が降ろうと三度三度欠かしたことはなく、死ぬまでこれをくり返したのです。

病室の中に死人があると私はその晩はきっと眠れないのです。昨夜なんかも十一時頃お湯を呉れと云って当直を起すのですが、このまた附添がひどく疲れてぐっすり眠っているのでなかなか起きないのです。私は目をつむったままじっとそのかすかな声を聞いていると、時々破けた雨戸のきしむように呼ぶのです。あの人があんなに呼んでいるのに附添は眠っているし、目を醒しているのは目のわるい老人と私と二人きりで、何かしてやれるのは私一人なのです。

黙って知らぬふりをして寝ていられないことはないのです。私は自分が起き出さずに知らぬ振りをしおおせるかどうか、また起き出さずに居れないとは一体どういうわけだろうかと考えて見るのです。

最初の二三回は彼は元気を出して呼んで見るらしいが、いくら呼んでも何の反響もないことを知ると暫らく黙っているが、それでもまた耐えられないらしくぶつぶつと寝言みたいに、声が急に大きくなるかと思うとすぐまただんだん小さくなって遂に蚊でも鳴くようにぼそぼそ唄うようにやるのです。

とうとう起き出してお湯を呑ませたが、私はなぜお湯を呑ませずに居れなかったのでしょう、ぶつぶつと云うのを聞いていると、その声が己の肉体のどこかで響いているような気持ちなんです。つまり彼と私との関係は何か目に見えない鎖につながっているのですね。その鎖がすぐに私を引き起してしまうのでしょう、死人があって眠れないというのも、実はその鎖の作用らしいんです。私はいつか癩者の退屈している姿を死の切符を待っている一列買いだと批評したことがあるが、前に並んでいる人間が切符を買って焼場に消えると、後に並んでいる者が消えた先の者の跡へ押し出されて、今まで彼が背負っていた癩者としての苦悩は、肩すかしを食ってあとにいる私達にのしかかって来て胸苦しいようです。

私のすぐ隣りに今年五十六になる物凄く不自由な人がいます。手足の自由は奪われ立つことも歩くことも出来ないのです。

朝起きたら、先ず第一に帯をしてやらなければならない。顔を拭く手拭を洗って煙草を詰めて喫わせる、品物を買うには財布から金を出してやり買った品物をしまってつり銭をもとの財布におさめて、大便も小便もやはり人手を借り、薬を呑むにも湯呑に注ぐことが出来ません。

もしもこの人に何一つ不自由させまいとするならば、どうしても一人か二人昼夜交替でついていなくてはなるまい。一日、この人と夕方の静かなひととき話をして見たのです。

「私もながくは生きてはいまいと思いますが、ここで死んで行く人達の姿を見ているとまさかというとき誰か信用のおける確実な人に死水を取って貰いたい、そして万事を託して安心が得たいのです。自分のたれた糞にまみれて死にとうない、死んでしまってからはどうなっても構わないと思いますが、生きている間が不安でなりません。病気が重くなってしまって誰一人として頼みになる人を持たない私、心にかかるのはそれだけです。」

死を見詰めて生きる人として当然な話、私もつい情にほだされて涙ぐんでしまったのですが、さて自分自身をかえりみるとき、あまり健康ではありませんし、うっかりすると私がその人より先に逝くかも知れません。

そのあまり健康でない私が、かりにこの人の最後を引き受けてもっとこの人の生活に立ち入って世話をし安心さして死水を取ってやったとします。

私はそのとき一人の男を安心さして死なしてやった安堵と矜を感ずることでしょう。実際一人の人間を安心さして死なすということは重大なことだし生き甲斐のあることなのです。ところで肝心の私は一体誰が安心さしたり世話をしてくれますか、人間は人のためだというのですが、よく見ると自分の利害がそこなわれない限りの一線を引いてからやっているのじゃないのですか、それを考えると簡単によし引き受けましたとは云いかねるのです。

何のかかわりもなしに、淡々としたお互いさまという軽い気持ちなら、私だって出来るだけはやって上げたいし、今日でも随分やっています。見ずしらずの人に頼んでいる卑屈な姿は見ていて、いたいたしくてたまりませんから、少しでも気を楽に持つようにと思ってね。正直なところ相手に卑屈な思いをさせる人はいのちの代償を取っている人ですから、親切の押売りはしませんが、出来るだけ細かい心を配っていますが、向き直ってそういう負担を背負わされると、こっちが参りそうで仕方がありません。

もしもこの人が暫らくたって元気を恢復して、他日私も面倒を見て貰えるかも知れないという見通しが、かすかにでもあったら私はどんなに力強いだろうか、それからまた精神の世界でもいい、今の私に与える何ものかがあったら、私はおそらく離れずについているかも知れないのだが、不幸なことには何もかも与え切りという人間関係が悲しいのです。

神と人との関係さえ精神の世界では相対関係を出でないのに——そんなことを考えていると、この人の隣りに居るのがだんだん苦しくなりはじめます。

この手紙を書いているとき恰度、

「当直さん、当直さん、オートバイをお願いします。」

はじめました。オートバイというのは、丁字型の握り手のついた腰かけ便器なのです。やっている格好が恰もオートバイにでも乗っているようだからつけたらしいこの世界のふちょうであります。

当直は詰所でぱちりぱちりと碁盤を囲んで一石やっていますが、おまけにこの老人は声が少しかすれて出ないのです。当直はオートバイを抱えて来ると、またもやぱちりぱちりとはじめるが、時にはこの便器のことを忘れることがあるのです。それにこの老人がまたおそろしく長尻なんです。冬の寒い日にこんなものにいつまでも腰かけさせられてはやり切れたものじゃありません。すると、

「当直さん、当直さん。」

と呼ぶその声が何だか隣りの私を責むるように響くのです。ほんとにまた私の顔を一寸見やる視線は、

「おい、一寸呼んでくれ。」

と云っているのです。勿論、私はすぐ呼ぶのですが、このように凡ゆる人が凡ゆることに救いを要する中に居ると、私の胸はいつも圧迫されて苦しいのです。一体どうしたら私の心は平和であり得て、彼等にしてやることで倖せを感じ得るのでしょうか。

そういう焦燥と嫌悪の中で輾転したことがいくたびあったことでしょう。そしてやっと、これでいいと思うまもなく光はまた密雲に閉ざされてしまうのです。

私の一つ置いて隣りは咽喉を切開した人が陣取っています。雲が凍って動かないような寒い日は、きまって咽喉の調子がわるいので、ぜいぜいずうずうと、ひっきりなしに咽喉を鳴らします。その音と云ったらぞっと寒気だつようなあれです。最初はどうにもこうにも眠れずに困りました。

しかしもう馴れました。馴れて行くうちに私の心の中には不思議な情熱が生れて来ました。それは嵐のように何物をも呑みつくさないではおかない若い荒々しい情熱ではなく、深い山奥の渓谷を流れる真清水のようにつきることを知らない静かな情熱、可能なことを可能な限り周囲の人々にしてやり共によろこびを分つ、素晴らしいことの出来ない私は、世の片隅でかえりみられない小さい宝を積むこと、そしてたとえ自分は糞まみれの中に死んでも、せめて精神の世界では世の何人にも劣らない黄金のように美しくありたい。それが私の此の頃の唯一の希望なんです。

後記及び解説

盾木　氾

ハンセン病（らい）に関する法令は、まず一九〇七（明治四十）年に法律第十一号として公布された。この法律を受け、おなじ年、内務省は内務省令第二十号「道府県癩療養所設置区域」を公布、一九〇九（明治四十二）年、全国を五区域に分け連合府県立療養所がつくられた。これは、いわば「お助け小屋」で、ただほど高いものはないというとおり、このような施設に収容する者たちには人間としての誇りなど斟酌されず、人権は無視され、動物飼育と同様な環境に置かれた。

待遇については象徴的なエピソードが伝わっている。初代の全生病院長池内才次郎氏に対して、見張り所の職員が、「入所者をどのように扱ったらよいか」と聞いたところ、院長は「刑務所の罪人に罪一等を減じた程度にやったらよい」と答えたというものだ。

事実、療養所の生活はまさに罪人なみで、入所者の発信、受信はすべて開封され、もっていた現金などは取り上げられ保管金通帳に記入するのみで、現金の使用は一切認められなかった。逃走を防止するためとも、患者に渡して病菌が附着するのを避けるためともいわれた。食事といえば、ひき割麦四に米六と朝は目玉の映るくらいの薄い味噌汁、昼はたくあん三枚が普通で、夕食は時には豆腐がつくか馬鈴薯に肉片のまじった菜が出される程度であった。

施設の土木、木工、金工、鉄工などの業務を、「作業」と称してすべて入所者にやらせ、新しく敷地に加えた場所の開墾も、わずかな作業賃ほしさの入所者の弱みにつけ込んでなかば強制的に行わせる方策をとった。さらに入所者の重病人の看護、入所者の盲人や不自由度の高い者たちの介護等もすべて「相互扶助」の美名のもと、軽症な入所者の義務として押しつけた。このため、軽症者も病状を進行させた。

このような一般的な不条理のみではなく、例えば男女の交際の場合、内縁関係を「情夫関係」と呼び、その際は子を産ませぬために断種（ワゼクトミー）という、法律に許されていないことまで強行した。

わが国では従来、ハンセン病は遺伝または血筋の病といわれていたが、ノルウェーのハンセンが病源菌を発見して伝染病であることが明らかになった。しかし、遺伝病と考えられていたくらい他人に対する伝染力の弱いこの病を、あたかもペストやコレラなどのような恐ろしい伝染病のごとく宣伝した。さらには祖国浄化、無らい県運動の掛け声のもと、対象者と家族を追いつめ、多大な侮蔑と損害を加えた。

療養所内では、所長に懲戒検束の権限を与え、監房を造り、裁判によらず弁解も許さず、入獄や減食を課すことが日常茶飯事であった。

たとえば一九三六（昭和十一）年に長島愛生園では、「一食を分かち半座を与える」という美名のもとに、定員の四割増し近い収容を強行した。そのため食事作業賃などが引き下げられたことを患者側が怒り、いわゆる「長島事件」が起こった。これは光田健輔園長の功をあせった入所政策で、『小島の春』の小川正子なども結果的に一役買ったのである。

この「事件」は患者側と職員が一触即発の状況であったが、岡山県の特高課長が中に入り、「事件」の主謀者と目される者の責任を問わないという条件で和を講じることになった。

しかし、患者への復讐はすぐに計画された。一九三八（昭和十三）年、群馬県草津町にある国立療養所栗生楽泉園に「特別病室」という懲罰施設をおき、不良入所者といわれる者の懲罰を始めた。多磨からは「どんさん」こと山井道太と女房ほか三名がこの特別病室に送られ、どんさんは三カ月収監された後、病棟に移されて幾日もおかずに死亡した。その他の者は一人も多磨には帰って来なかった。長島事件の主謀者もあらかじめここに送ることが予定されており、何人かが犠牲になったと思われる。記録によると特別病室への投獄は九十余名に、獄死した者は二十二名、瀕死の状態で病棟に移されて死んだ者は半数以上といわれる（これは特別病室で死んだ数には入らない）。海抜一千メートル以上の高地につくられた監房は、冬季は零下二十度にもなり、しかも一日二回、あわせて握り飯一つ分の食事、わずか二枚の薄い蒲団ではとても耐えられなかったと思う。

列挙したごとく、予防法下におけるさまざまな犯罪の事実は、いかに抗弁しようとも隠すことはできない。ゆえに予防法廃止（一九九六年）とともに、それによってつくられた国立療養所の今後のあり方や、予防法によって苦しめられた人々の今後の生活についても法に基づいて将来も不安がないように決められているようである。

しかし、入園者は、九十年に及ぶ非道な対策についてこのままでよいものか考えた末に、熊本地裁を皮切りに、次々に国の謝罪と国家賠償を求めて提訴した。そして二〇〇一（平成十三）年五月、歴史的な熊本地裁の判決に入所者は勝利し、国は控訴を断念して判決は確定した。以後、すべての原告と国との和解が成立した。

さて、私の場合、国家賠償の金をいかに使用するかを考えた。そして、金があればすで行っていなければならなかったが、金がなかったためにできなかった全生園における二冊の創作集を出版しようと決心した。

以下、各作者と作品について解説を述べる。

北條民雄　徳島県出身、一九一四年九月二十二日生、一九三四年五月十八日入園、一九三七年十二月五日死亡

「いのちの初夜」

北條の第一作は「間木老人」で、第二作が一九三六（昭和十一）年に恩師川端康成氏の助力で『文学界』二月号に発表された「いのちの初夜」（原題「最初の一夜」を川端氏が替えた）である。これは各方面に非常な刺激を与え、「らい文学」などという呼称が生まれた。この作品は第二回文学界賞を受けた。彼は、入所して三年に満たない短い期間に小説、随筆などを精力的に書いた。北條の没後、川端氏や文芸サークルの協力を得て『北條民雄全集』全二巻（一九三八年）が東京創元社より出版された。北條民雄に対する参考文献としては恩師川端氏の小説「寒風」、先輩の光岡良二著『いのちの火影　北条民雄覚え書』（新潮社、一九七〇年。のち『北条民雄　いのちの火影』〈沖積舎、一九八一年〉と改題）、大宅壮一ノンフィクション賞を受けた高山文彦著『火花　北条民雄の生涯』（飛鳥新社、一九九九年）、『北條民雄（仮題）』（皓星社、二〇〇二年）等がある。

「望郷歌」

北條としては比較的に温しい、晩年の作品である。その当時施設に入っていた少年少女（十七歳くらいま

での者）は約六十名いた。一九三二（昭和七）年に私立全生学園が開校し、光岡などは入園してすぐに施設から依頼され、学園の教師をしていた。

高い柊の垣根に囲まれた園内からは外が望めず、大正の末期から昭和にかけて入所者が自発的に築山を造ろうということになり、学園の南の方に、官舎地帯との境を掘ってその土をトロッコで運搬し小高い丘を作って園外を眺められるようにした。多くの入所者が参加し頂上が四坪余りの築山ができた。それに登って遥かに故郷の方を見ようということだったのだが、何分そう高くはならず、それでも南西に聳える富士などは特に美しく、また夕暮れなどには田無街道を行く荷馬車の明かりなどを眺めて故郷を偲んだ。その築山を「望郷台」と最初に呼んだ人が、歌誌「あしかび」主宰者土屋静男であった。

物語は北條の見た先生と児童たちの望郷の歌である。

内田静生

石川県出身、一九二二年七月二十三日生、一九三〇年五月十一日入園、一九四六年三月五日死亡

「秋の彼岸」

内田最後の作品である。病床にあった彼が、今までの作品よりは少しはましな物ができたので、『山桜』が再刊になったら、いくつかに分けてもいいからぜひ載せてほしいと友人たちに遺言した作品。「秋の彼岸」は『山桜』が再刊なった昭和二十一年三月号から五回にわたって掲載された。

掲載後、さすがに眼の早い川端康成が「内田氏もこういう作品を書くようになったか。これは是非私の方

に頂きたい」と原稿料もそえて手紙を送ってきた。作品は送ったが、そのころ川端氏の方で都合がつかず、結局一般誌に掲載されることはなかった。したがって、これが本邦初公開である。内田の自負した作品を是非読んでほしい。

「列外放馬」

一九三九（昭和十四）年、『山桜』文芸特集号の木下杢太郎の選で一等入選。内田は、作品によって使い分けたのかどうかはわからないが、いろいろとペン・ネームを替えていた。この時の、いかにもペンネームくさい「醒田彬」。これもその極端な例の一つである。

列外放馬は軍隊用語で、騎兵隊や輜重隊などで使われていたものと思う。列から離される馬にはそれぞれ欠陥があるということで、われわれのようにこの施設に入れられるものは人間の列外放馬といえぬこともない。この一篇をテーマに翌年の春の音楽会で作詞作曲され歌われていたように記憶する。

「徒労」

一九四二（昭和十七）年、同じく、豊島与志雄の選で一等入選。どのような仕事であってもそれが「徒労」といわれるのでは無惨なことであろうが、人生のすべてが徒労でないと信じたい。内田は作品が多く、ここに載せた三篇を含めて文藝特集号関係のものだけで作品集が編めるくらいあるのではないかと思う。とにかく机の虫だったようである。

光岡良二　兵庫県出身、一九一一年十一月二十三日生、一九三三年三月入園、一九九五年四月二十九日死亡

「家族図」

光岡は旧制中学四年より旧制姫城高校に入学した秀才。東京帝大文学部でドイツ哲学を専攻、二年修了時に発病。入所後、昭和七年に開校した全生学園の教師を依頼されて何年かを勤め、児童の作文・詩・童謡・短歌等を集めた『呼子鳥』四部を編集した。秀才の名にふさわしく、文藝特集号に応募した三篇すべてが一等に入選する文才を見せた。この「家族図」は、一九三六（昭和十一）年豊島与志雄選の一等入選作で、自分の家族をモデルにしたもと思われる。

「青年」

一九三七（昭和十二）年、式場隆三郎選の一等入選作。光岡作品ではもっとも優れているという評価であった。これは北條の自殺行と考えられていた帰省を取り上げた作品で、北條の没後に川端氏から書信があった。書き直して厚味を出せばどこかに推薦したいということで、勢い込んでそれに取かかったが、北條とは違いものにならなかったと述懐していた。光岡の義兄の原田は「あれは無精卵だから」といって笑っていた。

「狢」

一九四一（昭和十六）年、豊島与志雄選一等入選作。豊島は光岡が希望するならばどこかの同人誌に推挙したいといっていたのではなかろうか。

麓花冷　静岡県出身、一九〇七年二月十六日生、一九二六年七月二十日入園、一九四三年五月二日死亡

「手紙」

一九三四（昭和九）年、正木不如丘選入選一等（正木評・此の一編、異議なく一等に頂戴出来ました）。

花冷の作品はもともと大衆文芸に近いと評されるが、この作品にもそれは匂っているようである。

花冷がこの作品を書いた時期は、次に述べるような事情で多忙を極めていた。大変な時期に書いたものとして敬服に値する作品である。実はこの前年の一九三三（昭和八）年六月に起こった渓鴬会事件（園内の一種の勢力争い。文化や生活改善事業に取り組む渓鴬会への旧勢力の反発によって起こった集団暴力事件）で、花冷の先輩であり、『山桜』の編集兼発行人であった高橋高嶺が、渓鴬会の副会長として長島愛生園に逃走に近い転園をしている。渓鴬会の人たちは互恵会作業（財団法人全生互恵会。農産・養鶏・養豚・出版・売店などの事業を行う）で働く人が多かったため、出版部でも有力な部員が長島に移ったり、やめたりした。それで出版部も壊滅状態になり、これを再建するために麓も全力を注がなければならなかった。若い部員たちを集め、また経験ある人たちに協力を求めて、『山桜』が問題なく発行されるよう万全の力を注いだだろうと思う。そういう中でこのような作品を書いたのは、花冷が決して迷っていなかったことの証明である。

「土曜日」

一九三八（昭和十三）年、荒木巍選の一等入選。「手紙」にくらべて純文学的要素が盛り込まれているようで、題材とともに好感が持てる。

東條耿一　栃木県出身、一九一五年四月七日生、一九三三年四月二十一日入園、一九四二年九月四日死亡

「霜の花」

一九四〇（昭和十五）年、木下杢太郎選一等入選。東條の小説作品はこの一篇のみだが、文芸サークルの評論会にはずいぶん力作を寄せたようである。なお東條は全生詩話会ではピカ一的な存在で、その詩「一椀の大根おろし」「爪を切る」等は川端氏の推せんで日本では最高の詩誌である『四季』に掲載された。東條には当然詩集があってしかるべきと思うが、それがないということは寂しいことである。北條民雄は東條を最も信頼し、「いのちの友」と呼んでいた。

於泉信夫　東京府出身、一九一六年七月十三日生、一九三三年七月二十六日入園、一九四五年一月二十四日死亡

「日影る」

北條のサークル五人衆の一人で一番の年少。学園の教師をしながら創作に親しんだことと思う。一九三八（昭和十三）年、荒木巍選佳作一等。

細田龍彦　栃木県出身、一九一六年四月八日生、一九三八年四月二十七日入園、二〇〇一年九月三日死亡

「鋳」

細田は農家の長男で、入園してすぐに農産部で働き、真面目で陰日向のない性格であった。「鋳」は一九四〇（昭和十五）年、木下杢太郎選二等入選作で、最初の作品ではなかったかと思う。短歌を詠んでおり、農作業とともに文芸を愛した。老境に入ってからあまり元気ではなかったが、長寿を保った。

山岡響　新潟県出身、一九一九年五月十一日生、一九三六年十一月十一日入園、一九九五年十二月二十七日死亡

「梨」

作品はいわゆる「御召列車」といわれる車中での状況を作品にしたものと思う。作者は短歌も詠み、『国民文学』会員だった。歌集も二冊出版している。一九三九（昭和十四）年、木下杢太郎選二等入選。

松井秀夜　高知県出身、一九二二年九月一日生、一九三四年九月二十日入園、一九四五年一月三十日死亡

「風と花」

一九四一（昭和十六）年、豊島与志雄選二等入選で、詩人らしい、いかにも青春に富んだ好ましい作品である。戦前期の文芸作品の中でも、「錆」「梨」とともに忘れがたい作品である。

辻辰磨　栃木県出身、一九一七年六月二十六日生、一九三八年十一月九日入園

「猫」

一九四二（昭和十七）年、豊島与志雄選入選三等。編者の純然たる処女作である。作文の兄貴程度の作品で、これを収録するのは、われながらおかしいと思う。編集の都合でこうなったことに後悔はない。しかし恥じるばかりである。

林八郎　愛知県出身、一九一五年六月十三日、一九三九年十月六日入園、一九四五年六月十七日死亡

「南へ」

一九四三（昭和十八）年、阿部知二選入選佳作一席。真珠湾攻撃に対する林の第一声は、「これで日本は滅びる。どうあがいてもアメリカには勝ち目はない」というものだった。敗戦を決め込んで食糧増産に農作にと力を注ぐが、それと同時に作品も大いに書いていたと思う。

この作品は、敗け戦の中でも日本のパラシュート部隊がパレンバンの石油基地を攻撃したことに思いを寄せ、南西アジア諸国に多いハンセン病のことを考え、貞明皇后の下賜された「つれづれの歌」が彼らの上にも幸せをもたらすことを念じたものと考えられる。

この一九四三（昭和十八）年、最後の文藝特集号では創作の選者を阿部知二氏が勤めたが、この回はいろいろな問題があった。まず、当然一等となるべき作品「懺悔隊」（南風原健）は、近親相姦的な内容が当時の社会情勢には受け入れられないだろうという選者の考慮もあり入選を見送られた。そして、この十回目の文藝特集号で初めて友園から入選一等「実習地」（瀬田洋）が選ばれた。しかし、入選作の投稿等の経緯に不透明なものがあり、作者はすでに逝去されていることもあり、ここに収録するのはためらわれた。

森田竹次

福岡県出身、一九一〇年十二月五日生、一九四二年六月十五日長島愛生園入園、一九七七年四月十六日死亡

「静かなる情熱」

昭和十八年第十回文藝特集号、阿部知二選三等入選作。この集の掉尾は長島愛生園の森田竹次「静かなる情熱」を選んだ。この回は、友園からたくさんの応募があった中で前述のような事情もあり、この作品をあげることが妥当であろう。一等、二等を選ぶことができない事情は遺憾ではあるが、いたしかたない。森田とは、愛生園を訪問した際、二度ほど会った。最初のときは、愛生園の三十周年の時で、囲碁連盟の事務局として出席したが、そのときわざわざ「話しにこないか」と声をかけられた。そのとき森田はすでに山鳥学

校の教師として、高校生たち少年少女を集めて文学や人生を教えていたのではなかったか（愛生園内では、森田の住む山鳥舎の名前を取って、山鳥学校と呼ばれていた）。

電話をいただき早速伺ったが、穏やかではっきりした言葉を話す人であった。

二度目はそれから三年後、大島青松園の囲碁大会に、駿河の人たちと出かけた折、立ち寄った。表敬訪問といった形であったが、そのとき私は、森田に言う言葉を決めていた。

森田はその頃、今は単行本になっている「死にゆく日にそなえて」を『多磨』誌に連載していた。森田はその原稿をなぜ『愛生』誌に載せないで『多磨』に載せたのか事情はわからない。なにか言う人もあったのであろう、『多磨』誌の編集者北川のことも気にして「何かいっていたか」と率直に聞いてきた。

私は、かねて思っていることをいった。「いずれ単行本にまとめるんだろうが、最後の十回くらいは『愛生』誌に載せたら」と。ライフワークである原稿なのだから、最後は自分の住んでいる園の雑誌に載せるのがいい、と思ったのである。森田の遺稿集となった『死にゆく日にそなえて』は、是非一読をすすめたい。

二〇〇二（平成十四）年三月

初出一覧

内田静生「病葉たちの饗宴」「微笑の詩」『山桜』昭和十二年十月号
北條民雄「いのちの初夜」『文学界』昭和十一年二月号
「望郷歌」『文藝春秋』昭和十二年十二月号
内田静生「秋の彼岸」全五回『山桜』昭和二十一年三月号〜同年七月号
「列外放馬」『山桜』昭和十四年十月号
「徒労」『山桜』昭和十七年十月号
光岡良二「家族図」『山桜』昭和十一年七月号（光岡龍一郎名義）
「青年」『山桜』昭和十二年十月号
「貉」『山桜』昭和十六年十一月号
麓　花冷「手紙」『山桜』昭和九年八月号
「土曜日」『山桜』昭和十三年十月号（古家嘉彦名義）
東條耿一「霜の花――精神病棟日誌」『山桜』昭和十五年十月号（小杉不二名義）
於泉信雄「日陰る」『山桜』昭和十三年一月号〜同十二月号
細田龍彦「錆」『山桜』昭和十五年十月号
山岡　響「梨」『山桜』昭和十四年九月号
松井秀夜「凪と花」『山桜』昭和十六年十一月号
辻　辰磨「猫」『山桜』昭和十七年十月号
林　八郎「南へ」『山桜』昭和十八年十一月号
森田竹次「静かなる情熱」『山桜』昭和十八年十月号

初期文芸名作選
ハンセン病叢書　ハンセン病に咲いた花　戦前編

発行　2002年4月30日
定価　3,000円＋税

編集兼発行人　盾木　氾
東京都東村山市青葉町4-1-10
電話　042-395-6254

制作　株式会社皓星社

ISBN4-7744-0280-X C0093

ハンセン病関連ブックレット既刊一覧

●皓星社ブックレット1
シンポジウム『らい予防法』をめぐって
付録・「白書らい」／らい予防法
高松宮記念ハンセン病資料館　主催
八八頁　定価八〇〇円＋税
ハンセン病問題とは何か。「らい予防法」の問題点と制定後四〇年の間に生まれた課題を問う、一九九四年六月二五日のシンポジウム全記録。

●皓星社ブックレット2
フォーラム　ハンセン病の歴史を考える
—らい予防法はまだ生きている—
高松宮記念ハンセン病資料館　主催
八〇頁　定価八〇〇円＋税
ハンセン病の歴史は、迫害の歴史であった。既刊「シンポジウム『らい予防法』をめぐって」に続く、一九九五年六月二五日のフォーラム全記録。

●皓星社ブックレット3
『らい予防法』四十四年の道のり
—廃止にいたる動き。どうしていままで—
成田稔　著
八八頁　定価八〇〇円＋税
「らい予防法」の制定から「見直し検討会」までを療養所の医官の立場から総括。「エイズ予防法」の下敷きになったといわれる「らい予防法」を改めて考える。

●皓星社ブックレット4
シンポジウム　これからをどう生きるか
—らい予防法にこたえて—
高松宮記念ハンセン病資料館　主催
七二頁　定価八〇〇円＋税
一九九六年四月一日「らい予防法」廃止。記念すべき年のテーマは「これからをどう生きるか」。一九九六年六月二三日のシンポジウム全記録。

●皓星社ブックレット7
訴状「らい予防法人権侵害謝罪・国家賠償請求訴訟」
らい予防法人権侵害謝罪・国家賠償請求訴訟原告団　著
七二頁　定価八〇〇円＋税
「らい予防法」廃止から五年。療養所在所者らが、東京地裁へ提訴した。その訴状を全文収録。

●皓星社ブックレット9
証人調書①「らい予防法国賠訴訟」大谷藤郎証言
ハンセン病国家賠償請求訴訟弁護団　編
二二六頁　定価八〇〇円＋税
一九九九年八月二七日・一〇月八日に熊本地裁で行われた証言の全文を公判記録のまま登載したもの。ブックレット7『訴状「らい予防法人権侵害謝罪・国家賠償請求訴訟」』（東京地裁）に続く証人調書第一弾。

●皓星社ブックレット10
証人調書②「らい予防法国賠訴訟」和泉眞藏証言
ハンセン病国家賠償請求訴訟弁護団　編
二〇二頁　定価八〇〇円＋税
一九九九年六月一七日・一二月一七日に熊本地裁で行われた証言の全文を裁判所記録のまま収録。ブックレット9『証人調書①「らい予防法国賠訴訟」大谷藤郎証言』に続く証人調書シリーズ第二弾。

●皓星社ブックレット11
詩と写真　ライは長い旅だから
詩・谺雄二／写真・趙根在
一五四頁　定価一、六〇〇円＋税
ハンセン病療養所・栗生楽泉園の詩人・谺雄二の詩と、戦後数十年にわたって療養所と在園者の活動を撮り続けた在日朝鮮人写真家・趙根在の写真のコラボレーション。ブックレットで復刊。

●皓星社ブックレット12
証人調書③「らい予防法国賠訴訟」犀川一夫証言
ハンセン病国家賠償請求訴訟弁護団　編
一一二頁　定価八〇〇円＋税
証人調書シリーズ第三弾は、二〇〇〇年一月二八日・三月三日に熊本地裁で行われた全証言。国内外の現場でハンセン病治療を続けてきた犀川医師は、国の「らい予防法」の過ちを明言する。

●皓星社ブックレット13
寺島萬里子写真集　病癒えても
ハンセン病・強制隔離90年から人間回復へ
一四四頁　定価一、八〇〇円＋税
一九九六年夏から栗生楽泉園に通い、入園者と交流を重ねながら撮影しつづけた写真から、六十余葉を精選した。入園者一三人の聞書きと、日本の隔離政策および栗生楽泉園の歴史を簡略に記した解説付き。